Jonathan Stroud

Die Spur ins Schattenland

D1396259

cbj

DER AUTOR

Jonathan Stroud wurde 1970 im englischen Bed-
ford geboren. Er hat mehrere Jahre als Lektor für
Kinderbücher gearbeitet, bevor er seine ersten
eigenen Romane veröffentlichte und das Schreiben zu seinem Beruf machte. Weltweit bekannt
wurde er durch den sarkastischen und geistrei-
chen Dämon Bartimäus. Auch in Deutschland
haben die Bartimäus-Bücher die Spitzenplätze
auf den Jugendbuchlisten erklommen. Jonathan
Stroud wohnt mit seiner Frau Gina und den
gemeinsamen Kindern Isabelle und Arthur in der
Nähe von London.

Von Jonathan Stroud ist bei cbj erschienen:

Das Amulett von Samarkand (12775)
Das Auge des Golem (12776)
Die Pforte des Magiers (12777)
Die Eisfestung (13268)

Jonathan Stroud

Die Spur ins Schattenland

Aus dem Englischen von
Bernadette Ott

Mit Vignetten von Ian Beck

cbj ist der Kinder und Jugendbuch-Verlag
in der Verlagsgruppe Random House

FSC

Mix

Produktgruppe aus vorbildlich
bewirtschafteten Wäldern und
anderen kontrollierten Herkünften

Zert.-Nr. SGS-COC-1940
www.fsc.org
© 1996 Forest Stewardship Council

Verlagsgruppe Random House FSC-DEU-0100
Das für dieses Buch verwendete
FSC-zertifizierte Papier *München Super*
liefert Mochenwangen.

2. Auflage
Deutsche Erstausgabe Januar 2008
Gesetzt nach den Regeln der Rechtschreibreform
© 2001 Jonathan Stroud
Die englische Originalausgabe erschien 2001
unter dem Titel »The Leap«
bei Random House Children's Books, London.
© 2008 der deutschsprachigen Ausgabe
cbj, München
Alle deutschsprachigen Rechte vorbehalten
Übersetzung: Bernadette Ott
Umschlagbild und Vignetten: Ian Beck
Umschlagdesign: Ian Butterworth
Umschlagkonzeption: Atelier Langenfass, Ismaning
he · Herstellung: CZ
Satz: KompetenzCenter, Mönchengladbach
Druck und Bindung: GGP Media GmbH, Pößneck
ISBN: 978-3-570-21847-1
Printed in Germany

www.cbj-verlag.de

Für Nana und in Erinnerung an K. A. Stroud

Eins

Er schaut mich immer noch an. Das Wasser ist grün, Luftblasen steigen auf. Sein Gesicht leuchtet weiß zwischen dem Moos und den Unkrautschlingen.

Ich schaue ihn an, und da spricht sein Mund meinen Namen durch das stumme Wasser. Ein Schwall von Luftblasen explodiert auf seinen Lippen. Sie stürzen auf mich ein, heften sich auf meine Augen und mein Gesicht und einen Augenblick bin ich blind. Dann steigen sie sprudelnd nach oben ins Licht, dorthin, wo es Tag ist, und ich kann wieder sehen. Ein einziges Mal erhasche ich noch einen Blick auf seine Augen, dann wenden sie sich von mir ab, dem Schattenland entgegen, und sein Gesicht wird von dem dunklen Grün um uns herum verschluckt.

Er ist verschwunden. Ich schlage die Augen auf. In dem Krankenzimmer ist es dunkel und jemand weint. Ich brauche mich nicht zur Seite zu drehen, ich weiß auch so, wer es ist: der Junge am Ende der Reihe, in dem Bett neben dem trüben orangefarbenen Nachtlicht. Der Junge ist klein, mit einem schmalen Gesicht, er hat sein rechtes Bein in Gips und er hat schon oft geweint. Er fühlt sich heute Nacht allein und krank, heimwehkrank, und es wird viele Stunden dauern, bis seine Mutter ihn wieder besuchen kommt. Seine Schluchzer dringen dünn durch die stickige Luft des Krankensaals. Ich warte und beobachte aus dem Augenwinkel, was geschieht. Bald erscheint der rasche, tatkräftige Schatten der Krankenschwester neben seinem Bett. Der Umriss ihrer Hand senkt sich herab und berührt sein verborgenes Gesicht. Eine gemurmelte Frage, sanft und tröstend, dann der leise Klang seiner halbverschluckten Antworten. Er sinkt in die hohen Kissen zurück. Sie richtet sich auf und huscht davon. Ich liege auf dem Rücken und schließe die Augen.

Max kommt nicht wieder. Ich kann mich anstrengen wie ich will, ich sehe nichts – dafür wird mir umso stärker bewusst, wie beengt ich mich in der steifen Bettwäsche fühle, fast erdrückt unter der Decke. Meine Arme liegen eng neben dem Körper, und nur mein Kopf auf dem dicken Kissen kann sich drehen und wenden, wie er mag. Ich bin gut eingepackt worden. Um mich noch sicherer ans Bett zu fesseln, hätten sie eine Zwangsjacke benutzen müssen.

Meine Beine bewegen sich unruhig unter dem glatten, frisch gestärkten Laken. Ich bin jetzt schon die sechste Nacht hier und morgen lassen sie mich vielleicht nach Hause. Doch selbst dann werde ich noch jede

Woche zum Arzt gehen müssen, aber nicht zu einem Lungenspezialisten. Ich *hatte* Probleme mit der Lunge, aber das ist schon seit Tagen vorbei, und trotzdem behalten sie mich immer noch hier und benutzen das als Vorwand, um mich noch weiter zu beobachten, mit mir zu sprechen und mir zu beweisen, dass ich verrückt bin.

Ein einsames Auto fährt durch die Nacht. Die Geräusche kommen von weit in der Ferne. Ringsum schläft die Stadt. Ich liege wach und denke an Max und daran, was mit ihm geschehen ist.

Sie passen jetzt alle auf, dass sie auf gar keinen Fall seinen Namen erwähnen. Aber er ist trotzdem immer da, ich kann es an ihren Gesichtern ablesen, am Gesicht von Mum und von den Ärzten, und ich habe es auch den Augen der netten Polizistin angesehen, die alles getan hat, um mich von meiner Geschichte abzubringen. Als hätten sie alle eine Scheu davor, seine Gegenwart zu beschwören. Als fürchteten sie sich davor, was er dann vielleicht tun könnte. Und ich helfe ihnen nie aus ihrer Verlegenheit heraus, nicht einmal wenn mich ihre bedeutungsvollen Pausen dazu einladen sollen, wieder von Max zu erzählen. Sie halten mir die Tür offen, aber ich gehe nie hindurch. Ich lerne schnell. Nach dem ersten Mal, und erst recht nach Mum, sage ich nichts mehr. Ich habe jetzt schon so lange nichts mehr gesagt, dass ich mir sicher bin, sie glauben allmählich, ich habe die Erinnerung an ihn ausgelöscht. Und ich *weiß*, dass Mum darauf hofft.

Das ist gut so, sollen sie das ruhig glauben. Am besten

sie lassen mich einfach allein, damit ich hier liegen und an Max denken kann.

Ich mag die Dunkelheit. Sie ist wie ein schützender Schleier und gleichzeitig wie eine Leinwand, auf die man seine inneren Bilder projizieren kann. Für die Nachtschwester, den heimwehkranken Jungen und die anderen, die in der drückenden schwarzen Wärme des Krankensaals in ihren Betten schlafen, ist davon nichts zu sehen. Doch für mich ist der Raum auf allen Seiten mit hell leuchtenden Erinnerungen tapeziert. Ich kann sie alle in Ruhe betrachten, ich ganz allein.

Eine Szene, immer wieder. Max und ich, auf unseren Fahrrädern. Wir fahren die Straße entlang, in der er wohnt, den Hügel hinunter, aus der Stadt hinaus. Am Kanal entlang, vorbei an den Pubs und den blinden Fassaden der Fabrikgebäude, Max immer voraus, ich hinter ihm her. Unter der Überführung hindurch, dann kommt noch einmal ein altes Fabrikgelände und danach hinaus in die Felder. Ein Nachmittag im September, die Sonne scheint, wir strampeln auf unseren Rädern und der Wind treibt uns Tränen in die Augen. Wir fahren ziemlich schnell, so schnell, dass mir mein T-Shirt bald nass am Rücken klebt und mir die Oberschenkel allmählich wehtun.

Über die abgeernteten braunen Felder, jetzt langsamer. Max begann müde zu werden, und ich konnte aufholen, sodass ich bald neben ihm war. Er war ganz rot im Gesicht, das vor Anstrengung beinahe zu einer Grimasse verzogen war. Wir kamen zu dem Steg über den Fluss. Ganz nah am Ufer standen Weiden, und davor war eine struppige Wiese, die nicht zu sumpfig wirkte. Ich war dafür, es an der Stelle zu versuchen, weil das Wasser tief genug für Fische aussah, aber Max sagte nein, er wüsste einen besseren Platz. Wir radelten weiter.

Irgendwo auf der Krankenstation kann ich die Klingel der Nachtschwester summen hören. Ein schwaches, gedämpftes Geräusch. Die Schwester kommt näher, mit weichen Schritten huscht sie den Korridor entlang, nach dem blinkenden Licht suchend. In meinem Zimmer schlafen alle – bis auf mich, und ich bin ganz still. Jetzt ist sie an der Tür vorbei und die Schritte verstummen wieder. Aus irgendeinem Grund legt sich mir ein lähmendes Gewicht auf die Brust, und ich spüre, wie es mich in den Augen juckt. Gleich werden mir die Tränen kommen. Hör auf damit, Charlie, sei nicht so dumm – denk lieber nach, lass den Film auf der Leinwand der Nacht abspielen. Schau die Bilder an und erinnere dich.

Ich war schon einmal bei der Mühle gewesen. Zusammen mit Mum und James. Das war im Sommer vor einem Jahr. Der schmale Pfad war mit Unkraut und dornigen Ranken überwuchert und schlängelte sich zwischen zwei hässlichen elektrischen Zäunen entlang. Wir mühten uns auf unseren Fahrrädern keuchend ab, um zu dem breiten Feldweg zu kommen, der durch die Viehweiden zur Mühle und zum Fluss führt. Auf dem Weg ist die Durchfahrt erlaubt, die Mühle selbst aber wird von einer hohen Mauer verdeckt, sie ist in Privatbesitz und gehört einem Bäckereibetrieb in der Stadt.

Von der anderen Seite der roten Backsteinmauer waren Männerstimmen zu hören. Der Fluss verschwand unter einem flachen Mauerbogen. Wir fuhren um das Gelände herum auf die Rückseite der Mühle, wo das Mühlrad ist.

Es drehte sich. Wir standen auf einem Vorsprung am Rand der gemauerten Umfassung, wo man eine gute Sicht hat, und schauten in den tosenden Hexenkessel aus quirlender, schäumender weißer Gischt hinab. An der Seite spritzte es hoch. Die Steine waren mit nass glänzendem Moos bedeckt. Das Mühlrad stampfte dröhnend im Dunkel unter der Überdachung, seine riesigen hölzernen Schaufeln tauchten mit machtvollem Schwung aus dem Wasser auf, wurden nach oben getrieben, wieder und immer wieder, vollführten einen Bogen und griffen dann tief in das Wasser hinein. Der brausende Lärm machte uns taub. Die Luft war nass und kalt und kühlte uns nach der Fahrt schnell ab. Max machte auf dem rauen Steinvorsprung über dem schäumenden Wasser noch ein paar Schritte nach vorne und ließ dann die Beine über die Kante baumeln, als wollte er mit dem hellen, weißen Dunst verschmelzen.

Das Bild verblasst. Ich glotze nur noch wie ein blickloser Fisch in die Dunkelheit. Mein Hals fühlt sich steif an. Ich zapple im Bett herum und kämpfe gegen die festgezurrte Bettdecke, weil ich mich umdrehen will. Die fürsorgliche Arbeit der netten Krankenschwester wird damit zunichte gemacht, aber ich habe mich seit der Besuchszeit heute Nachmittag, nachdem Mum und James endlich gegangen waren, nicht mehr richtig bewegt. James war das erste Mal mit dabei. Ich habe gespürt, wie peinlich ihm die ganze Sache ist. Er hat mir nur ein einziges Mal in die Augen geschaut, als Mum eine ihrer nervenden Nicht-Geschichten erzählt hat. Aber er war auch wirklich betroffen. Das habe ich daran gemerkt, dass er mich zum Abschied ganz unbeholfen umarmt und geküsst hat. Ich wüsste gerne, wie viel sie ihm erzählt haben und was er jetzt über mich denkt. Das steife Kopfkissen presst sich gegen mein Gesicht und meine Wange fühlt sich wund und heiß an. Ich möchte mich kratzen, aber ich bleibe ruhig liegen und blicke zum Fenster und in die Nacht, wo das Mühlrad sich dreht.

Nach dem Mühlrad kommt eine Schleuse, und dahinter fließt der Fluss träge dahin, bis er sich zu einem schattigen Mühlteich weitet, der am Ufer mit Steinplatten eingefasst ist. Hier wollte Max angeln.

»Ich hab hier mal ziemlich große Fische entdeckt.« Er schmiss sein Fahrrad neben einen Pflaumenbaum hin und nestelte seine Angelrute von dem Rucksack los, der auf seinem Gepäckträger war. Um den Teich herum wachsen mehrere Pflaumenbäume, alle knorrig und gekrümmt vor Alter. Während Max den Köder am Angelhaken befestigte, betrachtete ich die Bäume. Ein paar

Zweige ragten fast ins Wasser, die Pflaumen, die daran hingen, glänzten dunkel und reif.

Max war fertig. Wir setzten uns auf die Steinumfassung an dem friedlichen Teich und Max schleuderte den Köder hinein. Sein erster Versuch. Das Wasser lag ruhig und still da, die Sonne spiegelte sich faul in der glatten Oberfläche. Es war ein heißer Spätsommernachmittag.

Amseln zwitscherten in den Bäumen und die Sonne brannte uns auf den Rücken und wir haben überhaupt nichts gefangen. Ab und zu schwammen große fette Karpfen mit weißen Augen und gespenstischen grauen Schleiern an der Seite langsam aus dem Schlamm nach oben und schwebten eine Weile unter dem Köder, der im Wasser baumelte. Als würden sie abwarten und beobachten wollen, was weiter geschah. Kein einziges Mal versuchten sie, danach zu schnappen, sie glotzten nur blöd und machten sich dann mit einer schnellen Schwanzbewegung auf und davon. Max war ein sehr schlechter Angler. Ich habe es ihm gesagt. Er hat seine Angel hingeworfen. Wir lagen auf dem Rücken und schauten in den Himmel.

Ein dumpfer Schmerz durchzuckt meine Wade, obwohl sie mir den Verband schon lange abgenommen haben und die Spuren fast nicht mehr zu sehen sind. Die Ärzte sagen, dass Max hier mit seinen Fingernägeln über mein Bein gekratzt haben muss, und ich hasse sie dafür mehr als für alles andere. Nicht weil sie mir nicht glauben – sie glauben überhaupt nichts von dem, was ich erzählt habe.

Nein, es macht mich ganz wahnsinnig, dass sie glauben, ich hätte mich mit aller Kraft nach oben gestoßen, während er noch gelebt und nach mir die Hand ausgestreckt hat. *Mich nach oben gestoßen und ihn allein gelassen.* Sie sagen mir nicht ins Gesicht, dass ich ein Feigling bin. Sie fragen mich immer nur, wie es mir geht, und blicken ganz traurig drein und erwähnen seinen Namen nicht mehr.

Dabei könnte ihnen jeder sagen, dass seine Fingernägel dafür gar nicht lang genug waren. Er hätte mich gar nicht so kratzen können.

Wahrscheinlich kaute er auf ihnen herum, als wir am Ufer des Teichs lagen und die Nachmittagssonne ihm das Gesicht wärmte. Er hasst es, nichts zu tun, und wird dann ganz unruhig. Ich döste neben ihm vor mich hin, die Hitze und die lange Radtour begannen ihre Wirkung zu tun. Aber lange schläfrig herumliegen, das ging nicht. Nach ungefähr einer Minute wurde Max zappelig und musste etwas Neues vorschlagen.

»Wenn das mit dem Angeln nichts ist, dann können wir doch schwimmen.«

Ich hob lustlos den Kopf und blickte auf das Wasser. »Sei nicht albern«, sagte ich. »So heiß ist es auch wieder nicht und ich habe nichts dabei.«

Von Max kam ein Lachen. Er lag immer noch auf dem Rücken und hielt die Hand vors Gesicht, um nicht direkt in die Sonne schauen zu müssen. »Ich habe auch nichts dabei«, sagte er. »Ich werde nackt ins Wasser springen. Das ist *mir* doch egal.«

15

Ich schüttelte den Kopf. »*Dir* vielleicht. *Ich* brauche einen Badeanzug.«

»Jetzt hab dich mal nicht so. Ich guck auch nicht.« Max stützte sich auf die Ellenbogen und blickte über den Teich.

Ich sagte nichts. Ich würde nicht ins Wasser gehen und Max würde es wahrscheinlich auch nicht. Seine Begeisterung schien einen kleinen Dämpfer abgekriegt zu haben. Vielleicht war es die stille Reglosigkeit des Teichs, vielleicht war es auch etwas anderes.

»Dann mal los«, sagte ich aufmunternd. »Ich pass auf deine Sachen auf.«

Max brummte etwas. »Vielleicht später.« Er blickte unruhig um sich. Irgendetwas hatte ihn gepackt.

»Wir hätten was zum Essen mitnehmen sollen«, sagte er. »Hier gibt es meilenweit nichts zu kaufen.«

Ich hob einen faulen Finger. »Hier gibt's jede Menge gratis ringsum. Du brauchst nur deinen Hintern zu bewegen, wenn du hungrig bist.«

Die schwer beladenen Äste der Pflaumenbäume ragten bis übers Wasser, die vielen Sturmwinde hatten sie nur nach einer Seite wachsen lassen. Max kniff die Augen zusammen und musterte sie. Eine neue Herausforderung war entdeckt.

»Mach ich vielleicht, wenn du selbst dafür zu feige bist.«

»Wirf mir ein paar runter.« Ich legte mich wieder auf den Rücken und schloss die Augen. Dann hörte ich erst ein Scharren, danach ein Fluchen, und als ich einen

Blick wagte, sah ich die Füße und den Hintern von Max in dem Baum über mir verschwinden.

»Pass auf, Max. Du bist gleich über dem Wasser.«

»Nur wer wagt, gewinnt eine Pflaume.«

Er schob sich auf einem dicken, knorrigen Ast nach vorne, bis er über dem Mühlteich war, ungefähr einen halben Meter von der Steinumfassung entfernt. Er rutschte noch etwas hin und her, dann saß er richtig, klaubte eine rötlich-blauschwarze Pflaume vom Baum und stopfte sie sich in den Mund. Blitzschnell hatte er sie verdrückt. Er spuckte den Kern ins Wasser, wo er mit einem dumpfen Glucksen verschwand. Ich verlangte meinen Anteil, aber ich musste warten, bis er zwei weitere Pflaumen gierig verschlungen hatte, erst dann warf er mir eine zu. Sie war sehr reif und sehr süß.

Ich saß zwischen dem Baum und der Steinkante auf dem Boden und aß noch ein paar von den Pflaumen. Doch ich hatte bald genug davon. Ob es nun die reifen Früchte waren oder nicht, ich spürte ein Drücken im Magen und wunderte mich, wie Max es schaffte, so viele Pflaumen in sich hineinzuschaufeln. Vom bloßen Zusehen wurde mir schon schlecht. Die ausgespuckten Kerne regneten auf das Wasser herab.

Dann hörte der Regen auf. Max musste sich so vollgestopft haben, dass er nicht mehr konnte. Ich sah zu ihm hoch. Er saß still und ruhig auf dem Ast, den Kopf etwas zur Seite geneigt. War er vielleicht eingeschlafen? Nein, seine Augen waren ganz weit offen, und sein Mund auch, und er starrte auf das Wasser hinunter, das ungefähr zwei

Meter unter ihm war. Seine Hände waren weiß und umklammerten den Ast, als hätte er Angst hineinzufallen. Ich schaute ebenfalls auf das Wasser im Teich, aber ich konnte nichts erkennen, ich sah nur das Sonnenlicht, das sich auf der Oberfläche spiegelte, und meine Augen schmerzten davon.

»Was ist los, Max?«, rief ich laut und etwas schrill. Max hielt selten inne, um sich irgendetwas genauer anzuschauen. »He, Max, wirf mir noch eine runter.«

Es kam keine Antwort. Ich rief noch einmal. Er starrte in die Traumtiefen des Teichs hinab, rührte sich nicht und gab auch keinen Laut von sich. Eine plötzliche Panik umklammerte meine Brust, obwohl Max mich in der Vergangenheit oft nicht weiter beachtet hatte, ebenso wenig wie ich ihn.

»Max! Sag was! Hör auf damit – wenn das ein Witz sein soll, finde ich es nicht lustig. Du müsstest dich mal sehen, du sitzt wie ein Idiot da, mit offenem Mund. Komm wieder in die Wirklichkeit zurück.« Ich wusste nicht, warum ich so erschrocken war, und das verstörte mich zusätzlich. »Jetzt komm schon, antworte mir –«

Ich sprach nicht weiter. Als würde er von jemandem gerufen, schwang Max mit einem Mal sein Bein über den Ast, sodass beide auf einer Seite herunterhingen. Er blickte zwischen ihnen auf das Wasser hinunter. Und dann, fast noch im selben Moment und ohne seine Augen von dem Wasser zu lösen, stieß er sich mit einem kräftigen Ruck von dem Ast ab und fiel.

Er glitt fast geräuschlos in die Tiefe und das Wasser des

Mühlteichs schloss sich über ihm. Ich sprang mit einem Schrei auf und beugte mich über die Steinkante, musterte die Wasseroberfläche. Keine Luftbläschen stiegen auf. Nur eine kreisrunde Welle, eine einzige, und dann war die Oberfläche so reglos und still wie vorher.

Ich wartete.

Die Zeit war wie festgefroren. Ich wartete und wartete darauf, dass sein Kopf wieder auftauchte.

In der Ruhe der Nacht ist der Junge im letzten Bett wieder aufgewacht. Er weint. Diesmal hört ihn die Schwester nicht. Er heult und seine Schluchzer verklingen in der Dunkelheit. Meine Augen sind weit aufgerissen, ich starre auf etwas. Das Bild auf der Leinwand der Nacht ist erstarrt; die Oberfläche ist vollkommen reglos. Langsam, sehr langsam heult sich der Junge in den Schlaf. Ringsum ist es wieder still.

Eine Taube von der Mühle gurrte und ihr schläfriger Ruf traf mich wie ein Messerstich. Auch das Vogelgezwitscher, das mit dem einsamen Aufspritzer im Wasser ausgesetzt hatte, fing wieder an. Die Zeit tickte wieder. Ich zog hastig die Schuhe aus und sprang in den Teich.

Als ich in das Wasser eintauchte, wich mit einem Schlag die Sonnenwärme aus meinem Körper, als wäre ich gehäutet worden. Mein Körper zog sich vor Kälte zusammen, in meinen Ohren pochte eine dumpfe Stille. Das heitere Summen und Rascheln, alle besänftigenden Laute des Spätsommertags waren verstummt. Ich öffnete die Augen und sah um mich herum eine graugrüne Leere. Hinter mir befand sich die Steinmauer an der zur Mühle gelegenen Seite des Teichs, sie war grün bemoost und mit Unterwasserfarnen bewachsen, die mit ihren langen, kräftigen Wedeln meine Beine streiften.

Ich machte ein paar Schwimmzüge. Ringsum, über mir und unter mir war nur dieser leere grüne Raum, hie und da von schwachen Sonnenstrahlen durchbohrt, die durch die Wasseroberfläche drangen und allmählich verblassten. Das Wasser war sehr tief.

Weit unter mir, in den smaragdgrünen Tiefen, sah ich Max. Er schwamm, aber er schwamm nach unten, sein Gesicht von der Sonne abgewandt. Ich verfolgte ihn mit anschwellender Panik im Bauch. Das Blut hämmerte mir in den Schläfen, als ich mich mit den Beinen so kräftig wie nur möglich nach unten stieß, aber ich konnte ihn nicht erreichen. Und dann bemerkte ich noch etwas anderes, das sich im Wasser bewegte: blasse feingliedrige Frauen mit langen Haaren, die sie wie dünne Gräser umschwebten. Sie legten ihre Arme um ihn, als wollten sie ihn bei sich behalten.

Ich schwamm auf sie zu und kam immer näher, und als sich plötzlich alle zu mir umdrehten, war das Gesicht von Max weiß und seine Augen waren offen, aber ich wusste, dass er mich nicht mehr sehen konnte. Er lächelte und die Frauen lächelten auch. Sie konnten mich sehen, das spürte ich ganz genau, sie musterten mich mit Augen, die wie nasse Kieselsteine grün leuchteten.

Eine der Frauen bewegte ihre Beine wie einen Fisch-
schwanz und glitt auf mich zu; sie streckte ihre langen,
dünnen Finger nach mir aus und lächelte. Die Berührung
war kalt, wie wenn man Finger in einen Eisbach hält, und
als sie ihren Mund öffnete, strömten daraus blubbernde
Luftblasen hervor. Ihre langen Haare schwebten träge vor
meinen Augen, ihre Finger strichen über meinen Nacken, und ich spürte, wie mich langsam eine unendliche
Müdigkeit überkam, ein schläfriges Bedürfnis, zwischen
allen diesen stillen Dingen in diesem friedlichen Teich zu
ruhen, zwischen den Steinbrocken und den Holzstücken
und all den verlorenen, vergessenen Gegenständen, und
nie mehr die grelle Härte der Sonnenstrahlen zu spüren.
Aber ich hatte die Augen meines Freundes Max gesehen,
und ich hatte seine Haut gesehen, die fischig und weiß
gewesen war, wie Füße, die man beim Angeln im Sommer einen ganzen Nachmittag lang im Fluss baumeln
lässt. Und plötzlich sehnte ich mich nach der Berührung
des Windes, nach den Farben des Himmels und der Erde
und nach den Geräuschen, die von den Hügeln herüber-
wehen.

Deshalb schlug ich mit den Fäusten um mich und
entwand mich den anschmiegsamen Armen der Frau.
Ihr Mund öffnete sich zu empörtem Protest und das
Wasser um uns herum sprudelte wild auf. Ich stieß mich
nach oben, dem trüben Sonnenlicht entgegen, während
ihre Wut mir eine Million Luftbläschen nachschickte, die
um mich herum zischend zerplatzten.

Dann griff eine Hand aus der Tiefe nach mir und bekam meinen Knöchel zu fassen. Schrecken packte mich. Ich trat mit meinem freien Fuß danach und spürte einen Widerstand. Die Hand ließ los, doch im Wegsinken kratzte sie mit ihren scharfen Nägeln noch über meine ganze Wade.

Die Luftbläschen trugen mich jetzt wie in einem Schaumkissen nach oben, das Licht wurde heller und heller, bis es über meinem Kopf zerplatzte und mich die warme Luft des Spätsommernachmittags umgab. Ich strampelte keuchend in der Mitte des Mühlteichs, in meiner verletzten Wade spürte ich einen stechenden Schmerz. Das Wasser um mich herum war still und in den Pflaumenbäumen zwitscherten die Amseln. Es waren vielleicht zwei Minuten vergangen, seit ich ins Wasser gesprungen war, aber seit diesem Augenblick schien eine Ewigkeit vergangen zu sein, und das Vogelgezwitscher klang fremd und seltsam. Ich schwamm zum Ufer, hievte mich auf die warme Steinplatte hoch und starrte stumpf auf die ruhige Wasseroberfläche des Mühlteichs, der mir meinen Freund für immer genommen hatte. Meine Lungen atmeten die warme Spätsommerluft ein, aber durch mein Herz strömte kaltes grünes Wasser.

Zwei

Nach einer Stunde wurde ich ungeduldig. Mum konnte jetzt allmählich zurückkommen. Eine Stunde für einen Besuch im Krankenhaus reichte, fand ich, vor allem wenn man seinen Sohn ohne Essen und Trinken im Auto zurückgelassen hat. Wahrscheinlich konnte man dafür sogar angezeigt werden. Wie wenn man seinen Hund einfach auf dem Rücksitz einsperrt, ohne das Fenster einen Spalt offen zu lassen.

Die Zeit zog sich. Ich hatte aus dem letzten Mal gelernt und ein Buch mitgenommen, aber dummerweise war es eines, das ich schon fast ausgelesen hatte, und nach einer Viertelstunde war ich damit durch und es war wieder alles so langweilig wie immer. Ich hab noch mal hinten auf dem Buch den Text durchgelesen und die Lügen gezählt, die dort über den herausragenden Autor und sein glänzendes Werk standen. Dadurch verging noch eine Minute. Dann war ich wieder ganz auf mich selbst angewiesen – und es blieb mir leider nichts anderes übrig, als die Leute auf dem Krankenhausparkplatz zu beobachten. Um es etwas spannender zu machen, versuchte ich zu erraten, wer wohl welche Krankheit hatte, aber das hat nicht lange geholfen. Entweder war es zu leicht, wie bei dem Mann mit dem Gipsbein, der seine Frau beschimpfte, die ihn im Rollstuhl zum Eingang schob. (Sie hätte ihn die Rampe hinunterstoßen sollen, zwischen die Müllcontainer hinter der Kantine, aber nein, das tat sie natürlich nicht). Oder es war zu schwierig, wie bei fast allen anderen. Sie sahen alle nur blass und niedergeschlagen aus, und oft konnte ich nicht einmal sagen, ob es Patienten oder Besucher waren. Aber das war eigentlich auch egal, sie deprimierten mich alle.

Weitere zehn Minuten schlichen vorüber. Ich versuchte mir einzureden, dass ich wütend auf Mum war, weil sie mich mitgeschleppt hatte, und dass ich lieber zu Hause vor der Glotze abhängen würde. Aber das funktionierte nicht. Ich war wütend, weil sie mich wie ein kleines Kind hier im Auto gelassen hatte, wo ich eigentlich drinnen sein müsste, bei Charlie, um meine Rolle als großer Bruder zu erfüllen und mich um sie zu kümmern.

Am Tag vorher hatte ich sie das erste Mal gesehen. Aber ich hatte es vermurkst; Mum quasselte die ganze Zeit und ich saß nur daneben und sagte gar nichts, wie ein Blödmann. Und das absolut Idiotische daran war, dass ich ihr so viel zu sagen gehabt hätte, oder zumindest dachte ich das. Es war schon eine ganze Woche vergangen, und ich hatte sie seit dem Abend, bevor es passiert war, nicht mehr gesehen. Wir hatten im Gästezimmer zusammen Tischbillard gespielt. Charlie hat 3:2 gewonnen, beim letzten Stoß auf Pink. Ich hatte versucht, unseren Wettkampf auf *best of seven* auszuweiten, aber dann brüllte Mum durch die Wand und wir sind ins Bett gegangen. Als ich am nächsten Morgen aufgestanden bin, war Charlie schon weg, sie wollte wie immer zu Max.

Aus irgendeinem Grund kamen mir bei der Erinnerung an das Billardspiel die Tränen. Ich versuchte, irgendwo im Auto ein Papiertaschentuch zu finden, aber ich zog nur einen ölverschmierten Lappen unter dem Sitz hervor, und deshalb schniefte ich in den Ärmel. Genau diesen Augenblick hatte sich eine dicke Frau ausgesucht, um sich mit ihrem unförmigen Körper zwischen unser Auto und das nächste zu quetschen. Unsere Blicke trafen sich, als ich meine Nase gerade im Ärmel versenkt hatte. Das war mir peinlich, nicht wegen des Ärmels, sondern weil sie mitbekam, dass ich geheult hatte. Ich hatte eine richtige Freude daran zu beobachten, wie sie sich mühsam zwischen die Autos schob. Und noch viel mehr Spaß machte es zuzugucken, wie sie die Fahrertür einen schmalen Spalt aufmachte und sich schnaufend und ächzend hindurchzwängte, bis sie schließlich auf dem Sitz gelandet war. Doch dann fiel mir ein, dass sie wahrscheinlich von einem Besuch bei ihrem sterbenden Ehemann oder irgendeinem anderen unheilbar Kranken zurückkam, und ich fühlte mich schuldig und es war alles noch schlimmer als vorher.

Ich hatte Mum vor Augen, wie sie mit demselben erschöpften grauen Gesicht, das ich auch bei allen anderen gesehen hatte, in das Krankenhaus hineinging, und ich wünschte mir, sie hätte mich als moralische Stütze mitgenommen. Aber Mum mag alles immer möglichst niedrig hängen, und wenn ich dabei war, komplizierte das die Sache irgendwie. Ich glaube, sie wollte mich damals so lange wie möglich von Charlie fernhalten, bis sie halbwegs sicher sein konnte, dass mit ihr alles wieder in Ordnung war. Am Tag davor hatte ich es nur deshalb bis ins Krankenzimmer geschafft, weil ich vor den Schwestern einen Riesenaufstand veranstaltet hatte.

Charlie wirkte ruhig, als wir uns zu ihr ans Bett setzten, und führte mit uns ein Allerweltsgespräch über total unwichtige Dinge. Vernünftig. In ihren Augen blitzte es kein einziges Mal wild auf; sie freue sich darauf, aus dem Krankenhaus rauszukommen, sagte sie, und ihr sei langweilig. Mum hatte ihr ein paar Bücher mitgebracht. Sie sah eigentlich ganz gut aus, nur ein bisschen blass – aber irgendetwas war komisch an ihr, das spürte ich, ohne genau sagen zu können, was. Vielleicht kam es daher, weil sie so still war. Normalerweise geraten Mum und sie nach spätestens fünf Minuten aneinander, und Mum gab sich jetzt zwar besondere Mühe, aber sie brachte auch hier wieder ein paar von den Knallern, die Charlie sonst immer auf die Palme bringen. Doch sie saß nur still da, blass und beherrscht, ohne auf irgendein Reizwort zu reagieren. Ich war auch schweigsam. Ich musste die ganze Zeit daran denken, wie Mum an jenem schrecklichen Morgen total erschöpft von der durchwachten Nacht an Charlies Bett nach Hause gekommen war. Was sie mir erzählt hatte. Von dem Unfall. Wen sie im Teich gefunden hatten. Und vor allem die Geschichte, die Charlie ihr aufgetischt hatte.

Als Mum alles hervorstieß, konnte ich mir keinen Reim darauf machen. Es machte einfach keinen Sinn und passte überhaupt nicht zu meiner Schwester. Eine ganze Woche nagte die Geschichte jetzt schon in mir und ich hatte noch nichts davon verdaut. Als ich Charlie dann in ihrem Krankenhausbett dasitzen sah, ruhig, höflich und gelangweilt, traf es mich wieder wie ein Schlag – was sie Mum erzählt hatte, konnte einfach unmöglich tatsächlich passiert sein –, und ich spürte, dass ich viel zu aufgewühlt war, um mit ihr über belanglose Dinge reden zu können.

Eine Person eilte über den Parkplatz. Sie kam direkt auf unser Auto zu, aber es dauerte ein paar Augenblicke, bis ich Mum erkannte hatte.

Ich beugte mich zur Seite und öffnete von innen die Fahrertür. Mum ließ sich auf den Sitz plumpsen. Sie war ganz rot und außer Atem.

»Was ist los? Alles in Ordnung mit Charlie?«

»Sie kommt raus, Jamie. Lass mich erst mal verschnaufen. Ich bin drei Stockwerke runtergerannt.«

»Wann kommt sie raus? Heute?«

»Jetzt gleich. Warte noch 'ne Minute.« Und dann saß ich neben ihr und habe gewartet, bis sie genug gekeucht und geschnauft hatte. Sie schien einem Herzinfarkt nahe zu sein. Endlich ging ihr Atem ruhiger.

»Sie kommt *jetzt* raus, Jamie. Sie machen gerade die Entlassungspapiere fertig. Ich bin gekommen, um ihre Sachen zu holen.« Um für alle Fälle gewappnet zu sein, hatte Mum eine Tasche mit Kleidungsstücken von Charlie im Kofferraum deponiert.

»Das ist ja großartig, Mum. Dann ist bei Charlie alles okay?«

»Natürlich. Es geht ihr viel besser.« Sie hörte gar nicht richtig zu, sondern wühlte in ihrer Tasche nach den Autoschlüsseln herum.

»Aber die Ärzte – was haben die Ärzte gesagt?« Ich hätte nicht gedacht, dass mein Herz vor Angst und Aufregung so heftig klopfen würde.

»Sie sagen, dass bei ihr alles in Ordnung ist.« Auf Mums Stirn erschien eine Falte, als sie hochschaute. »Es geht ihr besser. Du hast sie gestern doch selbst gesehen. Sie ist fast wieder die alte Charlie. Nur sehr erschöpft.«

»Ja, aber ich meine … was sagt sie über das, was geschehen —«

»Sie erinnert sich jetzt besser. Sie redet keinen solchen Unsinn mehr. Und hör zu, James, weil wir gerade darüber reden —« Mum ließ mit einem metallischen Klicken ihre Handtasche zuschnappen und drehte sich zu mir. »Es ist wichtig, dass wir mit Charlie eine Zeit lang sehr behutsam umgehen. Die Ärzte sagen, wir dürfen mit ihr über nichts reden, was sie aufregen könnte. Das bezieht sich auf alles, was mit Max oder dem Begräbnis zu tun hat. Sie wird auch noch nicht in die Schule gehen. Sie ist im Augenblick sehr zerbrechlich, und wir wollen ihr alle

dabei helfen, langsam und vorsichtig ins Leben zurück-
zufinden, nicht wahr?«

»Aber wissen sie, warum —«

»Versprich mir, dass du mir dabei hilfst, Jamie. Es ist
ganz wichtig.«

»Ich habe es dir schon versprochen, Mum.«

»Ich weiß, dass du es bereits getan hast, Liebling.
Es werden schwierige Wochen für uns werden, mein
Schatz, aber wenn wir als Familie zusammenhalten, dann
schaffen wir das. Ab und zu werden die Ärzte nach ihr
sehen. Überprüfen, wie es ihr geht. Es wird alles gut
werden. Aber denk immer daran, was ich gerade gesagt
habe.«

»Ja, Mum.«

»Du bist doch mein Bester.« Mum war schon halb
ausgestiegen, da wandte sie sich noch einmal um. »Weißt
du, ich glaube, sie wird viel schneller darüber hinweg-
kommen, als die Ärzte geglaubt haben. Meine Tochter ist
eben ein vernünftiges Mädchen. Aber jetzt muss ich
mich beeilen. Wird nicht lange dauern.«

»Soll ich *hier* warten?«

Aber Mum hatte die Tür schon zugeknallt und stand
hinten am Kofferraum, wo sie die Tasche herauszog.
Dann hastete sie zwischen den Autos wieder davon und
war weg.

So sollte das also laufen. Ich durfte mit ihr nicht darüber reden. Ich sollte so tun, als wäre überhaupt nichts
passiert.

Ab und zu werden die Ärzte nach ihr sehen. Überprüfen,

wie es ihr geht. Was bedeutete das? Ich setzte mich so, dass ich den Krankenhauseingang fest im Blick hatte. Mein Herz hämmerte stärker als jemals zuvor. Meine Gedanken wanderten. Ich sah Charlie in ihrem Krankenhausbett vor mir: wachsam, fast misstrauisch, zurückhaltend, auf alle Fragen antwortend, ohne selbst eine zu stellen. Das war nicht meine Schwester, so kannte ich sie nicht, und jetzt kam sie nach Hause und ich spürte, was für einen großen Schrecken mir das, was passiert war, einjagte – dabei war es noch nicht mal mir passiert, sondern ihr.

Und da war sie auch schon, Charlie stand schon am Auto und ich hatte sie nicht kommen sehen. Was für ein Idiot ich doch war.

Drei

Prof. Sir Peter Andover
Institut für Kinderpsychiatrie
— Traumaforschung —
St. Giles Hospital
London
WC1V 8EA

An
Dr. A. E. Brown
Praktischer Arzt
15 High View
Wrensham
WR13 7RT

Abschrift an: Dr. David Tilbrook
Schreiben-Nr.: FL1/1099
Betreff: Charlotte Fletcher

London, 20. September

Sehr geehrter Herr Dr. Brown,

vielen Dank für Ihren Brief vom 16. September. Wie von Ihnen gewünscht, schildere ich

Ihnen hiermit den Eindruck, den ich von Ihrer Patientin Charlotte Fletcher bei meiner Visite im Allgemeinkrankenhaus Wrensham gewonnen habe.

Charlotte scheint ein kluges, aufgewecktes Mädchen zu sein, das sich klar ausdrücken kann. Unter normalen Umständen dürfte sie keine Schwierigkeiten haben, wahrheitsgemäße und genaue Schilderungen von Ereignissen zu liefern, die sie betreffen. Doch sie befindet sich gegenwärtig in einem Zustand, der sie gegenüber jeder Person, die sich für ihre Geschichte interessiert, ausweichend, zögerlich und misstrauisch reagieren lässt. Das, was sie mir und anderen erzählt hat, legt die Schlussfolgerung nahe, dass ihre Erinnerungen an den tragischen Zwischenfall in zwei Phasen untergliedert werden können, die in unmittelbaren Zusammenhang mit der Reaktion der Personen gebracht werden können, denen sie sich anvertraut hat.

1. Die ursprüngliche Geschichte
Diese Version ist mir nicht aus Charlottes eigenem Mund bekannt, doch habe ich eine schriftliche Zusammenfassung der Ärztin vorliegen, mit der Charlotte nach ihrer Einlieferung in das Krankenhaus gesprochen hat. Darüber hinaus habe ich ein Gespräch mit Charlottes Mutter geführt, der sie diese Version am ausführlichsten mitgeteilt hat. Die Reaktion der Mutter hat meines Erachtens Charlottes weiteres Ver-

halten und ihre Abwandlung der Geschichte entscheidend beeinflusst.

Der Inhalt der ursprünglichen Äußerungen ist Ihnen bekannt. Ich möchte vorausschicken, dass Erzählungen dieses Typs — also solche, die sich durch Irrealität bei gleichzeitiger detaillierter Schilderung auszeichnen — nach Traumatisierungen keineswegs ungewöhnlich sind, genauso wenig wie bei Fällen, in denen es beinahe zum Erstickungstod gekommen wäre. Beides trifft auf Charlotte zu. Um zunächst den zweiten Punkt zu erläutern: Die mangelhafte Blutversorgung des Gehirns führt häufig zu einer Störung der visuellen Wahrnehmung, was sich gemeinhin in verwirrenden farbigen Lichterscheinungen äußert und in selteneren Fällen auch zu anhaltenden traumähnlichen Halluzinationen führen kann. Diese Bilder sind gewöhnlich von starken körperlichen Empfindungen begleitet, was ihnen in der Erinnerung einen besonders »realistischen« Charakter verleiht. Wenn die Begleitumstände dieser Empfindungen äußerst ungewöhnlich sind — wie dies auf besonders tragische Weise hier der Fall ist —, kann der Patient sich umso schwerer dem Glauben entziehen, dass sein Erlebnis wirklich stattgefunden hat.

Ich komme jetzt zu dem ersten Punkt, den Äußerungsformen eines Traumas. Wie Sie zweifellos wissen, verläuft die psychische Verarbeitung eines Schocks oder eines großen seelischen Schmerzes fast immer in folgenden drei Etappen: Abwehr, Aggression und schließlich Akzeptanz. Es ist zudem bekannt, dass bei Kindern der Verlust einer nahen Person, deren Tod sie miterleben mussten, zu besonders heftigen »Erklärungsfantasien« führen kann, die im Kern darauf abzielen, das Geschehene zu verleugnen.

Ich glaube, dass dies bei Charlotte der Fall ist. Nachdem der Junge in den Teich gefallen war, scheint sie ihm sehr mutig — ihr Lehrer sagt, sie sei eine durchschnittliche Schwimmerin, keineswegs herausragend — hinterhergesprungen zu sein. Sie war wahrscheinlich sehr lange unter Wasser, und es ist sehr gut denkbar, dass sie ihren Freund in der Tiefe noch gesehen hat, wenn sie ihn auch höchstwahrscheinlich nicht mehr erreichen konnte. Ihre übermenschliche Anstrengung hat sie fast das Leben gekostet. Wenn man bedenkt, dass zu der momentanen Unterversorgung des Gehirns mit Sauerstoff später noch der beinahe unerträgliche Schmerz hinzukam, den Freund nicht gerettet zu haben, dann erstaunt es nicht, dass sich in ihren Erinnerungen an das Ereignis eine gewisse Verstörung ausdrückt.

Erlauben Sie mir noch hinzuzufügen, dass die Vorstellung, eine tote Person sei in Wirklichkeit entführt worden, aus den Erzählungen von Traumapatienten nicht unbekannt, aber doch ungewöhnlich ist. Es muss dies als Versuch interpretiert werden, dem sinnlosen Verlust einen Sinn zu geben. Auch möchte ich nicht unerwähnt lassen, dass manche Details von Charlottes Erzählung auffallend klar »erinnert« sind, beispielsweise die Erklärung für die Schnittwunde an ihrem Bein, die von einer bemerkenswerten analytischen Auffassungsgabe und Vorstellungskraft zeugt.

2. Die gegenwärtige Situation

Zwar war die Ärztin, der sie die Geschichte in ihrer ursprünglichen Version erzählte, erfahren genug, um dazu keinerlei Urteil abzugeben, doch wandte sich das Mädchen danach auch an seine Mutter, die — was durchaus nachvollziehbar ist — von der schmerzvollen Mischung aus Fantasie und Tod überfordert war. Sie dürften selbst bemerkt haben, dass die Mutter des Mädchens weder taktvoll noch besonders einfühlsam ist, und aus ihren Äußerungen geht eindeutig hervor, dass sie auf Charlottes Geschichte mit unverhohlenem Misstrauen reagiert hat.

Charlotte, die ein intelligentes Mädchen ist, muss die geringe Glaubwürdigkeit ihrer Geschichte deutlich gespürt haben, weshalb sie sich daraufhin geweigert hat, sie in dieser Version nochmals irgendjemandem zu erzählen. Als sie von der Polizei befragt wurde — wie auch später in einem Gespräch unter vier Augen mit mir —, blieb sie in ihren Auskünften vorsätzlich unbestimmt. Die einzigen Angaben, die sie zu dem Ereignis machte, lauteten:

1. Ihr Freund war auf den Baum geklettert.
2. Er fiel ins Wasser.

35

3. Sie ist hinterhergesprungen.
4. Sie hat ihn unter sich im Wasser gesehen, aber sie konnte ihn nicht mehr
erreichen.

Obwohl dies sehr vernünftige Aussagen
sind, die im Übrigen dem tatsächlichen Ab-
lauf ziemlich genau entsprechen dürften,
trug sie diese mit einer auffallenden
Bestimmtheit und Emotionslosigkeit vor.
Ich vermute, dass sie diese neue Version
absichtlich erzählt hat, um uns das zu
bieten, »was wir von ihr hören wollten«,
und uns möglichst schnell loszuwerden. Es
steht zu bezweifeln, dass sie selbst an
diese Version glaubt.

Zusammenfassung:
Zwar lässt sich nicht völlig ausschließen,
dass Charlotte inzwischen ohne fremde
Hilfe die Irrealität ihrer »falschen Erinnerung« erkannt und zu einer angemesse-
neren Darstellung des Erlebten gefunden
hat, doch halte ich es für wahrschein-
licher, dass sie aufgrund der abwehrenden
Reaktion der Mutter die ursprüngliche
Version für sich behält. Sie sollte in den
nächsten Monaten sorgfältig beobachtet
werden. Insbesondere sind regelmäßige
therapeutische Sitzungen anzuraten, um
sicherzustellen, dass sie sich in langsamen Schritten der Wahrheit nähert und sie
zu akzeptieren lernt. Dabei ist ein sehr
sorgsames und zurückhaltendes Vorgehen
vonnöten und Charlottes Gefährdung sollte

allen ihr nahestehenden Personen unmiss-
verständlich klargemacht werden. Ich bin
jedoch zuversichtlich, dass die Sitzungen
bei Dr. Tilbrook ihr helfen werden, den
tragischen Verlust allmählich zu verarbeiten.

Eine ausführliche Fallanalyse werde ich
Ihnen noch zukommen lassen. Falls Sie irgendwelche Fragen haben sollten oder ich
Ihnen in anderer Weise behilflich sein
kann, können Sie sich jederzeit an mich
wenden.

Mit freundlichen Grüßen
Ihr
Peter Andover

Vier

Wie sie mich anstarrten, störte mich. Ich bekam einen Vorgeschmack davon durch Mrs Mortimer von nebenan. So etwas wie ein sechster Sinn musste ihr gesagt haben, wann genau wir zurück sein würden. Sie stand an der Wäschespinne und befingerte eifrig ihre Bettlaken, obwohl jeder Blinde sehen konnte, dass sie knochentrocken waren. Während wir alle aus dem Auto ausstiegen, kehrte sie uns den Rücken zu, aber als ich dann zur Tür ging, konnte sie es nicht lassen; sie verrenkte sich fast den Hals, um einen Blick auf mich werfen zu können. Als James mit den Schlüsseln an der Haustür herumhantierte, hörte ich sie einen gespielten, tiefen Mitleidseufzer von sich geben. Mum wurde rot und schob uns nervös in den Hausflur. Wann immer ich mich danach hinters Haus wagte, lag Mrs Mortimer irgendwo auf der Lauer; sie putzte ihre Fenster und blickte dabei auf unser Haus, oder sie war im Garten mit der Ernte ihrer Stangenbohnen beschäftigt und beobachtete mich dabei aus dem Augenwinkel.

Während Mrs Mortimer mich stillschweigend, aber beharrlich ausspähte, machten das die Jungen aus unserer Straße umso lauter. Der fette Dickie Larson und seine Kumpels tauchten am zweiten Morgen, nachdem ich aus dem Krankenhaus zurückgekommen war, vor unserem Haus auf, sie kurvten auf ihren Fahrrädern herum und flüsterten miteinander. Ich wollte einkaufen gehen und musste an ihnen vorbei. Da brüllten sie plötzlich, gaben grelle falsche Angstschreie von sich und rasten dann lachend davon. Snivvens rief mir über die Schulter noch etwas zu, das ich nur halb verstand. Ich ging einfach weiter, aber James, der gerade draußen war, hörte es auch. Als ich ungefähr eine Stunde später wieder nach Hause kam, saß er in der Küche und betupfte seine geschwollenen, aufgeplatzten Lippen.

»Was ist passiert?«

»Bin gegen eine Tür gerannt«, sagte er und betupfte seine Lippen weiter. Wir haben diesen Zwischenfall nie mehr erwähnt, aber ich bin mir sicher, dass er sich mit Dickie Larson und Snivvens geprügelt hatte.

Sie hatten Max' Namen gerufen. Vielleicht war es das gewesen, was James so aufgeregt hatte. Was sie sagten, musste für ihn wie eine Ohrfeige geklungen haben, eine schlimme Beleidigung seiner Schwester. Aber ehrlich gesagt, hatte ich kaum hingehört; ihre Rufe drangen wie aus weiter Ferne zu mir.

Damals war für mich alles so – weit weg, abgedämpft, in Watte gepackt. Sogar zu Hause war das nicht anders. An dem Tag, als ich aus dem Krankenhaus kam, ging ich gleich hoch in mein Zimmer. *Mein* Zimmer? Ich saß auf dem Bett und guckte auf die Poster an der Wand, auf den lächerlichen Lampenschirm, den alten Teppich und die Bücherstapel auf dem Regalbrett. Es war ein Gefühl, wie wenn man in den Ferien lange verreist ist und dann zurückkommt, und ein paar Minuten lang sieht man die Zimmer wie ein Fremder, alle Gegenstände und Möbel haben komische Farben und sind ganz zufällig zusammengewürfelt. Doch diesmal dauerte der Zustand an, die normale Vertrautheit wollte sich nicht einstellen. Alles blieb anders, fremd, unberührbar. Die Bücher und Spiele in der Zimmerecke schienen einer fremden Person zu gehören.

Und was noch schlimmer war, über meinen Augen lag ein dicker Schleier und ich konnte Max nirgendwo mehr sehen. Es war, als ob die unausgesprochene Gewissheit um mich herum, dass Max für immer von uns gegangen sei, den ganzen Tag auf mir lastete. Ich spürte diesen Druck vom Aufwachen bis zum Schlafengehen, in jeder einzelnen Minute während der vielen Stunden, die mit langweiligen Aktivitäten angefüllt waren.

Nicht ein einziges Mal, von den Jungen aus unserer Straße mal abgesehen, die hämisch lachend davongeradelt waren, hat irgendjemand ihn direkt erwähnt. Und ich war auch nicht viel besser. Die stillschweigende Übereinkunft über das Schicksal, das ihn ereilt hatte, löschte meine eigene Erinnerung an den Mühlteich beinahe aus. Die Bilder, die ich mir im Krankenhaus, auf der Leinwand der Nacht, wieder und wieder vorgespielt hatte, begannen zu flimmern und verblassten allmählich. Sie waren weniger greifbar, weniger eindringlich, doch trotzdem nicht weniger wirklich.

Je mehr die allgemeine Sicht sich wie ein Kreis um mich schloss, desto stärker war Max ausgesperrt. Ich brachte es nicht mehr fertig, direkt an ihn zu denken oder an den Teich oder an die Frauen mit den grünen Augen und den langen Haaren, die ihn in die Tiefe entführt hatten. Ich spürte, wie das alles in dem dumpfen Alltag zu Hause immer undeutlicher wurde. Doch jetzt weiß ich, dass Max damals immer da war, nur nicht wahrnehmbar, wie die Sterne, die Dad uns immer gezeigt hat, als wir noch klein waren. Er hat auf ein Geflimmer aus Sternen gedeutet, die zu einem Nebel verschwammen, wenn man sie direkt anschauen wollte; doch wenn man nur seitlich hinblinzelte, dann blitzten unzählige Stecknadelköpfe aus Licht auf. Max war immer da und wartete auf mich, ich musste nur aus dem Kreis heraustreten, und alles, was ich damals machte, geschah in seinem Schatten.

Das ist mir jetzt alles klar. Aber in den ersten Tagen damals, bevor das mit den Träumen anfing, war ich völlig neben der Spur. Ich wusste überhaupt nicht, was ich mit mir anstellen sollte. Ich war schlaff und teilnahmslos. Alles fühlte sich so sinnlos an. Ich versuchte, ein paar von meinen Lieblingsbüchern zu lesen, aber was mir früher Spaß gemacht hatte, war jetzt nur Papier und Staub. Sogar die *Schatzinsel* und die Artussage waren nur noch öde. Oft lag ich nur auf dem Bett, hatte irgendein Buch aufgeschlagen und dachte an gar nichts.

Ich wäre gerne mehr rausgegangen, aber während der Woche im Krankenhaus hatte das Wetter umgeschlagen. Der Sommer war jetzt endgültig vorbei, es war nass und kalt geworden. Ununterbrochen fiel ein feiner Nieselregen, und mir blieb nichts anderes übrig, als im Haus zu bleiben, wo ich Mum und meinem Bruder kaum entkommen konnte.

James gab sich solche Mühe mit mir, dass es schon fast wehtat. Er benahm sich so komplett anders, als es sonst seine Art war, nur damit sich für mich alles möglichst harmlos, leicht und belanglos anfühlte, dass ich am liebsten geschrien hätte. Innerhalb von drei Tagen hat er mich so oft gefragt, ob wir nicht eine Partie Billard spielen wollen, wie in den letzten drei Jahren nicht. Zu den anderen Dingen, die ihm vorher nicht im Traum eingefallen wären, zählten: mit mir ins Kino gehen, blödsinnige alte Spiele spielen, die wir schon jahrelang nicht mehr aus dem Schrank geholt hatten, oder einfach so in mein Zimmer kommen, um zu fragen, wie es mir ging, ohne besonderen Anlass. Ich spielte dann ein paar Spiele mit ihm, aber normalerweise hatte ich einfach keine große Lust auf Gesellschaft. Doch ich brachte die Energie nicht auf, ihm zu sagen, dass er mich in Ruhe lassen sollte, und so kam es, dass er sich fast andauernd in meiner Nähe aufhielt.

Mums Strategie war, mich aus der Ferne zu beobachten. Wir waren noch nie besonders gut miteinander ausgekommen, und sie hatte wohl das Gefühl, mich jetzt noch mehr als sonst wie ein rohes Ei behandeln zu müssen. Ich versuchte, ihr so weit wie möglich aus dem Weg zu gehen, und blieb meistens in meinem Zimmer, während sie unten im Wohnzimmer vor der Glotze saß. Bis auf den ersten Abend, hat sie sich selten hochgewagt. Ich saß auf dem Bett und machte nichts Besonderes, als sie den Kopf durch die Tür steckte.

»Kann ich reinkommen?«

»Bist du doch schon so gut wie, Mum.«

Sie kam ins Zimmer und setzte sich ans Fußende meines Betts. »Wie geht es dir?«

»Gut.«

»Du musst nicht in deinem Zimmer bleiben. Willst du dich nicht zu uns runtersetzen? Es läuft gerade ein schöner Film.«

»Schon in Ordnung, Mum. Mach dir keine Sorgen.«

»Na dann …« Sie überlegte, was sie noch sagen könnte, und fuhr dann erleichtert fort. »Ich habe heute mit Mr Drover gesprochen. Es ist überhaupt kein Problem, wenn du erst mal zu Hause bleibst. Er versteht, dass du jetzt ein bisschen Zeit für dich brauchst. Ich soll dir viele Grüße von ihm sagen. Die ganze Schule schickt dir viele Grüße. Ich hab ihm erzählt, dass du die Karte bekommen hast. Nett von ihnen, dass sie alle an dich denken.«

Ja, supernett. Alle aus der Klasse haben unterschrieben und Herzchen gemalt. Sogar Snivvens.

Ich lächelte Mum ausdruckslos an. Sie machte weiter.

»Wahrscheinlich kannst du ja bald wieder in die Schule. Aber ich will auch nicht, dass dir in der Zwischenzeit langweilig wird. Wir können viele Sachen miteinander machen, weißt du? Wir könnten zum Beispiel kleine Ausflüge unternehmen.«

»Du musst doch arbeiten, Mum.«

»Ich hab noch eine Woche freigenommen, mein Liebling. Und danach werden wir weitersehen. Außerdem arbeite ich sowieso nur halbtags, da haben wir beide viel Zeit für uns.«

»Das musst du nicht machen, Mum.« Ich wusste, dass sie nur wenig Urlaubstage hat. »Mir geht es gut. Ich komme schon allein zurecht.«

Bis dahin war zwischen Mum und mir eigentlich alles okay, aber dann redete sie weiter und machte mal wieder alles kaputt. Ihre Stimme klang jetzt steif und gepresst. »Ich will nicht, dass du dich allein in der Stadt herumtreibst, Charlotte. Das kommt nicht infrage. Wir können viel miteinander unternehmen, auch mit James. Und Greg hat angeboten, dass wir ihn an den Wochenenden besuchen können, wenn wir wollen. Es wird genug Abwechslung geben.«

»Wie du meinst.« Ich hatte das Interesse verloren und sah aus dem Fenster.

Normalerweise hätte mich das fuchsteufelswild gemacht. Ich würde gehen, wohin ich wollte, und zwar allein. Mum konnte mich doch nicht an die Leine legen. Mich würden keine zehn Pferde dazu bringen, ein Wochenende mit Greg und seinem widerlichen Sohn zu verbringen. Er ist Mums neuer Typ. Greg meine ich, nicht der Sohn. Aber ich brachte nicht die Energie auf, um richtig wütend zu sein. Was war mit mir los?

»Ich bin müde, Mum«, sagte ich. »Ich glaube, ich will ein bisschen schlafen.«

»In Ordnung, Liebling.« Sie stand schwerfällig auf. Ich drehte mich auf die Seite, sodass ich zum Fenster sah. Ich hörte, wie sie an der Tür noch einmal stehen blieb. »Charlotte, mein Liebes, wenn du über irgendetwas reden möchtest, du weißt, ich bin immer für dich da.«

Sie wartete auf eine Antwort, aber ich hatte die Augen schon geschlossen und schaute in einen grünen Nebel. Aus weiter Ferne hörte ich, wie die Tür leise zugezogen wurde.

Am Donnerstag hatte ich meinen ersten Termin bei Dr. Tilbrook. Es war am anderen Ende der Stadt, ein großes altes Haus in einer Straße mit großen alten Bäumen. Ich hatte gedacht, wir würden in eine Arztpraxis kommen, aber es schien Dr. Tilbrooks Wohnung zu sein. Er öffnete selbst die Tür und bat uns herein. Wir kamen in einen Vorraum mit grässlichen schwarzen Möbeln und ein paar Zeitschriften auf einem Couchtisch. Mum musste dort warten. Ich ging mit ihm weiter in den nächsten Raum, der sein Arbeitszimmer war. Dort saß ich in einem bequemen Stuhl und er saß mir gegenüber. Hinter ihm an der Wand hingen Kunstdrucke. Eine doppelflügelige Terrassentür führte in einen großen verwilderten Garten, der sich weit in die Tiefe erstreckte.

»Hallo, Charlotte«, sagte Dr. Tilbrook.

»Hallo«, sagte ich.

Ich warf ihm einen Blick zu, von dem ich hoffte, dass er offen und konstruktiv wirkte. Mein Plan war der gleiche wie immer – mich so vernünftig wie möglich zeigen und es möglichst schnell hinter mich bringen. Selbst damals, als ich noch unwissend und ganz durcheinander war und Max völlig aus den Augen verloren hatte, wusste ich genau, was sie von mir bekommen wollten.

»Ich freue mich, dich kennenzulernen, Charlotte«, sagte Dr. Tilbrook. Er machte eine Pause. Anscheinend erwartete er darauf eine Erwiderung.

»Danke«, sagte ich.

Er war dünn wie eine Bohnenstange und sehr groß, sodass er sich richtig zusammenfalten musste, um in dem Stuhl sitzen zu können. Nur um die Augen hatte er ein paar Fältchen, sonst wirkte er noch ziemlich jung. Aus seiner Seitenscheitelfrisur löste sich ab und zu eine glatte Strähne und rutschte ihm in die Stirn, sodass man glaubte, sie würde ihm gleich die Augen verdecken, doch dann beförderte er sie mit einer kleinen ruckartigen Kopfbewegung wieder zurück an ihren Platz. Er machte das immer so, nie gebrauchte er dafür seine langen schmalen Hände, die er flach auf den Oberschenkeln seines zusammengeklappten Körpers abgelegt hatte.

»Es tut mir sehr leid, was du erlebt hast«, sagte er. »Ich habe gehört, was geschehen ist.«

Natürlich hast du das, dachte ich. Wie kann man nur so etwas Dummes sagen. Sonst wäre ich ja nicht hier.

»Ich bin hier für dich da, du kannst mit mir über alles reden, wenn du willst«, fuhr er fort. »Die Ärzte, die dich im Krankenhaus behandelt haben, waren der Meinung, dass es jetzt gut für dich wäre, wenn es jemanden gibt, der dir zuhört, wenn du reden willst, wenn du von dir erzählen willst. Ich höre dir zu. Das ist alles. Dafür bin ich da.«

Er machte wieder eine Pause. Ich sagte nichts, also gab es für ihn auch nichts, wo er hätte zuhören können. Ich verspürte plötzlich das Bedürfnis, mein Gesicht von ihm abzuwenden und in den Garten hinauszuschauen. Ich konnte den Garten nur aus dem Augenwinkel sehen. Er war grün. Grüne Bäume, langes grünes Gras und weiter hinten eine silbrig-grau schimmernde Fläche, die eine Felsplatte oder vielleicht auch ein Teich war. Aber ich wusste, dass die Sache schneller abgehakt wäre, wenn ich Dr. Tilbrook entgegenkam. Deshalb lächelte ich ihn freundlich an.

»Wie fühlst du dich im Augenblick, Charlotte?«, fragte er. Er sah mir die ganze Zeit in die Augen.

»Schon in Ordnung«, sagte ich, »aber Sie wissen ja.«

»Nun, ich bezweifle, dass ich das wirklich weiß. Was du erlebt hast, Charlotte, und wie du dich jetzt fühlst, kann sich keiner von uns vorstellen – weder deine Mutter noch dein Bruder, noch ich. Aber du musst dich deswegen nicht einsam fühlen. Wir wollen alle für dich da sein und dir helfen, wir alle miteinander. Jeder, den du treffen wirst und der von deinem Erlebnis weiß, wird dir helfen wollen. Das darfst du nie vergessen.«

Ich musste an Snivvens und den fetten Dickie Larson denken. Ich lächelte wieder freundlich.

»Hast du das Gefühl, überhaupt darüber reden zu können, Charlotte? Hast du jemandem davon erzählt?«

Das Bedürfnis, in den Garten hinauszuschauen, war übermächtig geworden, doch nein, das durfte ich nicht. Aber sein Gesicht wollte ich auch nicht mehr anstarren. Der Kompromiss war die Krawatte mit Blümchenmuster, die vor seinem Oberkörper baumelte, fast bis zu den reglosen Händen auf den Oberschenkeln herunter.

»Ich habe schon erzählt, was passiert ist«, sagte ich. Das stimmte. Ich hatte verschiedenen Personen schon mehrere Versionen erzählt, und ich hatte keine Lust, das alles hier noch einmal zu wiederholen.

»Ich weiß, dass es schwierig ist, darüber zu reden«, sagte er. »Du musst dir deswegen keine Gedanken machen. Aber du solltest dich auch nicht verschließen.«

Ich zuckte die Achseln. »Es geht mir gut.«

»Wie du willst, Charlotte.« Dr. Tilbrook streckte seinen langen, dünnen Arm aus, weiter als man das für möglich gehalten hätte. Er öffnete eine Schublade in seinem Schreibtisch und zog eine Kladde mit rotem Einband heraus. »Du musst nicht mit mir reden, wenn dir im Augenblick nicht danach ist. Wir sehen uns nächste Woche wieder und vielleicht hat sich das bis dahin geändert. Aber vielleicht hast du in der Zwischenzeit Lust, etwas anderes zu machen. Nämlich Dinge aufzuschreiben, die dir durch den Kopf gehen. Schreibst du Tagebuch?«

Ich schüttelte den Kopf. Nein. Manchmal für die Schule, wenn es sein musste. Dr. Tilbrook nickte.

»Ich auch nicht. Aber manchmal mache ich mir kurze Notizen zu Dingen, die mir wichtig sind. Damit ich nichts vergesse. Ich habe dafür ein besonderes Buch. Mit leeren Seiten, wie dieses hier. Ich schenke es dir, wenn du magst. Wenn du das Gefühl hast, dass dich in deinem Innern etwas beschäftigt, das unbedingt festgehalten werden muss, dann kannst du es hier aufschreiben. Keine andere Person wird es lesen, aber manchmal tut es gut, sich die Dinge von der Seele zu schreiben.«

Er beugte sich vor und reichte mir die Kladde. »Danke«, sagte ich. Ich blätterte das Heft nicht auf.

»Na gut, genug für heute. Schön, dich kennengelernt zu haben. Wir sehen uns dann nächste Woche.«

Er faltete seine Glieder wieder auseinander und ging zur Tür. Als ich ihm folgte, erlaubte ich mir einen kurzen Blick in den Garten. Die Sonne ließ die Blätter aufleuchten, und ich sah, dass der graue Farbfleck ein Fels in einem Steingarten war. Daneben führte ein Pfad entlang, der zwischen den Bäumen verschwand. Es war ein sehr schöner Garten, und ich verspürte plötzlich das unbändige Bedürfnis, aufzubrechen und allein den Pfad entlangzuwandern. Doch die Tür, die Dr. Tilbrook für mich öffnete, führte auf die andere Seite – zu Mum, zum Auto und auf die Straße.

Fünf

Ich ging barfuß durch hohes, nasses Gras. Bei jedem Schritt spürte ich die kalten Tropfen meine Zehen und Fußsohlen kitzeln. Unmittelbar über mir war der Himmel tiefblau, bereits in das Dunkel der Nacht übergehend, doch rechts und links von mir verblassten das Gras und der Himmel schnell ins Nichts. Ich wanderte einen langen, schmalen Streifen entlang, auf einen Punkt zu, der taghell angestrahlt war.

Was war dort? Nichts als ein dunkler stiller Kreis mitten im Gras. Ich wusste, was sich dort befand: Es war der Mühlteich, mit allen Einzelheiten, an die ich mich genau erinnerte. Die Steinumfassung, die Schatten der Bäume, das reglos wartende Wasser.

Ich ging und ging, und obwohl der Teich immer klarer und deutlicher vor mir lag, sodass ich schon bald die Oberfläche jedes einzelnen Steins erkennen konnte, den Schlamm und die Flechten in den Fugen, hatte ich nicht das Gefühl, näher zu kommen. Eine schreckliche Angst stieg in mir hoch, ich musste das Wasser unbedingt erreichen, bevor etwas Entsetzliches geschah. Ich spürte, dass ich nicht mehr viel Zeit hatte. Doch ich konnte meinen Schritt nicht beschleunigen, sosehr ich das auch wollte.

Und dann war er plötzlich da, er stand im Wasser, das ihm nur bis zu den Knöcheln reichte, als sei es so harmlos und seicht wie in einem Plantschbecken. Er stand still und ruhig da, seine Arme hingen herab, der Kopf war leicht zur Seite geneigt; man hätte meinen können, er sei aus Marmor gemeißelt, so reglos wirkte er – und wie erstarrt lag auch das Wasser da. Und obwohl ich noch weit entfernt war, konnte ich sein bleiches Gesicht genau erkennen und auch den lebendigen Blick aus seinen Augen, mit denen er mich ansah.

Doch dann, als er gerade den Mund öffnen wollte, um mir etwas zu sagen, zog ihn das Wasser plötzlich nach unten. Seine Haare ragten noch kurz wie wippende Farnwedel aus dem Wasser, dann war er verschwunden.

Mit übergroßer Anstrengung kämpfte ich mich voran. Jetzt stand ich am Teich und schaute in das dunkle Wasser. Ich konnte nichts sehen, aber ich wusste, dass er dort unter mir war, so nahe, dass ich ihn beinahe berühren konnte. Er hatte die Arme zum Himmel ausgestreckt. Ich ließ meine Blicke schnell zur Seite huschen, falls der Feind womöglich schon nahe war, aber nichts und niemand war zu sehen.

Die grünen Fluten warteten.

Ohne noch ein letztes Mal Atem zu holen, stürzte ich mich hinein.

Sechs

An dem Vormittag kriegten wir das erste Mal einen richtigen Schock wegen Charlie. Es war Samstag, ungefähr elf Uhr und sie war immer noch nicht zum Frühstück aufgetaucht. Mum begann, unruhig in der Küche auf und ab zu gehen, demonstrativ räumte sie ein Stück nach dem anderen vom Tisch, bis er fast leer war und nur noch eine Müslischale, eine Tasse und ein Löffel übrig blieben. Und eine Packung Rice Krispies. Früher hätte Mum sich viel schneller aufgeregt, aber damals bemühten wir uns beide, so gut wir konnten, jeden Anlass zu irgendwelchen Streitereien zu vermeiden. Es wurde elf Uhr, dann war elf Uhr vorbei und Charlie kam immer noch nicht. Da erklärte ich mich freiwillig dazu bereit, nach oben zu gehen, den Kopf durch die Tür zu stecken und mal freundlich nachzufragen.

Sie war nicht da. Ihr Bett war zerwühlt, sie musste darin geschlafen haben, doch jetzt war Charlie verschwunden – und ihre Turnschuhe und ihre Jacke ebenfalls. So ähnlich musste man sich fühlen, wenn man ein Messer in den Magen gerammt bekommt. Ich stürmte nach unten und rief:

»Sie ist weg! Sie ist nicht in ihrem Zimmer!«

Mums Gesicht fiel mit einem Mal hohlwangig in sich zusammen, als wäre bei ihr die Luft rausgelassen worden. »Mach so was nicht noch mal, James – du hast mich fürchterlich erschreckt. Sie wird im Bad sein. Hast du da nachgeguckt?«

»Sie ist nicht im Bad, Mum. Die Tür war offen.«

»Hast du reingeguckt?«

»Nein! Okay, ich überprüfe das – aber ich weiß, dass sie nicht drin ist.« Ich rannte die Treppe hoch und sah noch mal im Bad nach und natürlich war sie da nicht. Und auch nicht in Mums Schlafzimmer oder in meinem Zimmer. Ich rannte wieder runter und in den Hinterhof hinaus. Charlies Fahrrad stand nicht mehr im Schuppen. Mums Angstreaktion führte als Erstes zu einer Reihe unbeantwortbarer Fragen.

»Seit wann ist sie weg? Wie hat sie sich rausschleichen können, ohne dass wir etwas gemerkt haben? Wann bist du aufgewacht? Hatten wir nicht ausgemacht, dass du auf sie aufpassen sollst?«

»Woher soll ich denn wissen, wo sie ist? Ich glaube, ich hab sie noch gehört, als ich zum Frühstück runtergekommen bin – aber das war vor zwei Stunden. Sie könnte überall sein. Hör mit den Fragen auf und denk lieber mal nach.«

Wir standen rechts und links neben dem Küchentisch, keiner von uns beiden setzte sich hin. Zwischen uns auf dem Tisch waren die einsame Packung Rice Krispies und die leere Müslischale. Ich stand da und dachte nach. Seit Charlie aus dem Krankenhaus gekommen war, hatte sie nur ein paar Mal alleine das Haus verlassen, um irgendwas einkaufen zu gehen, und jedes Mal hatte sie Mum gesagt, wo sie hinwollte. Das hier fühlte sich anders an. Sie musste ganz früh die Treppe runter und aus dem Haus geschlichen sein, noch bevor Mum oder ich wach waren.

»Das hilft auch nicht weiter«, sagte Mum. »Sie könnte überall sein − hör auf damit!« Ich trommelte mit den Fingern auf den Metallrand des Spülbeckens. Mum rieb sich die rechte Schläfe, wie sie es immer macht, wenn sie sehr aufgeregt ist. Die Haut dort war schon ganz rot und wund. Ich hörte auf, mit den Fingern zu trommeln. Ein schrecklicher Gedanke war mir gekommen.

»Mum − glaubst du, dass sie dorthin zurück ist?«

»O Gott, James, wie kommst du nur auf so was? Sie würde nie dorthin zurück, nie würde sie …« Mum verstummte und schaute mir in die Augen. Ich sagte nichts.

Wir brauchten nur dreißig Sekunden, um aus dem Haus und ins Auto zu kommen, und dabei hatte ich noch mal umkehren müssen, um die Haustür zuzumachen, die Mum offen gelassen hatte. Sie drehte den Zündschlüssel und der Motor sprang nicht an. Mum hatte den Choke zu weit herausgezogen und er war abgesoffen. Sie fluchte. Sie versuchte es noch einmal. Der Motor stotterte und verstummte. Im Auto war es heiß und stickig. Panik lag in der Luft. Beim dritten Mal sprang der Motor an. Mum lehnte sich erst in den Sitz zurück, als wir aus der Einfahrt auf die Straße gebogen waren, und mir fiel auf, dass wir beide vorher stocksteif dagesessen waren, total verkrampft wegen des kleinen, verzögernden Missgeschicks.

Keiner von uns beiden sagte etwas, während wir aus der Stadt hinausfuhren. Ich dachte darüber nach, welche Strecke Charlie wohl mit dem Fahrrad gewählt hatte – am Kanal entlang und dann hinter Sainsbury's nach links, auf die Straße nach Bingham, das nur eine Meile entfernt war, und von da aus ungefähr noch eine Meile, vielleicht auch etwas mehr, bis zur Mühle. Ich rechnete nach. Charlie würde dafür höchstens eine Stunde gebraucht haben. Ich konnte es drehen und wenden, wie ich wollte, mir fiel nichts ein, was sie wirklich hätte aufhalten können. Selbst wenn sie herumgetrödelt hätte, wäre sie mindestens eine Stunde vor uns am Teich gewesen. *Eine Stunde am Mühlteich.* O Gott! Ich vermute, dass Mum ähnliche Gedanken hatte. Sie war am Steuer nicht besonders aufmerksam und hätte beinahe einen alten tauben Opa umgefahren, der unbedingt an einer besonders unübersichtlichen Stelle die Straße überqueren musste.

Wir waren in einer Viertelstunde in Bingham und rasten dann auf dem breiten Feldweg zur Mühle weiter. Vor der Toreinfahrt bremste Mum mit quietschenden Reifen. Das Auto rollte noch, da war ich schon draußen und eilte den Pfad zum Fluss hinunter. Mum würde schon hinterherkommen. Ein Viehgatter versperrte mir den Weg und hinter der Weide war eine Ansammlung von Bäumen zu sehen. Ich wusste, an welcher Stelle sie sich befanden. Es war noch ein ziemliches Stück bis dorthin, aber man hätte bereits erkennen müssen, ob dort jemand stand. Und dort stand niemand.

Ich sprang über den Zaun und rannte quer über die Wiese, wobei ich ein paar Mal auf den frischen Kuhfladen fast ausgerutscht wäre. Als ich die Hälfte geschafft hatte, entdeckte ich an den Baumstämmen noch Reste des Absperrbands, das die Polizei nicht ordentlich abgemacht hatte. Mir wurde plötzlich übel. Weit hinter mir waren Mums keuchender Husten und ihre stolpernden Schritte auf dem Pfad zu hören. Ich kletterte über den Stacheldrahtzaun am Ende der Weide, zerriss mir dabei meine Jeans, taumelte weiter und stand schließlich am Rand des Teichs. Mein Atem ging stoßweise, fast in Fetzen, wie meine kaputte Jeans.

Sie hatten den Mühlteich abgedeckt. Eine grobe große Deckplatte aus rauen Planken, aus allen möglichen Balken und Bohlen wild zusammengezimmert, erstreckte sich über die Oberfläche des Teichs. Sie war ringsum mit riesigen Eisenklammern am Boden befestigt, jede Planke war unverrückbar mit der Steinumfassung verbunden, es gab keinen Spalt dazwischen. Der Mühlteich war groß, und es war eine ziemliche Leistung, die ganze Fläche so abzudecken, aber man konnte keinen Millimeter Wasser mehr sehen. Der Mühlbach floss an der einen Seite hinein und an der anderen Seite wieder heraus, aber dazwischen war nur Holz, und an beiden Stellen reichte ein Metallgitter tief in das träg dahinfließende Wasser hinab. Das Ganze war sehr hässlich und sehr sicher.

Gott sei Dank! Selbst wenn sie hergekommen wäre, dann hätte sie nicht … egal, das verdammte Ding war zugedeckt und abgesperrt, das reichte.

Ich drehte mich zu Mum, die sich hinten am Gatter abmühte, und dann sah ich Charlie. Sie saß halb verdeckt hinter dem Stamm eines Pflaumenbaums und starrte auf die Holzplanken.

Charlie kauerte auf dem Boden, und die Haare hingen ihr ins Gesicht, sodass man ihre Augen nicht sehen konnte. Die Arme hatte sie um die Knie geschlungen. Sie hatte ihr Kinn darauf gestützt und saß reglos da. Sie gab nicht das geringste Zeichen von sich, ob sie mich, ihren großen Bruder, überhaupt bemerkt hatte. Ob sie gesehen hatte, dass ich wie ein Verrückter über die Wiese zum Teich gerannt war, weil ich sie hier zu finden hoffte. Um sie herum war ein Durcheinander aus zerrupften Blumen und Plastikfetzen. Die Blütenblätter waren wie Konfetti verstreut, sie ließen traurig die Köpfe hängen, die Stängel waren kahl.

»Charlie!« Ich ging zu ihr. »Charlie?«

Sie machte ein »Mmmmh«, das an ihre Knie gerichtet war. Ich wusste nicht, was ich sagen sollte. Ringsum lagen die massakrierten Blumen.

»Alles in Ordnung, Charlie?« Keine Antwort. Sie blickte nicht zu mir hoch, sondern starrte nur durch ihre Haarsträhnen auf die grässlichen Holzplanken über dem Wasser des Mühlteichs.

»Charlie, sag was. Ich bin's. Mum kommt auch gleich.«

»Na toll.« Das war ein gutes Zeichen. Das klang fast wie die trotzige alte Charlie, die ich von früher kannte.

»Alles in Ordnung, Charlie?«, fragte ich noch einmal. »Wie lang bist du schon hier?«

»Keine Ahnung. Nicht lang.«

»Was ist mit den ganzen Blumen, Charlie?«

»James! Ist sie da?« Ich drehte mich um. Mum hatte den Stacheldrahtzaun fast erreicht. Sie hatte aufgehört zu rennen und betrachtete skeptisch den Zaun vor ihr.

»Ja. Alles bestens, Mum. Komm mit uns nach Hause zurück, Charlie. Wo ist dein Fahrrad?«

»Ich sitze hier doch nur. Ich will allein sein. Lasst mich einfach in Ruhe, okay?«

»Schon gut. Aber wir haben uns Sorgen gemacht. Du hättest uns sagen sollen, wohin du gehst.«

»Na klar, und dann hättet ihr mich das einfach machen lassen, oder wie? In Ordnung, ich komme ja schon. Ich will nicht, dass Mum hier eine Szene macht. Alles, bloß das nicht.« Vom Stacheldrahtzaun kam ein gedämpftes Fluchen.

Das war Mum gegenüber nicht fair – auch Charlie musste das gespürt haben. Trotzdem verstand ich, was sie meinte. Es herrschte an dem Ort eine feierliche, trostlose Stimmung, die sofort zunichte gemacht worden wäre, wenn Mum und Charlie zu streiten angefangen hätten.

»Ich helf dir hoch.« Ich streckte eine Hand aus und war überrascht, als Charlie tatsächlich danach griff. Ihre

Finger waren unter den Nägeln grün verfärbt und auch die Innenflächen der Hände waren fleckig.

Sie kam steif auf die Füße. Mum hatte es tatsächlich über den Zaun geschafft. Ich legte den Arm um Charlie und wir gingen ihr entgegen. Ich wollte nicht, dass Mum das Blumenmassaker bemerkte.

»Charlie!« Mum umarmte sie. »Wir haben uns zu Tode erschrocken, mein Liebling.«

Charlie zeigte keinen Widerstand mehr. »Mir geht es gut, Mum. Mein Fahrrad liegt bei dem Baum da drüben.«

Wir holten das Fahrrad und gingen gemeinsam zum Auto zurück. Den ganzen Weg nach Hause quasselte Mum munter drauflos und verlor über den Vorfall kein Wort. So vernünftig war sie immerhin. Charlie saß neben ihr und schwieg vor sich hin. Ich saß auf dem Rücksitz, das dreckige Vorderrad des Fahrrads im Nacken, und musste die ganze Zeit an die zerrupften Blumen denken. Ich bemerkte, dass Charlie ihre befleckten Hände zu Fäusten geballt hatte. Sie lagen reglos auf ihrem Schoß.

Nach dem Mittagessen ging Mum weg. Ich vermutete, dass sie sich psychologischen Rat holen wollte. Charlie und ich blieben zu Hause und guckten im Fernsehen irgendeinen billigen Western. Ihre Hände hatte sie inzwischen sauber geschrubbt.

Irgendwann – als der Farmer sich gerade unbeholfen mit dem hölzernen Darsteller eines Banditen stritt – fragte ich sie schließlich: »Was waren das eigentlich für Blumen, Charlie?«

»Was für Blumen?« Sie sah mich dabei nicht an.

»Hast du sie mitgebracht?«

»Nein, wie kommst du denn darauf.«

»Dann waren sie von —«

»Seiner Mutter oder seinem Vater, oder von einem Lehrer, was weiß ich. Aber ich war es ganz bestimmt nicht. Das hätte ich nie gemacht, sie so säuberlich da hingelegt. Das sah zum Kotzen aus.«

»Aber du hättest sie dort liegen lassen müssen, Charls! Das weißt du.« Ich musste an das Begräbnis denken und wie mitgenommen die Eltern von Max dort ausgesehen hatten.

»Man legt Blumen nieder, wenn ein verdammter Autounfall passiert ist oder so was. Aber nicht dafür.«

»Charlie —«

»Nicht für Max. So nicht. Und sie hätten den Teich auch nicht abdecken dürfen.«

»Sie wollen, dass dort nichts mehr passieren kann, Charlie.«

»Ja, genau. Sie wollen, dass er nicht mehr zurückkommen kann. Holzbretter wie für einen Sarg und Begräbnisblumen. Ich halt das nicht aus. Ich hätte die Holzbretter hochgestemmt, wenn sie nicht so verdammt gut festgenagelt gewesen wären.«

»Warum bist du dorthin zurück?«

Sie antwortete nicht, sondern starrte auf den Fernseher, wo sich drei Möchtegern-Filmschauspieler, die es nicht bis Hollywood geschafft hatten, vor einer schlechten Pappkulisse abmühten. Ich wollte unbedingt eine Antwort bekommen, aber ich wusste, dass ich Charlie

61

nicht bedrängen durfte. Außerdem hatte ich vor der Antwort, die sie nicht gab, auch etwas Angst. Ich hatte das Gefühl, als wüsste ich bereits, was sie vielleicht sagen würde. Was ihr ausdrucksloses, bleiches Gesicht vor mir verheimlichen wollte. Dass sie nämlich zu dem Teich zurückgekehrt war, weil sie nach Max suchte. Und wenn sie ihn zwischen den Unkrautschlingen nicht gesehen hätte, oder vielleicht auch wenn sie ihn gesehen hätte, dann hätte sie ihre Schuhe ausgezogen und sich in das kalte Wasser gleiten lassen, um noch einmal zu versuchen, ob sie ihn nicht zurückholen konnte.

Wir saßen nebeneinander im Wohnzimmer auf dem Sofa und guckten im Fernsehen einen erbärmlich schlechten Western an und keiner von uns beiden stand auf. Sie starrte auf den Bildschirm, als könnte sie dahinter in andere Welten sehen, und ich blickte sie von der Seite an und wünschte mir, ich könnte in ihren Kopf sehen.

Sieben

Zuerst hoffte ich, Max würde in der folgenden Nacht im Traum zu mir zurückkehren und mir helfen, den richtigen Weg zu finden. Aber mehrere Nächte lang schlief ich traumlos.

Sie hatten ihn also ausgesperrt. In dem Augenblick, als ich das Hindernis sah, stieg eine große Hoffnungslosigkeit in mir hoch. Mich befiel eine verzweifelte Lähmung, die alle Stunden des Tages anhielt. Sie klebte an mir, als ich einschlief, und war auch am nächsten Morgen noch da. Das fürchterliche Gewicht dieser Tatsache bedrückte mich die ganze Zeit. Max war verschwunden und der Eingang war versperrt. Ich konnte ihm nicht folgen.

Der Vorfall am Mühlteich hatte James ziemlich aufgewühlt und er wollte von mir unbedingt den Grund dafür wissen. Ich konnte ihm nichts sagen, selbst wenn ich gewollt hätte. Auch Mum war danach ganz durcheinander. Sie ging immer noch nicht arbeiten, verbrachte mehr Zeit als vorher damit, mich mit allen möglichen Beschäftigungen auf Trab zu halten, trödelte in meinem

Zimmer herum und trieb mich mit ihren gut gemeinten Vorschlägen fast in den Wahnsinn. Sie sorgte auch dafür, dass ich bei Dr. Tilbrook einen Extratermin bekam, und er fragte diesmal viel beharrlicher nach. Ich musste ihm noch einmal alles über Max erzählen, und er wollte genau wissen, was ich jetzt dachte. Ich sagte, dass es mich unendlich traurig machte, ihn verloren zu haben, und das schien ihn irgendwie zu freuen. Ich glaube, er hat das falsch verstanden.

Aber ich fühlte mich auch ganz verloren. Ich hatte keine Ahnung, was ich als Nächstes tun sollte.

Mum hat mich kaum mehr aus den Augen gelassen, aber ich verbrachte viel Zeit damit, über Max und mich und alles, was wir miteinander gemacht hatten, nachzudenken. Ein paar Tage später, als Mum beim Einkaufen und James in der Schule war, nutzte ich die Gelegenheit und radelte davon. Ich wollte nicht weit weg, nur zu unseren alten Lieblingsplätzen, unsere alten Strecken mal wieder abfahren, solche Sachen eben.

Unser Viertel ist für Ausflüge mit dem Rad ziemlich gut geeignet, aber man muss die Schleichwege kennen. Zwischen dem Park und dem Kanal erstrecken sich ringsum überall Reihenhäuser, kreuz und quer. Alle Häuser haben winzige Hinterhöfe und von all diesen Höfen führen Hinterausgänge auf kopfsteingepflasterte Wege. Diese Gassen eignen sich gut für Wettrennen, mit der kleinen Extraschwierigkeit, dass dort immer unerwartete Hindernisse auftreten können: herausgebrochene Pflastersteine, Slalomfahrten zwischen geparkten Autos, Frauen, die Wäsche aufhängen, und kleine Kinder, die offenbar lebensmüde sind und aus den Eingängen herausgeschossen kommen, ohne links und rechts zu gucken. Aber es ist dort nicht viel Verkehr, was ein weiterer Vorteil ist, und man vermeidet die Unterführungen und Brücken ein paar Straßen weiter. Dort gibt es den ganzen Zirkus mit Kreisverkehr und vierspurigen Schnellstraßen, bei dem man sich auf dem Fahrrad schnell den Tod holen kann. Max ist dort einmal entlanggefahren, als Mutprobe.

Wenn man immer weiter durch die Gassen radelt, den Hügel hinunter, dann kommt man schließlich zu den Schrebergärten, in denen mürrische alte Männer Kohlköpfe und Unkraut züchten. Dort gibt es auch gute Wege, man muss nur schnell genug sein und darf sich nicht von den Männern und ihren Kötern, die zwischen den Bohnenstangen lauern, einschüchtern lassen. Hinter den Schrebergärten liegen dann die Fabriken und der Kanal.

Bei dem alten Stahlwerk bremste ich. Das war einer unserer Lieblingsplätze gewesen. Max und ich waren oft hierhergekommen. Sie hatten die Fabrik dichtgemacht, als ich noch klein war, vielleicht sogar schon vor meiner Geburt, und haben damit der Stadt ihre Seele genommen, wie Mum immer sagt. Viele Männer, die damals jung waren, arbeiten jetzt bei dem Automobilzulieferer direkt neben der Autobahn, aber von den älteren haben manche keine Jobs mehr gefunden und hängen seither in den Eckkneipen herum. Die Fabrik stammte aus der Glanzzeit der Stahlindustrie. Sie war mit schweren, mächtigen Maschinen und Gerätschaften ausgestattet gewesen, und was davon übrig geblieben war, rostete im Regen auf dem Gelände vor sich hin, auch noch mehr als zehn Jahre später. Sie hatten überall auf den Mauern Stacheldraht angebracht und alles verriegelt, aber Max und ich wussten, wie wir reinkommen konnten. Wir hatten unseren Geheimeingang bei einem Tor, dessen Metallplatten locker waren.

Ich zwängte erst das Fahrrad und dann mich selbst zwischen den rostigen Metallplatten hindurch auf das Gelände. Alles war wie immer. Durch die Risse in dem aufgeplatzten Beton wuchs das Unkraut und die riesige rostgefleckte Eisenlore an der alten Verladerampe stand immer noch an ihrem Platz, vollkommen unverändert. Es war schon ziemlich lange her, seit wir das letzte Mal hier gewesen waren, aber es stiegen so viele Erinnerungen in mir hoch, dass mir davon die Augen brannten.

Die alte Stahlfabrik war ein großartiger Ort für Mutproben. Es gab dort mehrere Kräne, auf die man hinaufklettern konnte, und auch zwei tiefe Gruben, die mit Beton ausgeschachtet waren. Wenn man dort aus Versehen reinplumpste, war man bestimmt tot. Keine Ahnung, wofür die früher mal gewesen sind. Vielleicht standen dort irgendwelche Maschinen drin. Bei unseren Wetten waren Max und ich auf fast alle Kräne hochgeklettert, und wir hatten auch die beiden Gruben erkundet, indem wir uns an der Innenseite an dem umlaufenden Geländer entlanghangelten.

Ich ließ das Fahrrad neben dem Tor liegen und marschierte zum nächsten Kran, mit dem wahrscheinlich die

Güterwaggons beladen worden waren. Max hatte das immer gesagt. Das Eisengestell war immer noch stabil, aber der Regen hatte die Oberfläche allmählich mit orangeroten und braunen Lavaflüssen überzogen.

Ich setzte mich auf den Sockel. Bei unserem ersten Ausflug hierher war Max den Kran bis zur Hälfte hochgeklettert, ich hatte ihn dazu angestachelt. Sein T-Shirt und seine Jeans waren danach mit Rost beschmiert gewesen und sein Vater hatte ihm später eine Tracht Prügel verpasst. Als er wieder unten war, kletterte ich ebenfalls auf den Kran, um ihm zu beweisen, dass ich es auch konnte. Ich konnte jedes Mal mithalten, beim Klettern, beim Rennen, egal was wir machten. Aber Max war als Erster hochgeklettert. So war es fast immer, so lief es meistens zwischen uns. Max machte etwas, und ich bewies ihm dann, dass ich es auch konnte. Jetzt war ich zum ersten Mal ganz allein hier, die Luft roch feucht und rostig, und unter den Hohlrampen hörte ich die Ratten rascheln. Die Sonne schien, sie wärmte die Eisenplatte, auf der ich saß, sie wärmte mich selbst. Aber ich spürte eine Leere in mir, die durch die Trostlosigkeit ringsum noch verstärkt wurde.

Er war verschwunden. Wo auch immer er jetzt sein mochte, hier an diesem Ort, den er früher so gemocht hatte, war er jedenfalls nicht. Als Max und ich zusammen hier gewesen waren, hatte die verfallende Fabrik voller Leben gesteckt. Das war jetzt anders.

Er war weit weg und hatte mich zurückgelassen. Ich fühlte mich verloren und wusste nicht, was ich tun sollte.

Acht

Ich komme allmählich zu Bewusstsein. Wie ein Samenkorn, das in der Erde wächst, sich langsam von innen nach außen ausdehnt. Ich spüre zuerst meinen Kopf. Ich liege auf der Seite. Meine Augen sind geschlossen, mein Mund ist offen. In meiner Nase spüre ich den stechenden Geruch von Salz. Unter meiner Wange fühlt es sich nass, rau und körnig an; ich höre die Meeresbrandung rauschen, ganz nah.

Ich kann meine Augen nicht öffnen, sie sind verklebt. Meine Zunge ist trocken, meine Lippen sind mit einer Salzkruste bedeckt, die rissig wird und bröckelt, sobald ich den Mund zumache. Ich versuche, meine Finger zu einer Faust zu ballen, sie sind ganz steif vom Salz und schmerzen, als hätte ich sie seit Tagen nicht bewegt.

Ein Arm ist unter meinem Körper begraben, den anderen hebe ich ein kleines Stück hoch. Ich höre, wie die starre Salzschicht auf meiner Kleidung zerspringt. Ich berühre mit meinen Fingern ein Auge und reibe die Salzkristalle fort, die sich auf die Wimpern gelegt haben, bis ich das Lid einen Spalt öffnen kann. Ich sehe nichts. Um mich herum ist es dunkel. Ich höre die Wellen an den Strand branden, ganz nah. Ich lasse meine Hand über meinen Körper gleiten, Salzkristalle lösen sich und rieseln in trockenen Flocken in den Sand. Ich bin ganz mit einer Kruste aus Meersalz bedeckt, als wäre ich tot und viele Tage auf den Wellen getrieben.

Der Rhythmus der Brandung schläfert mich ein. Mein Arm fällt wieder auf den Sand zurück.

Ich verliere allmählich das Bewusstsein.

Das Samenkorn erstirbt.

Neun

Dieser Traum hat mich verändert. Es war darin etwas, nichts Bestimmtes, ich hätte nicht sagen können, was es genau war, aber der Augenblick, als ich mich an dem Morgen in meinem Bett aufsetzte, die Augen vom Schlaf noch ganz verklebt und in meiner Nase der Geruch von Meersalz, hat mich für immer verwandelt. Egal was es war, ich spürte beim Aufwachen einen solchen Druck auf der Brust, dass ich wusste, ich musste irgendetwas dagegen unternehmen, sonst würde ich zerplatzen.

Eine Woche lang oder noch länger, jedenfalls seit ich Max im Teich gesehen hatte, waren meine Nächte leer gewesen. Jetzt träumte ich wieder, und so seltsam dieser Traum auch gewesen sein mag, er elektrisierte mich, er verfolgte mich den ganzen Tag. Eine ganze Woche hatte ich am Morgen beim Aufwachen das Gefühl, dass ich ihn wieder geträumt hatte, oder einen anderen Traum, der ihm ganz ähnlich war, doch ich konnte mich an nichts erinnern und behielt nur den Eindruck eines allmählich verblassenden starken Gefühls zurück.

Ich verspürte ein mächtiges Bedürfnis, mehr zu wissen, einen unerklärlichen Drang – deutlich anders als alle anderen Gefühle, die ich in jener Zeit empfand. Mehr als irgendetwas sonst verhalf mir der Traum zu einer starken wahren Empfindung, und meine Verärgerung, dass ich die Bilder beim Aufwachen stets verlor, dauerte den ganzen Tag an. Ich dachte darüber nach, ob es nicht doch ein Mittel gab, die Erinnerung an diese Träume festzuhalten.

Die rote Kladde, die Dr. Tilbrook mir geschenkt hatte, um irgendwelche Dinge aufzuschreiben, lag die ganze Zeit in der Ecke bei meinen Schulbüchern, wo ich sie nach dem ersten Besuch bei ihm hingeschleudert hatte. Ich mochte dieses Geschenk nicht haben, deshalb hätte ich es nie angerührt, aber das Notizbuch brachte mich auf eine Idee.

Ich erinnerte mich daran, dass man Träume oft noch im Kopf hat, wenn man wach wird. Doch schon im nächsten Augenblick zersplittern und verblassen sie. Deshalb musste ich meinen Traum so schnell wie möglich aufschreiben und dafür brauchte ich Stift und Papier.

Neben meinem Bett stand ein Schränkchen, in dem ich alle möglichen Sachen aufhob. Kleine Andenken, billigen Schmuck, lauter solche Sachen. Eigentlich alles wertloses Zeug, das niemanden außer mir interessierte, nicht einmal James.

Aber das Schränkchen hatte ein Geheimfach. Einen doppelten Boden. Eigentlich war dort nur ein Brett locker. Aber egal, man konnte es hochklappen und hatte darunter einen schmalen Hohlraum. Als James und ich andauernd unsere fiesen Kämpfe ausgetragen haben, hatte ich dort ein paar von meinen Sachen versteckt. Zwei Geschenke von Dad lagen immer noch drin – ein Schweizer Armeemesser, das er von einer Reise mitgebracht hatte, und eine Walnusshälfte mit einem aufziehbaren Plastikkäfer. Ich hatte sie schon lange nicht mehr hervorgeholt, obwohl ich das Taschenmesser eine ganze Zeit lang mit mir herumgeschleppt habe, nachdem Dad uns verlassen hatte.

Ich nahm einen Kugelschreiber und ein leeres, altes Heft und versteckte beides in dem Geheimfach. Mein Plan war Folgender: Jeden Abend, bevor ich ins Bett ging, würde ich das Heft herausholen und mit dem Kugelschreiber auf das Schränkchen legen. Wenn ich am Morgen aufwachte, würde ich alles aufschreiben, woran ich mich aus meinem Traum erinnern konnte. Ganz schnell, bevor ich es vergaß.

Ich probierte es am nächsten Morgen gleich aus. Obwohl ich den Kugelschreiber kaum zwischen meinen schlafmüden Fingern halten konnte und meine Augen gerade mal so weit aufbekam, dass ich das Papier sehen konnte, hat es funktioniert – auch wenn der Ertrag bescheiden war. Und so fing mein Tagebuch an:

Mittwoch
Um mich herum Dunkelheit. Ich sitze an einem Strand. Übelkeit. An meinem ganzen Körper ist Salz. Ein durchdringender Geruch. Ich werde das Salz nicht los.

Das war alles. Mir fehlte noch etwas die Übung, aber mir wurde klar, dass der Traum sehr große Ähnlichkeit mit den anderen Träumen hatte. Ich versuchte es am nächsten Morgen wieder:

Donnerstag
Die Sonne geht über dem Meer auf. Ich sitze immer noch am Strand und blicke auf den Horizont. Die Übelkeit hat nachgelassen. Der Salzgeruch haftet immer noch an mir, obwohl mein Körper nicht mehr mit Salz bedeckt ist.

In dem Traum, den ich in der darauffolgenden Nacht träumte, ging ich langsam den Strand entlang, zögernd, mich umschauend. Mit jedem neuen Traum wurden die Einzelheiten deutlicher, und es fiel mir leichter, alles aufzuschreiben. Die Träume schienen jedes Mal erst mit dem Aufwachen zu enden, und wenn ich dann schnell zum Kugelschreiber griff, konnte ich immer etwas Wichtiges festhalten.

Es waren keine gewöhnlichen Träume. Sie folgten wie eine Fortsetzungsgeschichte aufeinander, und sie waren für mich wirklicher als alles, was ich am Tag erlebte. In der Nacht darauf wurde mir klar, wovon die Träume tatsächlich handelten.

Samstag
Ich stand ein paar Schritte vom Meeressaum entfernt. Die Wellen schlugen sanft an den Strand. Die Ebbe hatte erst vor Kurzem eingesetzt und der Sand war noch nass. Ich entdeckte

Fußspuren. Sie kamen aus dem Wasser und führten in schnurgerader Linie landeinwärts.

Ich kniete nieder, um sie mir genauer anzusehen. Ein kreuz und quer verlaufendes Linienmuster und hinten an der Ferse ein ovaler Abdruck. Ich kauerte im Sand und biss mir vor Aufregung die Unterlippe blutig; die Turnschuhe von Max hatten genau das gleiche Muster. Von einer unbestimmten Furcht gepackt, blickte ich die Fußspuren entlang, aber ich konnte keine Anzeichen entdecken, dass Max nicht allein hier entlanggewandert war. Erst dann richtete ich mich auf.

Ich fing an zu rennen, seiner Spur folgend, mit größeren Schritten, als er sie gemacht hatte. Er musste langsam gegangen sein, gleichmäßig, vielleicht zögernd? Aber er hatte sich kein einziges Mal umgedreht, kein einziges Mal, soweit ich erkennen konnte, hatte er zurückgeschaut. Ich wünschte mir so sehr, ihn irgendwo vor mir zu entdecken; dann würde ich seinen Namen rufen, und er würde sich zu mir umdrehen.

Ich hatte keine Ahnung, wohin ich da rannte. Ich sah nur, dass vor mir die Sonne unterging, ein Schmelzofen mit einem glühenden grellweißen Kern, aus dem gelbrote Flammen leckten, die den Himmel aufzehrten. Das helle Licht hätte mich geblendet, wenn ich länger in den Feuerball geschaut hätte, aber ich hatte nur Augen für den Boden unter meinen Füßen, für die Spuren, die vor mir aufzuckten.

Der Sand bewegte sich unverändert unter mir fort. Das Herz klopfte mir zum Zerspringen. Ich schnaufte und keuchte vor Anstrengung, ich japste nach Luft.

Ich geriet in Panik. Ja, so war es. Ich nahm noch einmal alle Kraft zusammen, um laut nach ihm zu rufen, in der Hoffnung,

*dass er mich vielleicht hören würde, obwohl ich nicht daran
glaubte. Ich rief seinen Namen, so laut ich konnte – und wachte
auf.*

Ich lag in meinem Bett, zur Seite gedreht, ein Bein nach
vorne, das andere nach hinten gestreckt und die Bettdecke fest dazwischengeklemmt. Ich war in kalten
Schweiß gebadet. Meine Zehen waren in das Laken gekrallt, und mein Herz pochte so stark, dass mein ganzer
Körper davon zitterte.

Ich konnte die nächste Nacht kaum erwarten. Jetzt
wusste ich, warum mich die Träume so stark beschäftigt hatten. Max tauchte darin auf. Er war da – und nicht
als Gestalt aus der Erinnerung, der Max von früher, sondern ein lebendiger, wirklicher Max, der durch eine
neue Welt unterwegs war. Wenn ich der Spur folgte, dann
konnte ich ihn finden. Es war seltsam, aber ich begriff
sofort, dass alles, was ich in diesen Träumen sah, wirklich
war. Ich war ihm ins Wasser nachgesprungen. Ich hatte
den großen Sprung gewagt. Ich war ihm dicht auf den
Fersen. Irgendwo vor mir wanderte der Freund, der mir
so plötzlich genommen worden war. Irgendwo vor mir
war Max. Er war noch am Leben.

Sonntag
*Ich befand mich zwischen hohen Gräsern, auf dem Grat einer
Düne. Die Wellen murmelten in der Ferne hinter mir. Es trieb
mich weiter vorwärts, ich suchte den Boden nach weiteren Spuren ab, aber der Sand zwischen den Büscheln von rasiermesser-*

scharfem Gras war staubtrocken und bei jedem neuen Schritt verwischten auch meine eigenen Fußspuren augenblicklich. Ich spürte eine große Müdigkeit, doch dann kam eine leichte Brise auf, streichelte sanft mein Gesicht und ich fühlte mich erfrischt. Ich begann durch das harte, scharfe Dünengras zu wandern, fort vom Meer.

Montag
Ich wanderte immer noch. Das Gras war verschwunden und der Himmel war strahlend blau. Der Erdboden war harter, ausgetrockneter, orange-brauner Lehm. Er erstreckte sich ringsum, bis zum Horizont. Keine Fußspuren.

Die folgenden drei Nächte änderte sich in meinen Träumen nichts. Ich marschierte über eine endlose Wüstenebene. Immer brannte die Sonne von einem strahlendblauen Himmel herab. Nichts geschah. Nichts regte sich. Ich schrieb am Morgen fast nichts auf. Am Ende des dritten Traums, als alles gleich geblieben war – der Himmel und die Erde und meine Schritte, bei denen ich unverdrossen einen Fuß vor den anderen setzte, wie schon in den drei Nächten zuvor –, spürte ich plötzlich das Gewicht einer schrecklichen Einsamkeit auf mich einstürzen. Ein riesiger Druck lastete auf meiner Brust, ich bekam fürchterliche Angst und wachte auf.

Am Freitag war ich unruhig und fürchtete mich vor dem Schlafengehen. Ich wollte diesen Traum nicht weiterträumen. Es war auch nicht so, dass ich immer aufwachen konnte, wenn ich gerade wollte. Aber ich hätte mir keine Sorgen zu machen brauchen. In jener Nacht veränderte sich der Traum.

Vor mir ragte ein orange-gelbes Felsmassiv empor. Es war aus Sandstein, mit gezackten Felsspornen aus härterem Gestein, die hoch über mir den blauen Himmel zerfetzten. Ein kleines Stück weiter links war ein tiefer, schmaler Spalt im Fels, mit glatten Wänden auf beiden Seiten; eine Schlucht, aus der das Rinnsal eines kleinen Baches herauströpfelte, der sich in die Wüste hineinwand und dort bald versickerte. Zwischen dem Bach und den Felswänden war kaum Platz für den schmalen Uferstreifen aus nassem Sand. Ich betrat die Schlucht. Es war so eng, dass meine rechte Schulter ständig den Fels streifte, Sand rieselte herab.

Dann sah ich wieder die Fußspuren. Direkt vor mir, dasselbe Streifenmuster, kreuz und quer verlaufende Linien und an der Ferse ein ovaler Abdruck. Max hatte mir einmal erklärt, dass die seltsame Abrundung am Absatz als Extra-Stoßdämpfer funktionierte, wenn man schnell rannte. Doch er schien hier genauso wie am Strand mit ruhigen und gleichmäßigen Schritten unbeirrt seinen Weg gegangen zu sein.

Ich verspürte eine grimmige Befriedigung — ich war ihm durch die ganze Wüste gefolgt, ohne dass er es wusste. Ich war ihm immer auf der Spur gewesen. Stetig und gemächlich setzte ich meinen Weg durch die Schlucht fort. Es nützte nichts zu rennen. Sein Vorsprung würde immer noch viel zu groß sein.

Der Traum endete wie ein ganz gewöhnlicher, unwirklicher Traum. Das Bild verschwamm plötzlich, von irgendwoher zerrte etwas an mir und zog mich aus der Traumwelt heraus. Die Felsschlucht und der Bach, die Fußspuren und das Sandsteinmassiv rückten mit einem Mal in eine weite, unerreichbare Ferne. Ich wachte auf und es war Morgen und ich hörte Mum drunten in der Küche herumhantieren. Das Radio plärrte.

Zehn

Am Morgen kam Charlie rechtzeitig zum Frühstück herunter. Sie wirkte ganz okay, eigentlich besser als sonst, und ich machte ihr über meinem Spiegelei ein kleines Guten-Morgen-Zeichen. Sie setzte sich. Ich schob ihr die Cornflakes hin und alles schien glatt zu laufen. Dann benahm sich Mum mal wieder völlig daneben.

»Wie geht es dir, Charlie? Alles in Ordnung?«

Ich warf Mum einen bösen Blick zu. Ihre »Ich-bin-eine-besorgte-Mutter«-Nummer würde Charlie ganz bestimmt auf die Palme bringen.

»Gut. Kannst du mir mal die Milch geben, James?«

»Ich hab dich aber heute Nacht schreien hören.«

»Lass mich in Ruhe, Mum.«

»Ich hab bei dir nachgeguckt, aber du hast geschlafen. Ich wollte dich nicht aufwecken.«

»Ich hab gesagt, lass mich in Ruhe, Mum.«

»Wie du willst, mein Liebes. Ich mache mir nur Sorgen um dich.« Das Telefon klingelte und Mum verzog

sich damit ins Wohnzimmer. Charlie war mit ihren Corn-
flakes beschäftigt. Ich spielte mit dem Rest von meinem
Toast herum und verschmierte Eigelbschlieren über den
Teller.

»Hast du heute was vor, Charlie?«

»Weiß nicht. Vielleicht mal rausgehen.«

»Sollen wir mit den Fahrrädern losziehen? Ich hab
gedacht, vielleicht mache ich 'ne kleine Tour. Weiß noch
nicht genau, wohin.« Ich wusste es nicht, weil mir die
Idee gerade erst gekommen war.

»Ja. Vielleicht.«

Das klang Erfolg versprechend. Normalerweise ließ
Charlie mich sofort abblitzen. Ich drängte nicht weiter.
Charlie aß weiter ihre Cornflakes, während ich mir das
letzte Stück Toast in den Mund schob und meinen Tee
austrank, der inzwischen schon kalt war.

Mum tauchte wieder auf. »Das war Greg. Er lädt uns
alle zum Mittagessen zu sich ein, das finde ich sehr
nett von ihm. Wir haben fast nichts im Haus und dann
müssen wir heute Vormittag nichts mehr einkaufen.
Graham wird auch da sein, wir werden alle unseren Spaß
haben.« Sie redete zu schnell, wie immer, wenn es um
Greg geht. Sie will unbedingt, dass wir ihn auch mögen.
Aber da hat sie sich geschnitten, weil dieser Typ nämlich
die verkörperte Langeweile ist. Wenn man ihn kennt,
findet man Zehennägelschneiden plötzlich superspan-
nend. Und Graham, sein Sohn, ist noch viel schlimmer.
Ein pickeliger, überall behaarter Computerspiele-Freak.
Ekelhaft. Selbst an einem superguten Tag hätte ich die

beiden nur schwer verkraften können. Charlie und ich machten beide den Mund auf. Charlie war schneller.

»Dann gehen wir also hin?«

»Ja, warum? Ich habe Ja gesagt, Charlotte. Wir werden alle unseren Spaß —«

»Denkst du vielleicht mal dran, uns vorher zu fragen? James kann ja mitgehen, wenn er will, aber ich komme nicht mit. Ich will in die Stadt.«

»Du weißt doch, Charlotte, dass du nicht so viel allein unternehmen sollst.« Mum wurde wieder nervös und rieb sich mit dem Finger an der Schläfe. »Ich will dich in meiner Nähe haben. Ich mache mir Sorgen um dich.«

»Dann bleib doch zu Hause. Ich geh auch den ganzen Tag nicht aus dem Zimmer, wenn dir das lieber ist.«

»Aber ich habe es Greg versprochen. Es wird dir guttun.«

»Nein, Mum, es wird *dir* guttun. Und du wirst auch hingehen.«

»Ich bleib auch hier, Mum«, sagte ich. »Charlie und ich haben gerade ausgemacht, dass wir mit den Fahrrädern was unternehmen wollen. Mach dir keine Sorgen um uns.« Ich versuchte, das Kunststück hinzubekommen, Mum zu überzeugen, dass sie ruhig allein zu Greg fahren konnte, weil ich hier auf Charlie aufpassen würde, und gleichzeitig Charlie nicht allzu wütend zu machen. Diesen Doppeltrick kriege ich nicht oft hin. Normalerweise werde ich wie in einem Sandwich zwischen ihren Gefühlen zerquetscht, und sie lassen beide ihren Ärger an mir aus, aber diesmal hat es funktioniert. Mum rieb noch etwas mit dem Finger an ihrer Schläfe, dann war sie einverstanden, fast ohne zu murren. Wahrscheinlich war sie froh, mal was allein zu unternehmen. Sie kümmerte sich jetzt schon wochenlang um Charlie.

Charlie und ich holten die Fahrräder aus dem Schuppen und schoben sie vors Haus.

»Und wo wollen wir jetzt hin?«, fragte ich.

»Weiß nicht. Fahr einfach los. Ich häng mich ran.«

Wir fuhren los, ich voneweg. Nur mit Mühe schaffte ich es, nicht zu oft nach hinten zu gucken, ob Charlie bei der Geschwindigkeit auch mithalten konnte. Als ich mich das zweite Mal nach ihr umdrehte, zog sie ein so finsteres Gesicht und rief etwas, das ich nicht verstand, dass ich es kein weiteres Mal versuchte.

Wir rasten zwischen den Schrebergärten hindurch, auf die graubraunen Umrisse der Fabriken zu. Ich radelte so schnell wie möglich an dem Gelände des alten Stahlwerks vorbei. Charlie war hier oft mit Max hergekommen. Keine guten Schwingungen. In fünf Minuten hatten wir das Ende des Wegs erreicht, der an dem verrosteten Zaun entlangführte, und waren jetzt gleich am Kanal. Dort ist eine scharfe Linkskurve, an der Abzweigung zum Kanalpfad, und ich hätte fast eine alte Frau umgefahren, die dort stehen geblieben war, um ihren Zwergköter an einen Pfosten pinkeln zu lassen. Ich konnte ihr in allerletzter Sekunde noch ausweichen, und als ich über die Schulter zurückblickte, sah ich die Oma wie eine Heuschrecke zur Seite hüpfen, weil Charlie mit ihrem Fahrrad noch schneller und schärfer um die Kurve gebogen kam.

Wir fuhren eine ganze Weile auf dem alten Treidelpfad den Kanal entlang, an den neuen Siedlungen und der Brauerei vorbei. Irgendwann brauchte ich eine Pause, und vielleicht, dachte ich, konnten wir auch mal richtig miteinander reden. Ich hatte mich seit der Kurve nicht mehr umgedreht, deshalb wusste ich nicht, ob Charlie immer noch hinter mir war. Ich bremste, hielt langsam an. Da wäre ich beinahe in hohem Bogen durch die Luft geflogen, als Charlie mir mit ihrem Fahrrad voll hinten reinrauschte. Charlie stürzte und fiel ins Gras. Ich machte einen Satz nach vorne und schrammte dabei mit der Hand am Bremshebel entlang. Ein hässlicher weißer Kratzer, die Haut leicht aufgeschürft.

»Pass doch auf!« Ich konnte mich gerade noch beherrschen.

»Warum hast du so plötzlich angehalten?« Charlie wühlte sich mürrisch unter ihrem Fahrrad hervor.

»Brauchte mal 'ne Pause. Wo hast du denn deine Augen gehabt?«

»Ich war in deinem Windschatten. Direkt hinter deinem Hinterrad.«

»Was hast du dir denn dabei gedacht? Alles in Ordnung?

»Ja.«

Sie rieb gleichgültig an einem Grasfleck auf ihrer Hose, dann drehte sie sich um und schaute auf den Kanal, wo eine einsame Ente ziellos auf dem Wasser trieb.

Mit einem Mal packte mich die Angst – was für ein Esel ich doch war!

»Charlie, tut mir leid, das Wasser, das ist vielleicht –«

»Vielleicht was?«

»Ich hab wirklich nicht daran gedacht, weißt du …«

»Hör auf damit. Das macht mir gar nichts.«

»Echt?« Ich setzte mich neben sie. »Das ist gut.« Leere Chipstüten und Dosen lagen im Gras herum und ganz in der Nähe verfaulte irgendetwas ganz widerlich. Es war vielleicht nicht der beste Ort für ein Gespräch. »Sollen wir weiter?«

»Lass mal. Schon gut hier.«

Nicht der beste Ort, aber er würde herhalten müssen. Vielleicht passte er auf eine komische Weise vielleicht ganz gut. Die Ente schwamm teilnahmslos vorbei. Ich wartete einen Augenblick, halb hoffte ich, dass mich irgendein unvorhersehbares Ereignis davon abhalten würde, sie danach zu fragen. Nichts geschah. Ich machte den Mund auf und fing an.

»Charls, du musst mit mir darüber reden. Du musst mir vertrauen.«

»Worüber reden?« Ihre Stimme war leise und leblos. Es musste eine Anstrengung für sie sein, überhaupt zu sprechen. Mehr Energie schien sie nicht aufbringen zu können. Sie starrte auf das ölige Wasser.

»Charls, du weißt, dass ich nicht gleich zu Mum renne und ihr alles erzähle. Du kennst mich doch. Ich will ja nur sagen, dass du mit mir über alles reden kannst, was dir durch den Kopf geht.«

Sie lächelte kurz. »Das sagen sie alle.«

»Ich habe dir das sagen wollen, seit du wieder da bist. Und ich meine es auch so.«

Ich machte eine Pause. Ich wusste, dass ich mich nicht sehr überzeugend anhörte. Charlie guckte mich nicht mal an.

»Als Mum damals nach Hause gekommen ist, hat sie mir gesagt, was du ihr erzählt hast.«

»Ich erinnere mich schon gar nicht mehr daran. Lass es lieber, J, okay?«

»Mum hat damals ziemlich heftig darauf reagiert«, sagte ich. »Das werde ich nicht tun, wenn du es mir erzählst. Das verspreche ich dir.« Es fiel mir schwer weiterzureden.

Charlie kratzte sich ausführlich am Bein und sagte nichts.

»Das mit Max tut mir sehr leid«, sagte ich.

»Mir auch.« Ihre Stimme war vollkommen ausdruckslos und auch aus ihren Augen konnte ich nichts ablesen.

»Es tut mir leid, dass ich ...«

»Dass ihr nicht besser miteinander klargekommen seid? Mach dir darüber keine Gedanken. Das bringt jetzt nichts mehr. Er hat dich auch nicht besonders gemocht.«

Eigentlich hatte ich sagen wollen, dass es mir leidtat, Max nur oberflächlich gekannt zu haben. Aber wenn Charlie es jetzt so drehte, war ich fast froh, dass sie mich unterbrochen hatte. Der andere Satz wäre nicht ganz ehrlich von mir gewesen. Um die Wahrheit zu sagen, hatte ich ihn auch nicht besonders gemocht. Ich fand ihn etwas zu – ich weiß nicht – hirnverdreht energiegeladen. Kopflos. Immer auf Achse, immer in Bewegung, nur nicht anhalten, um vielleicht mal nachzudenken. Sich in leere Fabriken schleichen, die Schule schwänzen – ich sagte mir immer, dass ich dafür schon viel zu erwachsen war, aber eigentlich war es etwas anderes, eigentlich fühlte ich mich immer etwas spießig neben ihm. Charlie hielt Riesenstücke auf ihn – und er mochte sie auch sehr gern, das war offensichtlich. Mit niemand sonst hat er so viel Zeit verbracht, nicht mal mit einem seiner Kumpels. Sie sind immer zusammen losgezogen, Charlie und Max, wie zwei Kaugummis klebten sie aneinander – und ich hab deswegen in der Schule ganz schön was aushalten müssen. Aber ich hatte nicht gemerkt, dass er mich nicht mochte. Von einem toten Kind nicht gemocht zu werden. Fühlt sich nicht gerade gut an.

Ich saß still da, in Gedanken über lauter solche Sachen versunken. Charlie sah mich ein-, zweimal von der Seite an. Vielleicht glaubte sie, dass ich sauer war, weil Max mich nicht gemocht hatte. Egal, jedenfalls hat sie nach einer Weile das Schweigen gebrochen, was mich echt überrascht hat.

»Was du sagst oder nicht sagst oder was irgendjemand anders sagt, ändert überhaupt nichts, J. Ich fühl mich total einsam und verlassen, seit ich Max verloren habe.«

»Du bist nicht allein, Charls! Ich weiß, dass Mum dich wahnsinnig nervt, aber trotzdem, sie ist immer für dich da. Und ich bin es auch.«

»So mein ich das nicht. Ich will damit sagen, ich habe ihn aus den Augen verloren – ich suche ihn, aber ich weiß nicht, wo er ist. Und du kannst mir dabei auch nicht helfen.«

»Was –«

»Und deshalb fühle ich mich so einsam und leer. Ich weiß, dass ihr mir alle helfen wollt, du und Mum und alle anderen, aber ihr packt es alle von der falschen Seite an.«

»Was sollen wir denn tun?«

»Ihr versucht alle, mich abzulenken; du weißt schon, mit Spielen und Ausflügen und das alles. Auch unsere kleine Radtour jetzt, alles, nur damit ich beschäftigt bin und nicht dauernd an Max denke.«

»Na ja, eigentlich wollte ich dich vor Greg retten.«

»Ja. Okay. Hat auch geklappt.« Sie grinste. Ihr erstes Grinsen seit langer Zeit. Ich lachte kurz auf, weil ich hoffte, dass sie dann vielleicht mitlachen würde. Sie tat es nicht, aber sie schien sich neben mir etwas zu entspannen und, was viel besser war, sie redete weiter.

»Das werf ich euch ja auch nicht vor«, sagte sie. »Ihr macht das alle, weil ihr es für richtig haltet. Ihr versucht, mich abzulenken, weil ihr glaubt, dass Max tot ist und dass es besser ist, ich kümmere mich nicht länger um ihn und mache mit meinem Leben weiter. Ihr meint das nicht böse. Aber es ist falsch. Einfach falsch.«

Irgendetwas an dem, was sie sagte, verstörte mich. Ich versuchte, diplomatisch zu reagieren: »Was sollen wir denn tun?«

»Mich einfach allein lassen. Das geht nicht gegen dich, J. Aber ich muss mich um Max kümmern. Ich darf ihn jetzt nicht hängen lassen.«

Jetzt? »Aber du … du musst ihn irgendwann loslassen, Charls«, sagte ich. »Max hätte das auch gewollt.« Meine Güte, das klang ziemlich abgedroschen, aber ich fischte echt hilflos herum.

»Nein. Das ist genau der Punkt. Das will er nicht, da bin ich mir ganz sicher.« Ihre Stimme hatte wieder einen harten Klang. Sie lächelte nicht mehr.

»Wie du das sagst, das klingt so, als ob …« Ich redete nicht weiter, ich wusste, dass ich mich auf einem gefährlichen Terrain bewegte, aber dann wurde ich von Ungeduld überwältigt. »Aber, Charls, du musst —«

»Ich weiß, was du sagen willst, aber sag es nicht. Lass es bleiben. Ich will jetzt nach Hause.«

»Aber, Charls —«

»Sag es nicht. Ich habe ihn verloren, aber nur jetzt. Ich suche nach ihm. Ich bin ihm auf der Spur. Versuch mich nicht davon abzubringen, ich darf ihn jetzt nicht allein lassen.« Sie stand auf. »Ich fahre jetzt zurück. Bis später.«

Ich hätte es nicht sagen sollen, aber ich habe es gesagt. Eine große Angst überkam mich, als meine Schwester, die immer noch so sehr an ihrem toten Freund hing, in dem Augenblick fortwollte. Es war, als wäre er da. Als würde er hinter ihr stehen, ihr auf die Schulter tippen und ihr zurufen, sie solle ihm folgen. Und sie würde gleich mit ihm gehen und mich allein zurücklassen. Ich weiß, das klingt idiotisch, aber so weit hatte sie mich gebracht, mit ihren vielen kleinen Andeutungen. Ich konnte mich plötzlich nicht mehr zurückhalten, ich musste ihr unbedingt die eine einfache Tatsache in den Kopf hämmern, bevor sie ging. Sie musste die Wirklichkeit anerkennen. Ich hätte es trotzdem nicht sagen sollen.

»Charls«, sagte ich. »Max ist tot. Das musst du doch irgendwann begreifen. Du bist nicht schuld daran, aber kapier es endlich – er ist tot. Du kannst ihn nirgendwo mehr finden.«

»Du bist auch nicht anders als alle andern!« Charlie wurde zuerst feuerrot und dann bleich vor Wut. Sie holte mit ihrem Fuß aus und erwischte mich am Oberschenkel.

»Autsch! Charlie!«

»Lass mich in Ruhe! Ich finde ihn auch allein!«

Sie packte ihr Fahrrad und zerrte es mit einem so heftigen, gewaltsamen Ruck vom Boden hoch, dass ihr dabei das Pedal den Knöchel aufschrammte. Sie fluchte, schwang sich auf den Sattel und war auf und davon, den Treidelpfad entlang nach Hause trampelnd. Ich sank zwischen das Gras und den Abfall zurück. Es hätte mir nicht mal was ausgemacht, dass sie mich beschimpfte – oder mir einen Fußtritt versetzte –, wenn sie nur irgendwie bereit gewesen wäre, die Wahrheit über Max anzuerkennen.

Elf

James und ich ließen uns von unserem Streit nichts anmerken, als Mum nach Hause kam. Ich bin dann früh in mein Zimmer hoch und las auf dem Bett noch etwas in der Artussage. Ich versuchte so krampfhaft einzuschlafen, dass ich noch mindestens bis zwei Uhr wach lag. Durch die Wand musste ich mir die ganze Zeit das Geschnarche von James anhören. Er hat nie ein Problem damit einzuschlafen, und außerdem behauptet er auch, dass er nie irgendwelche Träume hat, aber das glaube ich ihm nicht.

Samstag
Es war anders, als ich erwartet hatte. Ich dachte, ich würde meinen Weg durch die Schlucht in dem Sandsteinmassiv fortsetzen. Doch ich befand mich in einem grünen Schacht. Einen Augenblick lang meinte ich fast, das Wasser des Mühlteichs um mich herum zu spüren, dann gewöhnte ich mich an das Licht und merkte, dass das Grün um mich herum anders war. Es war heller, vielgestaltiger, lebendiger. Und ein sanftes Seufzen erklang

über mir – das Rascheln von Blättern, durch die der Wind strich. Ich war in einem Wald.

Ich fiel auf meine Hände und Knie, um den Boden nach Spuren von Max abzusuchen. Aber die Erde war mit weichem Moos bedeckt, mit verstreuten Blättern und Zweigen, und ich konnte keine Fußspuren entdecken. Ich richtete mich langsam auf. Hohe Farne wuchsen ringsum, dicke Stämme alter Eichen und Buchen ragten empor, die mit Flechten bewachsen waren und in ihrem dunklen Sommerlaub dastanden. Das Licht wurde zu tausend smaragdgrünen Schatten aufgefächert. Nach der Trostlosigkeit des Oktoberwetters zu Hause war ich von dieser Farbenpracht überwältigt.

Rechts von mir drang ein orange-gelber Schimmer durch die Baumwipfel: Die Sonne ließ die Felswände des Sandsteinmassivs aufleuchten, das ich – und vor mir Max – durchquert hatte. Ich war mir jetzt ganz gewiss, dass Max durch den Wald seinen Weg fortgesetzt hatte, und als ich mich noch einmal in alle Richtungen umblickte, entdeckte ich, dass sich zwischen den Farnen tatsächlich die Andeutung eines Trampelpfades in die Tiefe des Waldes schlängelte. Ohne zu zögern wanderte ich auf ihm in den Wald hinein.

Damit begann der bislang schönste Abschnitt meiner Reise. Die Hitze der Sonne wurde durch die Baumkronen ferngehalten, die Luft war angenehm und voller Blütenduft. Auf kleinen Lichtungen wuchsen bunte Wiesenblumen aller Art, und das Rascheln aus dem Unterholz kündete von dem geschäftigen Treiben aller möglichen Waldbewohner, obwohl ich kein einziges Lebewesen zu Gesicht bekam. Ich suchte in den Bäumen nach Vögeln, doch niemals sah ich einen.

Ich wanderte stundenlang, ohne Müdigkeit zu verspüren. Einmal gelangte ich auf eine Anhöhe, wo zwei Silberbirken ganz natürlich den Ausblick umrahmten. Ringsum erstreckte sich der Wald viele, viele Kilometer lang, bis er in einer blauen Ferne verschwamm und mit dem Himmel verschmolz. Er schien nirgendwo ein Ende zu nehmen.

Irgendwo in diesem Wald ist Max. Er ist den Weg vor mir gegangen. Er ist irgendwo da unten und ruft mich. Ich spüre es.

Nacht für Nacht wanderte ich durch den Wald, viele Nächte lang. Zur gleichen Zeit nervten mich James und Mum mehr denn je. Ich war kaum aufgewacht, da schwirrten sie schon wie Nachtfalter um mich herum und störten mich andauernd mit ihren belanglosen Plänen. Ob ich Lust hätte, mit ihnen zum neuen Einkaufszentrum in Bishopsgate zu fahren? Wir könnten ein bisschen shoppen, dann was Essen gehen und vielleicht noch ins Kino. Ob ich Lust hätte, meine Cousine Lucy in Stretford zu besuchen? Sie würde mich so gern mal wieder treffen. (Wir hatten uns noch nie leiden können.) Ob ich Lust auf einen gemeinsamen Busausflug nach Bridlington hätte? Wär doch 'ne super Idee, in der Nachsaison sind da nicht mehr viel Leute und wir könnten Fish & Chips an der Strandpromenade –

Nein! Nichts davon, vielen Dank! Lasst mich allein!

Obwohl ... ein paar von den Vorschlägen hatten auch eine gute Seite: Ich war danach am Abend richtig müde. Nichts war schlimmer, als wenn ich zu aufgeregt war, um einschlafen zu können; wenn ich unbedingt weiter durch den Wald wandern wollte und mich deshalb im Bett unruhig hin und her wälzte, immer verzweifelter wurde und schließlich die halbe Nacht schlaflos verbrachte, sodass ich nur ganz kurze Zeit dort war. Das führte dazu, dass ich den Plänen von James und Mum schließlich fast immer zustimmte, besonders wenn sie mit körperlicher Anstrengung verbunden waren. Schwimmen war besonders gut. Wenn James das vorschlug, sagte ich sofort Ja, und so kam es, dass wir fast jeden Abend zusammen ins Hallenbad gegangen sind, wenn bei ihm die Schule aus war.

Vielleicht würde mir regelmäßiger Sport auch bei meiner Expedition durch den Wald nützen. Ich wachte am Morgen häufig todmüde auf, und die Muskeln taten mir weh, nachdem ich wieder einmal stundenlang marschiert war. Deshalb wollte ich so durchtrainiert wie möglich sein. Ich versuchte, das Beste aus meiner Situation zu machen. Wenigstens hatten meine Tage, die sich langweilig dahinschleppten, jetzt ein Ziel.

Mehrere Wochen lang geschah in meinen Träumen nichts, was besonders erzählenswert gewesen wäre. Ich drang immer tiefer in den sich endlos erstreckenden Wald ein und entdeckte weder Fußspuren noch irgendwelche anderen Lebenszeichen. Obwohl ich immer noch überzeugt war, dass ich der Fährte von Max folgte, begann ich, mir etwas Abwechslung auf meiner Reise zu wünschen. Ich spürte, wie ich gleichgültig, fast depressiv wurde.

Dann änderte sich alles.

Der Weg führte aufwärts durch den Wald, zwischen dicht gedrängten dunklen Bäumen hindurch. Neben dem steilen, steinigen Pfad lagerten mit Moos und Flechten bedeckte Felsen. Der Aufstieg war mühsam, und das erste Mal, seit ich den Wald betreten hatte, geriet ich etwas außer Atem. Bald schon konnte ich über die Wipfel der Bäume bis an den Horizont blicken, wenn ich mich umdrehte. Die Sonne stand bereits tief und der Himmel war im Westen leicht rötlich gefärbt.

Vor mir ragte ein zerklüfteter hoher Berg empor, dessen Gipfel nur noch nackter Fels war, doch entlang der Rippen wuchsen bis hoch hinauf buschige, knorrige Kiefern. Der Pfad machte eine Biegung nach rechts, verlief eine Weile waagerecht am felsigen Hang entlang und begann dann, steil in die Höhe zu führen, bis ich wie auf einer Treppe immer weiter nach oben kletterte. Nach kurzer Zeit hatte ich die Baumgrenze erreicht. Links von mir war Fels und rechts ging es in eine tiefe Rinne voller Geröllblöcke und Schotter hinab.

Nach geraumer Weile, als ich bereits das Gefühl hatte, den ganzen Felsstock des Bergs umrundet zu haben, mündete der Pfad schließlich in einen Spalt, der den Fels senkrecht entzweischnitt, dahinter öffnete sich eine fast ebene Hochfläche. Zu beiden Seiten war der felsige Grund mit verkümmertem Gestrüpp bedeckt. Dann kam ein mit kargem Gras überzogener breiter Grat und plötzlich war der Weg zu Ende. Ich stand auf dem Felsgipfel hoch über dem Wald.

In alle Richtungen erstreckte sich viele Kilometer lang das dunkle Grün der Bäume. Die Sonne ging gerade unter und nach Westen hin war der ganze Wald glutrot übergossen, wie mit flüssigem Feuer. Ich hob die Hand schützend vor die Augen *und blickte auf die endlosen Baumwipfel hinab, auf unzählige Lichtungen in der Ferne, auf schmale Streifen von offenem Land, wo der Wald bereits zurückgewichen war. Auf einem davon konnte ich in dem schwächer werdenden Abendlicht als verschwommenen Schatten einen hoch aufragenden Umriss ausmachen, vielleicht ein einsamer Felsgipfel wie der, auf dem ich stand, vielleicht auch eine Burg mit Wehrgängen und Wachttürmen, die in alle Richtungen vorragten. Auf einer anderen unbewaldeten Fläche lag ein See hingebreitet, auf dessen stiller Fläche sich der bleiche Dämmerhimmel spiegelte. Wieder auf einer anderen …*

Ein einziger schmaler, lang gezogener Streifen freien Feldes erstreckte sich in Richtung Norden, so schnurgerade, als sei er mit dem Lineal gezogen worden. Er nahm unweit vom Fuß des Berges seinen Anfang, nur eine kleine Waldung schien dazwischenzuliegen, jedenfalls war er nahe genug, um darauf eine einsame Gestalt erkennen zu können. Sie bewegte sich im Schatten der Bäume nordwärts.

Das Licht verblasste so schnell, und die Gestalt war so klein und fern, dass ich kaum mehr als ihren Umriss erkennen konnte. Doch irgendetwas – der leicht vornübergebeugte Gang, die kurzen, unbeirrten Schritte – ließ mich ganz sicher sein, wer es war.

»Max!«

Ich stand auf dem Gipfel über dem Felsabgrund, die Sonne verschwand purpurrot hinter den Baumwipfeln, das Licht dämmerte immer dunkler – und ich schrie mir die Seele aus dem Leib. Meine Stimme wurde von der Abendluft verschluckt. Die Gestalt, vertraut und unerreichbar, drehte sich nicht um, sondern setzte ihren Weg gleichmäßig fort, bis der offene Streifen Land und alles, was auf ihm war, unter einer Decke von rötlich gefärbtem Schwarz erstickte. Und ich fuhr fort zu rufen und zu rufen und zu rufen, bis die Dunkelheit sich ringsum in alle Winkel ausgebreitet hatte und die Bäume umhüllte und bis die Sterne über mir aufgegangen waren und wie das ferne Echo meiner Schreie funkelten.

Meine Stimme erstarb. Ich war vom vielen Rufen ganz heiser. Ich gab es auf, streckte mich auf dem Felsen aus und schloss die Augen, um die Tränen zurückzuhalten, die in mir hochstiegen, da mit einem Mal alles so aussichtslos schien. Aber ich spürte auch einen trotzigen Stolz in mir, weil ich ihn gesehen hatte – ich hatte meinen Freund gesehen, von dem alle glaubten, er sei tot.

Zwölf

Meine Wangen und Hände waren immer noch klebrig von getrockneten Tränen, als ich mich aufrichtete. Regentropfen prasselten gegen das Fenster. Es musste Morgen sein. Die Vorhänge waren zugezogen und es war halbdunkel, aber die Tür war offen und jemand stand im Zimmer. Es war mein Bruder.

»Was machst du hier?« Ich war noch ganz schlaftrunken und konnte nur seinen Schatten erkennen.

»Ich wollte nur wissen, ob bei dir alles in Ordnung ist.« Seine Stimme klang unaufrichtig. Ich spürte, dass er log. »Ich hab dich schreien hören. Hast du einen Albtraum gehabt?«

»Nein. Was machst du in meinem Zimmer?«

»Ich hab doch gesagt —«

»Verschwinde.« Ich wollte allein sein. Ich wollte meinen Traum mit Max aufschreiben – auch wenn keine Gefahr bestand, dass ich ihn jemals vergessen würde. James ging aus dem Zimmer, ohne zu protestieren, was mir klar zeigte, dass er gelogen hatte. Ich griff nach dem aufgeschlagenen Heft, das neben dem Bett lag. Hatte er es vielleicht gesehen? Von jetzt an würde ich es auch nachts in dem Geheimfach verstecken, falls mein Bruder noch mal kam und herumschnüffelte.

Der Samstag konnte für mich gar nicht schnell genug vergehen. Er zog und zog sich in die Länge, mit einer quälenden Langsamkeit. Am Nachmittag ging ich mit einer Freundin aus der Schule ins Kino. Alice hatte mich ein paar Tage vorher angerufen und mich in einem schwachen Augenblick erwischt und ich hatte Ja gesagt. Jetzt bedauerte ich es. Ich hatte ganz andere Dinge im Kopf und keine Lust, viel zu reden. Schon bevor die Werbung anfing, saßen Alice und ich schweigend nebeneinander. Alice schaufelte rhythmisch Popcorn in sich hinein. Ich starrte auf die dunkle Leinwand, ein lähmender Gedanke quälte mich. Der Gedanke war mir vorher nie gekommen, aber ich fragte mich plötzlich, nach welchen Gesetzen die Zeit im Wald verlief. Vielleicht verging mit jeder Minute, die ich am Tag wach zu Hause verbrachte, auch eine Minute im Wald. Wenn es so war, dann war ich verloren. Ich würde Max nie einholen können. Während ich herumhockte und endlos lange Stunden mit Leuten verbrachte, die ich kaum kannte, würde Max weiter durch den Wald marschieren, unentwegt, furchtlos, immer weiter und weiter von mir fort. An diesem Tag litt ich in jeder Sekunde schlimmste Höllenqualen, das schwöre ich.

Am Abend bin ich ins Schwimmbad gegangen und vierzig Bahnen geschwommen. Ich war wild entschlossen, mich körperlich total zu verausgaben, deshalb bin ich auch noch nach Hause gejoggt. Dann habe ich mich mit einem kitschigen Liebesroman von Mum früh ins Bett verzogen. Davon wurde mir ganz bestimmt so langweilig, dass ich bald einschlafen würde.

Es dauerte eine Weile. Wie immer, wenn ich es unbedingt wollte. Als ich dann endlich eingeschlafen war und mich auf dem Felsgipfel wiederfand, waren meine schlimmsten Befürchtungen bestätigt. Die Sonne stand bereits hoch am Himmel. Seit ich Max in der Abenddämmerung auf der lang gestreckten Lichtung nach Norden hatte wandern sehen, waren viele Stunden vergangen. Mein Herz klopfte schwer. Ich stand auf und machte mich niedergeschlagen auf den Weg. Ich musste so schnell wie möglich vom Gipfel zu den Wäldern in der Ebene hinuntergelangen. Eine weitere Stunde verging, bis ich endlich am Fuß des Bergs die letzte Geröllhalde hinuntergeschlittert war. Dann marschierte ich los und hoffte nur, dass ich die richtige Richtung eingeschlagen hatte.

Nach einer Weile kam ich zu einer sanften Talsenke, durch die sich von Anhöhe zu Anhöhe lange Reihen von hoch aufragenden Bäumen zogen. Ihre blanken, dicken Stämme ragten gerade empor, bis sich weit oben ihre Baumkronen zu dichten Laubbögen wölbten und verzweigten. Der Himmel war nicht mehr sichtbar und die Sonnenstrahlen verwandelten sich in ein dunkelgrünes Dämmerlicht. Ein ferner Baldachin aus Blättern schwebte über dem weichen grünen Gras. Die Höhe und die Weite und das Halbdunkel dieses Ortes strahlten eine feierliche, majestätische Stimmung aus, als stünde ich in einer Kathedrale des Waldes, zwischen riesigen lebendigen, wachsenden Säulen.

Auf dem Boden wuchs kein Unterholz, und ich konnte in jeder Richtung endlos lange Reihen von Baumsäulen sehen, die schließlich im grünen Dämmerlicht verschwanden. Ich wanderte eine ganze Zeit lang zwischen ihnen hindurch. Doch plötzlich, als ich gerade an einem riesigen Baumstamm vorbeikam, sah ich links von mir eine blitzartige, huschende Bewegung inmitten der düsteren Schatten des Waldes; ein ganzes Stück entfernt, wo die Bäume fast schon mit der Düsternis verschwammen. Ein fahler Umriss, der sich hinter einem Stamm bewegt hatte. Mit stark klopfendem Herzen stand ich reglos zwischen den schweigenden Säulen da und schaute. Ich hörte, wie das Blut in meinen Schläfen pochte, dreimal, viermal, fünf, sechs … dann tauchte der Umriss zwischen den Bäumen wieder auf, noch ein Stück weiter enfernt.

Meine Füße machten kein Geräusch, als ich das grüne Gewölbe durchquerte. Ich rannte in die Richtung, in der ich die Bewegung gesehen hatte, eine lange Baumreihe entlang, pfeilschnell von einem Stamm zum nächsten flitzend. Ich kam näher, der fahle Umriss war jetzt fast direkt vor mir, doch immer noch von einer Baumreihe verdeckt, sodass ich die Gestalt nicht genau erkennen konnte. Ich huschte geräuschlos hinter den nächsten Baumstamm und spähte dahinter hervor.

Es war eine menschliche Gestalt, sie bewegte sich mit langsamen Schritten fort, das Gesicht vor mir verborgen. Plötzlich wurde mein Herz von einer wilden Hoffnung gepackt, und ich öffnete schon den Mund, um zu rufen – doch im letzten Moment hielt ich inne. Was ließ mich zögern? Im dunkelgrünen Schatten des Waldes war es schwer, die Gesichtszüge oder die Kleidung genau auszumachen, aber ich war mir mit einem Mal sicher, dass die Gestalt zu groß und zu stämmig war, um derjenige zu sein, nach dem ich suchte. Auch die Farbe war seltsam. Ein trübes, fahles Licht ging von ihr aus. Ein farbloses, schmutziges Weiß schimmerte zwischen den Bäumen auf, wie von vergilbtem Papier oder von ausgebleichten Hühnerknochen.

Auch in der Art, wie die Gestalt sich bewegte, war etwas Seltsames. Sie ging mit ruhigen, gleichmäßigen Schritten unbeirrt und stetig voran. Ihr Oberkörper war leicht vornübergebeugt, als wäre ihr der Kopf schwer von Gedanken oder von Müdigkeit. Sie zögerte nie, drehte sich nie um. Manchmal glaubte ich ein leichtes Rascheln zu hören, wenn sie an einem Baumstamm oder Farn vorbeistreifte. Sonst war alles still.

Zweifelnd und unsicher folgte ich ihr in einiger Entfernung – ich wagte nicht, näher zu kommen, doch ich wollte die Gestalt auch nicht aus den Augen verlieren. Ich wäre ihr nicht gerne begegnet, ich mochte ihre herabhängenden Hände und ihren herabhängenden Kopf nicht. Ihre mechanischen Schritte erinnerten mich an einen Schlafwandler. Und obwohl ihr Körper ständig dem zarten Wechsel des helleren oder dunkleren Grüns im Lichterspiel des Waldes unterworfen war, schien der Kopf immer im Schatten zu bleiben.

Endlich beschloss ich, mich näher heranzuwagen, um das Gesicht des Wanderers und seine Kleidung genauer mustern zu können. Ich wollte nicht weiterziehen, bevor ich nicht mehr wusste. Schließlich war er das einzige lebendige Wesen, das ich bisher auf meiner wochenlangen Reise angetroffen hatte. Deshalb beschleunigte ich meine Schritte, um auf gleiche Höhe mit ihm zu kommen. Ich wollte mich von der Seite nähern, doch weiter in sicherer Entfernung bleiben.

So geräuschlos wie möglich glitt ich von Baumstamm zu Baumstamm, immer näher an die Gestalt heran. Ich war nur noch zehn Schritte von ihr entfernt, aber ich konnte mich abmühen, soviel ich wollte, ich schaffte es nicht, einen besseren Blick auf sie zu erhaschen. Ich war so darauf versessen, dass ich nicht mehr aufpasste, wohin ich meinen Fuß setzte. Ich ging noch etwas schneller – und plötzlich trat ich auf einen alten morschen Ast, der mit einem lauten Knacken entzweibrach. Es klang beinahe wie ein Gewehrschuss.

Die Gestalt hielt sofort an. Ich blieb wie erstarrt stehen.

Sie drehte steif und langsam den Kopf und sah in meine Richtung.

Ich hatte Recht gehabt. Es war nicht Max.

Es war das Gesicht eines Toten, hohläugig, knochig, bleichwangig – und er schaute mich an.

Ich rannte.

In das nächstbeste dunkelgrüne Baumgewölbe hinein, unter den reglosen Baumkronen hindurch, über das weiche dunkle Gras. Ich rannte mit weit aufgerissenem Mund, zu erschrocken, um laut zu schreien. Ich rannte und rannte und hörte keine Schritte hinter mir, kein Rascheln, nichts außer den Geräuschen, die ich selbst bei meiner wilden Flucht machte, meinen keuchenden Atem, meine hastig aufgesetzten Füße. Ich rannte, bis die Beine unter mir nachgaben und ich im Gras auf Hände und Knie fiel, nach Luft japsend, dass mir fast der Brustkorb zersprang. Ich lag zusammengekrümmt auf dem Boden, wie ein verängstigtes Tier zitternd.

Dann hörte ich plötzlich hinter mir Schritte, aber ich hatte nicht mehr die Kraft, mich aufzurichten und davonzulaufen.

Dreizehn

Ich habe Max nie mehr erwähnt. Charlie auch nicht. Obwohl ich gedacht hatte, dass sie eine ganze Weile brauchen würde, bis sie mir verziehen hätte, verhielt sie sich so, als hätte unser Gespräch nie stattgefunden. Und was noch überraschender war, in den folgenden Tagen begann sie sich wieder mehr für das Leben um sie herum zu interessieren – vor allem für alle möglichen Aktivitäten außer Haus, bei denen man sich viel bewegte. Mum war ganz entzückt. An den Tagen, an denen sie nicht arbeiten musste, organisierte sie für Charlie so viele Ausflüge und Unternehmungen wie möglich. Ich freute mich natürlich auch, aber nicht so sehr wie Mum. Irgendetwas an meiner Schwester verstörte mich.

Klar, es schien ihr besser zu gehen. Sie hing nicht mehr dauernd so trübselig rum und hatte viel mehr Energie. Wir waren am Wochenende ziemlich viel zusammen unterwegs, und ich hatte das Gefühl, dass sie wieder mehr ihren eigenen Willen durchsetzen wollte, was bestimmt ein gutes Zeichen war. Das versuchte ich mir wenigstens einzureden. Aber sie war trotzdem weiter sehr verschlossen. Ich wurde den Eindruck nicht los, dass sie unter ihrem ruhigen Äußeren etwas verbarg, nährte, hütete – und aufpasste, dass ihr dabei niemand zu nahe kam.

Ihre Albträume verrieten mir das. Sie schienen jetzt immer häufiger zu kommen und ich hörte sie oft im Schlaf schreien. Am Morgen danach sah sie immer krank und völlig erschöpft aus, als ob sie sich in ihren Träumen völlig verausgabt hätte.

Eines Morgens bin ich in ihr Zimmer gegangen, um sie zu beruhigen. Sie ist aufgewacht und hat mich rausgeschmissen. Aber vorher habe ich noch das aufgeschlagene Heft neben ihrem Bett bemerkt, mit dem Stift darin. Als Charlie später im Bad war, habe ich noch mal kurz in ihr Zimmer geguckt. Das Heft war nirgendwo mehr zu sehen.

Die Tatsache, dass sie es weggeräumt hatte, machte mich erst recht neugierig. Was schrieb sie dort auf? Egal, ob das nun besonders wichtige oder unwichtige Dinge waren – Gedanken, Gefühle, Ängste, wahrscheinlich alles Mögliche, was sich auf Max bezog –, ich hatte jedenfalls das Gefühl, dass es sich für mich lohnen würde, ihre Einträge in dem Heft zu lesen. Als Charlie dann an dem Vormittag einkaufen gegangen ist, habe ich sofort die Gelegenheit genutzt. Ich habe in ihrem Schränkchen nachgeguckt, dahinter, unter dem Bett, unter der Matratze und in fast allen Schubladen, sorgfältig darauf bedacht, dass ich keine verräterischen Spuren hinterließ.

110

Da muss man als großer Bruder aufpassen. Aber ich hatte kein Glück. Entweder hatte sie das Heft mitgenommen, oder es gab irgendwo ein Versteck, von dem ich nichts wusste. Im Augenblick konnte ich nichts weiter tun.

Am Nachmittag ist Charlie mit einer ihrer Freundinnen aus unserer Straße ins Kino gegangen. Sie war jetzt seit Juli nicht mehr in der Schule gewesen und hatte etwas den Kontakt zu ihrer Clique verloren. Ich glaube nicht, dass sie das Mädchen seit dem Unfall mehr als ein-, zweimal gesehen hatte und sie hatten bestimmt nicht wahnsinnig viel miteinander zu reden. Sie standen zuerst etwas verlegen bei uns im Flur herum, aber dann sind sie miteinander losgezogen, und ziemlich bald nachdem Charlie weg war, haben wir Besuch von Dr. Tilbrook bekommen, ihrem Psychoklempner. Das musste zwischen Mum und ihm extra so vereinbart worden sein, weil klar war, dass Charlie an dem Nachmittag nicht zu Hause sein würde. Aber mir hatte natürlich keiner was erzählt.

»Was will er denn?«, fragte ich. Ich fühlte mich irgendwie unwohl.

»Er will mit uns über Charlotte reden, was denn sonst«, sagte Mum. Sie wirkte nervös. Es gefiel ihr nicht, dass er die ganze Geschichte wieder aufrühren würde, möglicherweise schlechte Nachrichten brachte.

»Klingt nicht gut«, sagte ich. »Vielleicht weiß er nicht weiter.«

Damit traf ich einen wunden Punkt. »James, hör auf damit. Er war am Telefon sehr optimistisch. Er hat gesagt, dass er mit der Entwicklung der Dinge sehr zufrieden ist.«

»Wie du meinst, Mum.«

»Man muss immer versuchen, das Positive zu sehen, James. Das wirst du auch noch kapieren. Also verhalt dich einigermaßen. Und setz dich gerade hin, wenn er kommt. Er hat bestimmt keine Lust, mit dir zu reden, wenn du so rumlümmelst.«

Nach all dem hatte ich auf ein Gespräch mit Dr. Tilbrook erst recht keine Lust mehr, aber meine Gefühle ihm gegenüber waren sowieso sehr komisch. Sehr zwiespältig. Das war schwierig zu erklären. Ich meine, es war bestimmt richtig und gut, dass Charlie zu ihm ging, und trotzdem …

Es war einfach so, dass ich mir jedes Mal, wenn Mum mit ihr zu Dr. Tilbrook fuhr, mehr Sorgen um sie machte als irgendwann sonst. Aus irgendeinem Grund waren das immer die Augenblicke, in denen ich die ganze genervte Ungeduld, die sich die übrigen Tage in mir angestaut hatte, vollkommen vergaß. Ich sah in Charlie dann nur noch meine kleine Schwester, die einsam und verletzlich war. Ich weiß nicht, warum. Aber egal, jedenfalls wartete ich mit einer seltsamen Mischung aus Neugier und Widerwillen auf die Ankunft des Therapeuten.

Dr. Tilbrook kam in einem schicken grünen Kabrio vorgefahren. Er wurde von Mum ins Wohnzimmer gebeten. Man hatte den Eindruck, dass sie ihn auf allen Seiten gleichzeitig umtänzelte. Sie geleitete ihn zu unserem besten Sessel, gegenüber dem Sofa, in dem ich mich gerade fläzte. Er war ein jugendlicher Typ, groß und etwas zu dünn, mit Haarsträhnen, die ihm dauernd in die Stirn fielen, und vielen Krähenfüßen um die Augen. Ich hatte ihn mir blass und ungesund vorgestellt, wie einen Streber, aber er war ganz braun gebrannt.

»Hallo«, sagte Dr. Tilbrook.

»Guten Tag«, antwortete ich.

Mum hatte für sich und für mich Tee gemacht. Dr. Tilbrook trank Kaffee. Ich lümmelte mich so erfolgreich auf dem Sofa herum, dass ich mich etwas aufrichten musste, um keine Rückenschmerzen zu bekommen. Das Gespräch war zuerst etwas mühsam. Mum und Dr. Tilbrook wechselten irgendwelche Floskeln hin und her, und ich streute auch ein paar Brocken ein, aber dann haben wir immer alle im gleichen Augenblick aus unseren Tassen getrunken, was zu unangenehmen Pausen führte. Schließlich setzte Dr. Tilbrook seine Tasse (natürlich Mums bestes Kaffeeservice!) mit großer Entschlusskraft auf der Untertasse ab und stürzte sich ins Gefecht.

»Ich bin glücklich darüber, dass sich die Gelegenheit zu meinem Besuch heute Nachmittag ergeben hat«, sagte er. »Wie Sie wissen, kommt Charlotte jetzt seit sechs Wochen zu mir —«

Charlotte, dachte ich. Niemand nennt sie so, außer Mum, wenn sie echt sauer auf sie ist, oder eine Person, die sie noch überhaupt nicht kennt. Er ist nicht sehr weit mit ihr gekommen.

»— und es ist immer sehr hilfreich, auch mit den Familien der Patienten Kontakt zu halten. Ich würde mich mit Ihnen gerne etwas darüber unterhalten, was Ihr momentaner Eindruck von Charlotte ist, um zu überprüfen, ob meine Einschätzung mit Ihren Erfahrungen übereinstimmt.«

Mum nickte eifrig. Ihre Tasse klirrte etwas zu laut auf der Untertasse. Ich trank meinen Tee langsam aus, stellte die Tasse auf der Sofalehne ab, wobei ich darauf achtete, dass sie sorgfältig ausbalanciert war, und verschränkte die Arme. Dr. Tilbrook hüstelte unsicher. »Nun«, sagte er, »vielleicht sollten wir mit unseren Beobachtungen anfangen. Mrs Fletcher, wenn Sie vielleicht —«

»Ja, natürlich.« Mum wirkte leicht nervös, aber sie fasste sich schnell und fing folgsam an. »Ich denke, dass in den letzten beiden Wochen eine ziemliche Besserung eingetreten ist. Das findest du doch auch, James? Charlotte interessiert sich jetzt wieder viel mehr für die Welt um sie herum. Sie schließt sich nicht mehr den ganzen Tag in ihrem Zimmer ein, um nur auf dem Bett zu liegen und vor sich hin zu grübeln. Sie ist auch nicht mehr so gereizt.«

Dr. Tilbrook hörte ihr verständnisvoll zu, den Kopf leicht zur Seite geneigt. Er bewegte keinen einzigen Muskel, so aufmerksam lauschte er jedem Wort. Als Mum fertig war, trank er nachdenklich einen Schluck Kaffee und nickte.

»Es freut mich zu hören, dass sie wieder mehr Anteil an der Welt nimmt. Aber glauben Sie auch, Mrs Fletcher, dass das mit dem *inneren* Zustand von Charlotte übereinstimmt? Hatten Sie die Gelegenheit, mit ihr über ihren toten Freund zu sprechen? Darüber, wie sie sich im Augenblick fühlt?«

Mum runzelte die Stirn und dachte angestrengt nach. Ich rutschte wieder tiefer ins Sofa. »Ich habe es mehrmals versucht«, sagte sie, »aber das hat nie zu etwas geführt. Sie kriegt es immer in den falschen Hals. Ich habe das Gefühl, dass meine Tochter es mir übel nimmt, wenn ich sie danach frage. Sie will mich nicht an sich rankommen lassen. Und man hat mir im Krankenhaus geraten ... Sie wissen schon, nicht zu sehr in sie zu dringen.«

Dr. Tilbrook nickte verständnisvoll. Ich wurde auf dem Sofa unruhig. War das alles, was Mum zu sagen hatte?

»Was ist mit den Albträumen, Mum?«, fragte ich. Sie schien das ganz vergessen zu haben.

»Ach so. Ja. James und ich haben Charlotte ein- oder zweimal nachts gehört. Sie spricht im Schlaf, wirkt ganz aufgeregt –«

»Spricht, Mum? Laute Rufe! Manchmal schreit sie auch. Sie hat Albträume, jede Nacht.«

»Die Zimmer meiner Kinder liegen direkt nebeneinander. James hört mehr als ich.«

Dr. Tilbrook wandte jetzt seine ganze Aufmerksamkeit mir zu. »Kannst du mir darüber mehr erzählen, James? Du sagst, sie hat diese Träume fast jede Nacht?«

»Ja. Aber sie will nicht darüber reden. Ich mache mir deswegen Sorgen. *Wir* machen uns deswegen Sorgen.«

»Was meinen Sie dazu, Herr Doktor?«, fragte Mum.

»Ich finde, dass das *sehr* wichtig ist«, sagte ich. »Total wichtig. Die Träume müssen für sie ganz fürchterlich sein, richtig quälend. Aber sie redet nie darüber – sie sperrt das alles in sich ein. Es stimmt, dass sie jetzt tagsüber mehr Dinge macht, aber es ist ihr egal, was. Sie ist nur äußerlich dabei, Mum. Ihr Körper bewegt sich. Aber mit ihrem Kopf ist sie ganz woanders.«

Ich erzählte ihnen von dem Heft, das ich am Morgen aufgeschlagen neben dem Bett gesehen hatte. Mum runzelte die Stirn, aber Dr. Tilbrook lächelte. »Es muss da etwas geben, das sie in der Nacht unglaublich beschäftigt«, sagte ich. »Das ist nämlich das Komische. Ich meine, wenn ich Albträume hätte, dann hätte ich Angst davor, ins Bett zu gehen. Aber Charlie kann es gar nicht erwarten – sie ist immer als Erste oben in ihrem Zimmer.«

Ich musste erst mal Luft holen. Dr. Tilbrook lehnte sich im Sessel zurück und sorgte mit einer kleinen Kopfbewegung dafür, dass die Haare ihm nicht in die Stirn fielen.

»Was du da erzählst, ist sehr interessant, James«, sagte er. »Ich kann mir vorstellen, dass es einen sehr mitnimmt, wenn man Zeuge solcher Albträume wird. Aber ich glaube, dass du dir deswegen keine Sorgen machen musst. Ich will dir erklären, warum.«

Er faltete seine Hände so, dass sich die Fingerspitzen berührten, und hielt sie als gespreiztes Dreieck vor seiner Brust. »Meiner Meinung nach«, sagte er, »ist Charlotte auf einem guten Weg und macht große Fortschritte. Warum ich das glaube? Erst einmal wegen der Gründe, die Mrs Fletcher eben genannt hat. Sie nimmt wieder am Leben teil. Wenn ich mich mit Charlotte unterhalte, wird deutlich, dass sie sich vom Kummer nicht länger überwältigen lässt. Sie macht wieder Dinge außer Haus, wie zum Beispiel die Radausflüge mit dir, James. Das bedeutet ihr sehr viel, auch wenn sie im Augenblick vielleicht nicht in der Lage ist, dir ihre Dankbarkeit angemessen zu zeigen. Und dann vor allem, dass ihr gemeinsam schwimmen geht – das ist ein besonders auffälliges Zeichen. Man muss bedenken, was es für sie bedeutet, ins Wasser zurückkehren zu wollen. Das sind alles sehr deutliche Zeichen für den Gesundungsprozess.

Aber natürlich stecken der Kummer und die Trauer noch tief in ihr. Es wäre seltsam, wenn dies nicht so wäre. Und wie geht man damit um? Der leichteste Weg wäre, das alles gleichsam wegzusperren, tief in sich zu verschließen, wo die seelische Wunde dann weiterschwären würde, aber nein – Charlotte stellt sich dem Verlust. Denn das bedeuten diese Albträume, James – eine Erinnerung an die Tragödie, durch die Charlotte sich immer wieder durchkämpfen muss, wenn sie das Ereignis wirklich verarbeiten will.

Es ist eine sehr gute Nachricht, dass sie ihre Träume aufschreibt. *Ich* habe ihr das Heft gegeben, James, und ihr vorgeschlagen, dass sie ihre Gedanken und Gefühle darin festhalten soll, um später mit mir darüber reden zu können, wenn sie will. Es hilft ihr dabei, ihre Erlebnisse zu verarbeiten, sie bekommt dadurch einen objektiveren Blick, weißt du, wenn sie sich an die verstörenden Geschehnisse aus ihrem Albtraum zu erinnern vermag. Das spielt eine ganz wichtige Rolle beim Heilungsprozess. Jedes Mal wenn sie einen Albtraum hat und sich danach daran erinnert, kommt sie in ihrer Trauerarbeit ein kleines Stück weiter. Und ganz allmählich, indem sie mit mir darüber spricht, was sie in diesen Träumen erlebt und empfunden hat, lernt sie, mit dem, was geschehen ist, fertig zu werden und ihre Trauer zu überwinden.«

»Ich bin ganz erleichtert«, sagte Mum. »Siehst du, James? Ich hatte recht.«

»Hat sie Ihnen denn irgendwas von ihren Träumen erzählt?«, fragte ich. Das war ja alles schön und gut, aber es erklärte nicht, warum sie so unglaublich verschlossen war, warum man auch am Tag nicht richtig mit ihr reden konnte.

»Nicht viel. Ich weiß, dass diese Träume sehr lebhaft sind, aber ich konnte sie bisher nicht dazu bringen, mir Einzelheiten zu erzählen. Es dürfte sich um Fragmente und Wiederholungen ihres Erlebnisses handeln, etwas in der Art.«

»Aber woher wissen Sie dann, dass ihr das beim Gesundwerden hilft? Ich habe sie gesehen. Sie leidet fürchterlich dabei.«

»Das reicht jetzt, James —«

»Lassen Sie ihn ruhig, Mrs Fletcher«, sagte Dr. Tilbrook besänftigend. »Es ist gut und richtig, wenn James sich um seine Schwester kümmert. Und auch dass er sich Sorgen um sie macht. Zwar hat Charlotte mir noch nichts Genaueres über ihre Albträume erzählt, aber ich bin mir sicher, sie wird es bald tun. Sie hat ein paar versteckte Hinweise gegeben, denen ich entnommen habe, dass es nicht mehr lange dauern wird, bis sie sich jemandem anvertraut.«

»Ich finde, wir sollten nach dem Heft mal suchen«, sagte ich. »Sie hat es versteckt. Ich konnte es nicht finden.«

»Du solltest sie da in Ruhe lassen«, sagte Dr. Tilbrook. »Rühr das Heft nicht an. Du darfst keinen Vertrauensbruch begehen. Sie wird es jemandem zeigen, wenn sie dafür bereit ist.« Aus seiner Stimme ging klar hervor, dass er mit diesem Jemand sich selbst meinte. »Sie arbeitet an einer Lösung ihres Problems. Wir müssen geduldig sein. Vielen Dank, Mrs Fletcher, noch eine halbe Tasse wäre sehr nett.«

Ich verdrückte mich und ließ sie mit ihrem blöden Geplauder allein. Mum hatte gehört, was sie hören wollte. Ich hatte nichts gehört, was mich wirklich beruhigt hätte. Als ich in mein Zimmer hochging, kam ich an Charlies Tür vorbei. Sie stand halb offen, es war fast wie eine Aufforderung. Ich blickte auf die Uhr. Charlie würde in einer knappen Stunde zurück sein. Das war nicht genug Zeit, um alles sorgfältig zu durchsuchen. *Du darfst keinen Vertrauensbruch begehen*, hatte Dr. Tilbrook gesagt. Da war ich mir nicht so sicher. Er und Mum fanden es vielleicht richtig, Charlie mit ihren Albträumen allein zu lassen, aber ich nicht. Ich hatte das Gefühl, dass ein kleiner brüderlicher Verrat genau das war, was Charlie jetzt brauchte.

Vierzehn

Max … Hilf mir!«

Ich hielt den Kopf in den Händen, die Haare fielen mir übers Gesicht. Ich schlotterte am ganzen Körper vor Angst, mir war davon ganz schlecht. Mein Herz klopfte zum Zerspringen, während ich darauf wartete, dass trocken raschelnder Stoff mich streifte, dass knochige Finger mich berührten. Ich rief seinen Namen, ohne dass es mir bewusst war.

»Max …«

»Wie bitte?«

Eine ruhige, fragende Stimme erklang hinter meinem Rücken. Ich hob den Kopf etwas und spähte vorsichtig durch meine Haare. Über dem Gras konnte ich in einiger Entfernung die nächste Baumreihe erkennen. Bis dahin war es zu weit – so schnell konnte ich nicht rennen.

»Kann ich dir vielleicht helfen?«

Die Stimme kam von sehr weit oben. Dann erinnerte ich mich daran, dass ich zusammengekrümmt auf dem

Boden lag. Es hatte keinen Zweck. Ich musste der Gefahr ins Auge sehen, egal was geschehen würde. Langsam zog ich ein Knie nach vorne, dann das andere. Zitternd kam ich auf die Füße. In Ordnung. Jetzt stand ich aufrecht da. Aber ich hatte der Gefahr immer noch den Rücken zugekehrt. Deshalb drehte ich mich mit kleinen Tippelschritten langsam um und schaute.

Und schrie.

Grüne Augen, wie nasse Kieselsteine, starrten mich an. Ein langes, schmales Gesicht mit blassgrünen Haaren.

Einen Augenblick lang war ich wieder in dem wirbelnden Wasser, magere, eiskalte Hände griffen nach mir, umklammerten mich, zogen mich nach unten... Ich wurde fast ohnmächtig, bis ich begriff, was ich tatsächlich vor mir sah.

Es war das Gesicht eines Mannes, hager und wettergegerbt, und er hatte tatsächlich grün gesprenkelte Augen. Die Augenbrauen hatte er fragend hochgezogen. Doch mit den Haaren hatte ich mich getäuscht. Sie hatten die Tönung des smaragdgrünen Lichts aus den Baumkronen angenommen, aber jetzt sah ich, dass sie braun waren – halblange hellbraune Locken umrahmten sein Gesicht.

Er war groß, von kräftigem Körperbau und trug eine Flanellhose, braune Schuhe, ein weißes Hemd und eine bunte Weste. Seinen Kopf hielt er etwas schräg, als würde er auf etwas warten.

In meinem Magen klumpte noch die Furcht. Was sollte ich tun? Er bedrohte mich nicht, er griff mich nicht an, er stand nur mit diesem seltsamen fragenden Gesichtsausdruck da. Sollte ich mit ihm reden? Was sollte ich sagen?

»Habe ich dich erschreckt?«, fragte der Mann.

Ich schluckte, weil mir ein Kloß in der Kehle steckte. »Hmm, ja«, sagte ich. »Ich dachte, Sie wären jemand anders.«

Der Fremde zog die eine Augenbraue noch ein Stück weiter hoch. »Ach ja?«, fragte er. Seine Stimme war sanft. Er lächelte milde und schien auf mehr zu warten.

»Ich glaube, ich stehe etwas unter Schock«, sagte ich. »Tut mir leid, dass ich geschrien habe.«

»Schon vergessen.« Er jagte mir keine Angst ein, aber ich hatte auch keine Lust auf ein Gespräch. Ich wollte nur fort und wieder allein sein. Ich machte unwillkürlich einen Schritt nach vorne, an ihm vorbei.

»Aus welcher Richtung bist du gekommen?«, fragte er plötzlich. Ich war überrumpelt und antwortete ihm:

»Durch den Wald.«

»Das weiß ich.« Der Fremde trat ungeduldig von einem langen, dünnen Fuß auf den anderen. »Ich meine hinter dem Wald. Aus welcher Richtung bist du gekommen?«

Das machte mich etwas ratlos. »Das weiß ich nicht genau. Es gab einen Berg, über den ich musste. Und davor einen riesigen Felsen mit einer Schlucht. Und davor die Wüste. Ich bin durch die Wüste gekommen.«

Die Augenbrauen des Fremden wanderten vor lauter Erstaunen so weit nach oben, dass sie fast unter seinen

Locken verschwanden. »Tatsächlich?«, murmelte er. »So weit? Ich bin beeindruckt.«

Seine Reaktion schmeichelte mir. »Es hat eine ganze Weile gedauert«, sagte ich. »Die Wüste hat sich viele, viele Tage erstreckt. Aber irgendwann hatte ich sie durchquert.«

»Große Willenskraft.« Der Fremde kratzte sich am Kinn.

»Ja. Und davor bin ich über das Meer gekommen.« Ich sagte das mit stolzgeschwellter Brust, weil meine Heldentat so groß gewesen war, aber der Fremde lachte.

»Ach ja?«, meinte er. »Und wie hast du das angestellt?«

Und natürlich hatte ich keine Ahnung. Ich konnte mich nur an den Strand erinnern, weiter reichte mein Gedächtnis nicht zurück. Ich schwieg. Der Fremde hatte seine Augen unverwandt auf mich gerichtet. Er blinzelte kein einziges Mal. Endlich begriff ich, dass ich etwas antworten musste.

»Ich fürchte, das weiß ich nicht«, erklärte ich. »Es ist seltsam. Ich bin am Strand aufgewacht. Davor ist ein großes schwarzes Loch.«

»Natürlich«, sagte er. »Es wäre seltsam, wenn es anders wäre.«

Ich hatte das Gefühl, von ihm zum Narren gehalten zu werden. »Wie auch immer«, sagte ich. »Tut mir leid, dass ich Sie gestört habe. Ich glaube, ich gehe jetzt besser. Auf Wiedersehen.«

Ich setzte meine Wanderung fort, aber der Mann hatte sich umgedreht und schritt neben mir her. »Vielleicht haben wir denselben Weg«, sagte er.

Darauf war ich nicht gefasst gewesen. Was sollte ich jetzt tun? Er war die erste Person, die ich auf meiner langen Reise antraf (das tote Wesen zählte ich nicht mit), und obwohl es eine nette Abwechslung war, sich mal ein bisschen unterhalten zu können, hatte ich keine Ahnung, was er von mir wollte. Jedes Mal wenn seine grünen Augen mich anfunkelten, musste ich an die Frauen im Mühlteich denken. Ich wollte ihn lieber loswerden.

»Suchst du nach jemandem?«, fragte er.

Diese Frage war wie ein Schock für mich. Das konnte er meinem Gesicht auch ablesen.

»Woher wissen Sie das?«, fragte ich matt.

»Vielleicht habe ich ihn ja gesehen.«

Ich hielt auf der Stelle an. Mochte er meine Ungeduld ruhig bemerken, das kümmerte mich nicht. »Wen haben Sie gesehen?«, fragte ich. »Sagen Sie es mir.«

Doch der Fremde hob abwehrend seine lange, feingliedrige Hand. »Augenblick. Immer der Reihe nach. Erst sollten wir uns miteinander bekannt machen, dann Neuigkeiten austauschen. Ich weiß überhaupt nichts von dir.«

»In Ordnung«, sagte ich. »Wie heißen Sie?«

»Kit. Und du?«

»Charlie.«

»Gut. So ist es besser. Also, Charlie, dann erzähl mir mal, wen du suchst, und ich sage dir dann, wen ich gesehen habe.«

»Ich suche nach meinem Freund Max«, sagte ich. »Er hat ungefähr mein Alter. Er ist ein bisschen größer als ich. Muskulös, ein bisschen pummelig. Glattes braunes Haar. Weiße Turnschuhe. Vielleicht Jeans. Ich weiß nicht genau, was er anhat.«

Der Fremde, ich meine Kit, dachte kurz nach, dann nickte er. »Ich habe ihn gesehen«, sagte er. »Er ist hier vorbeigekommen. Das war vor zwei Tagen.«

»Zwei Tage!« Der Zeitabstand beunruhigte mich, obwohl ich mich natürlich freute, dass ich tatsächlich der Spur von Max folgte. »Wie geht es ihm? Haben Sie mit ihm gesprochen?«

»Ich habe nicht mit ihm gesprochen. Das tut man nicht, wenn man auf Wanderer im Wald trifft.«

Ein leichter Schauder lief mir den Rücken hinunter. »Wie meinen Sie das?«

»Hast du niemanden hier gesehen?«

»Ähm … ich habe *etwas* gesehen. Da hinten, vor ein paar Augenblicken. Aber es war keine Person. Es war …« Ich brachte es nicht hervor.

Kit schien Mitleid mit mir zu haben. Er klopfte mir auf die Schulter. »Das muss ein Schock für dich gewesen sein. Vor allem wenn du einen von ihnen aus der Nähe gesehen hast.«

»Aber Sie wollen mir damit nicht sagen, dass Max …«

»Nein, nein. Ganz und gar nicht. Er schien bei bester Gesundheit zu sein. Aber es ist besser, hier im Wald vorsichtig zu sein. Ich habe mich dir nur genähert, weil es so aussah, als ob du Hilfe brauchtest. Außerdem hätte ich

Max nur schwer aufhalten können, selbst wenn ich gewollt hätte. Er marschierte schnell, er schien es sehr eilig zu haben.«

»Entschuldigung, ich muss weiter.« Zwischen mir und Max lagen zwei Tage und er musste ganz allein durch den Wald mit seinen Schrecklichkeiten wandern. Tränen stiegen mir in die Augen, ich stürmte voran, aber Kit hielt neben mir Schritt.

»Du wirkst sehr bekümmert, Charlie«, sagte er. »Vielleicht kann ich dir helfen?«

»Ich muss ihn einholen«, stieß ich hervor, »das ist alles.« Mein Atem ging schnell, ich fühlte mich gehetzt, ich konnte nicht mehr richtig denken. Über uns ragten die riesigen Bäume in unermessliche Höhen empor und hüllten uns in eine grüne Stille.

»Warte einen Augenblick.«

»Tut mir leid. Ich muss weiter.« So schnell ich konnte. Keine Zeit für Pausen.

»Warte.«

Es war etwas im Ton seiner Stimme. Ein sanfter Befehl, der durch die Verkrampfung, den Tumult und die Angst in meinem Kopf drang. *Warte ...* ich hielt an, die Augen weit aufgerissen und ins Nichts starrend. Er ging noch ein paar Schritte weiter und blickte dann nach oben.

Wir standen am Fuß eines der riesigen Baumstämme, die das fern über uns schwebende Blätterdach trugen. Ich legte meinen Kopf in den Nacken, so weit, dass es schmerzte, und blickte den Stamm entlang in das däm-

merige Gewölbe der Baumkathedrale empor. Wie eine
Säule ragte der breite Stamm in die Höhe, bis er sich
immer mehr zu verjüngen und schließlich zu krümmen
schien. Er trug nur hie und da ein paar Äste, die mit
dickem grünen Laubwerk umhüllt waren. Jeder dieser
Äste war wahrscheinlich mächtig wie eine Eiche, aber
von hier unten sahen sie schmächtig aus, fast winzig, wie
sie da von dem riesengroßen Stamm abzweigten und
sich im Raum verloren. Weit in der Ferne wölbte sich
dann das Baumzelt, von dem nicht viel mehr als ein ver-
schwommener grüner Schleier zu sehen war.

Kit schaute einen Augenblick in diesen unendlichen
Raum. Im ganzen Wald war kein Laut zu hören. Dann
breitete er seine Arme weit aus.

Plötzlich war mir, als ob das Blätterdach hoch über
unseren Köpfen seine Farbe wechselte. Als hätte eine
unsichtbare Hand einen Vorhang beiseitegezogen, sodass
die Sonne hereinstrahlen und ihr helles Licht über die
Blätter ergießen konnte. Ein Gewimmel aus blenden-
dem Weiß flackerte vor dem smaragdgrünen Himmels-
zelt auf, vermischte sich einen Augenblick mit dem
Grün der Blätter, wurde fast davon verschluckt, um sich
dann mit einer aufbäumenden Welle freizukämpfen. Immer klarer und deutlicher, immer heller, schimmernd
und flimmernd, mal silbrig, mal weiß, senkte es sich allmählich hernieder.

Eine kurze Weile vermochte ich keine Einzelheiten
zu erkennen. Ich war wie geblendet von dem gleißenden
Licht und blinzelte verwirrt. Dann rückte alles an seinen

Platz, nahm Gestalt und Leben an – hunderttausend weiße märchenhafte Vögel mit silbrigen Fittichen flatterten durch die Lüfte herab.

Tiefer und tiefer schwirrten sie, und bald sirrte die Luft von dem verwirrenden, in den Ohren kitzelnden Zittern und Seufzen einer Million Federn, die sich im Fluge befanden.

Sie sanken noch tiefer, und mit einem Mal war der ganze Wald von ihren scharfen Schnäbeln und Klauen angefüllt, und ihr Lärmen umsauste meine Ohren so bedrohlich und stark, dass ich kaum zu atmen wagte. Ich kauerte mich zu einer Kugel und hielt die Hände vors Gesicht. Dann war der Lärm mit einem lauten Rauschen über mir, auf mir, er umtoste mich wie Wellen in der Brandung. Meine Ohren dröhnten, vor Schmerz biss ich die Zähne zusammen …

Dann war Stille.

Ich öffnete die Augen und blinzelte zwischen den Fingern hindurch. Ich richtete mich auf. Der Waldboden war verwandelt, als wäre es plötzlich Winter geworden. Überallhin war ein Meer aus Weiß. Hunderttausend weiße Vögel hatten sich auf dem Boden niedergelassen, alle Grashalme bedeckend, nur rings um meine Füße lugte noch etwas Grün hervor. Die mächtigen schwarzen Säulen der Bäume ragten kahl aus dem Weiß empor. Unweit von mir stand der Fremde mit seinen ausgestreckten Armen. Ein einzelner weißer Vogel saß auf seiner Hand.

Alle Vögel waren still. Der Fremde schaute mich an. Er lächelte.

»Der Wald birgt viele Schätze«, sagte er. »Du musst lernen, auf sie zu merken. Wenn du das tust, dann werden sie sich dir von selbst preisgeben. Nur ein Narr blickt immer auf den Boden.«

Ich sagte nichts. Meine Augen waren viel zu sehr damit beschäftigt, alles aufzusaugen. Ein paar Minuten lang blieb alles ruhig. Ich rührte mich nicht und der Fremde auch nicht. Die Vögel saßen auf dem Waldboden, hoben ab und zu ihre Köpfe ein wenig oder pickten mit ihren Schnäbeln. Es war, als ob eine sanfte Brise durch eine weiße See ging. Mit einem Mal bewegte mein Gefährte ganz leicht die Hand und der Vogel darauf erhob sich flatternd in die Luft. Wie auf Kommando taten alle anderen Vögel es ihm nach. Als sie mich umschwirrten, war ich einen Augenblick blind und taub, doch dann war alles vorbei, der Lärm verebbte und sie verschwanden: ein flimmernder, verblassender weißer Schwarm, der sich in dem Dämmerlicht unter dem Laubdach lautlos immer höher schraubte.

»Wie ... wie hast du das gemacht, Kit?«, fragte ich schließlich. Ich war immer noch wie betäubt.

»Ein bisschen Übung. Ist nicht so wichtig. Ich wollte dich nur etwas ablenken. Bist du jetzt ruhiger?«

Ich nickte.

»Wie wäre es, Charlie, wenn du mir deine Geschichte erzählst? Wie du hierhergekommen bist. Ich hab ja vorhin schon gesagt, vielleicht kann ich dir helfen.«

»In Ordnung«, sagte ich, »aber ich hab nicht lange Zeit.« Die Unruhe und Angst von vorhin flackerten wieder in mir auf. Doch Kit hatte sich schon ins Gras gesetzt und an einen Baumstamm gelehnt. Er machte mir ein Zeichen, dass ich beginnen sollte, und schloss die Augen. Als ich ihn so entspannt dasitzen sah, überkam mich auch das Bedürfnis, mich ein wenig auszuruhen. Deshalb setzte ich mich ein kleines Stück weiter ebenfalls ins Gras, kreuzte die Beine, räusperte mich kurz und begann.

Fünfzehn

Kit hörte mir zu, ohne mich ein einziges Mal zu unterbrechen. Es dauerte eine Weile. Außer in meinem Tagebuch hatte ich vorher noch nie versucht, die ganze Wahrheit zu sagen. Je länger ich redete, desto mehr steigerte ich mich hinein. Ich stand auf, ging zwischen den Bäumen hin und her, gestikulierte wild. Ich wollte meine Geschichte so gut wie möglich erzählen. Als ich geendet hatte, saß Kit immer noch an seinen Baumstamm gelehnt da und sah mit einem ruhigen, nachdenklichen Gesichtsausdruck zu mir auf. Er wirkte nicht im Geringsten verstört.

»Interessant«, sagte er. »Nicht neu, wenngleich in einigen Details durchaus ungewöhnlich.«

»Aber ich verstehe das alles nicht! Ich verstehe überhaupt nichts!« Ich schrie ihm das fast entgegen. Er wirkte so nüchtern und sachlich, dass mich das total wütend machte.

»Was verstehst du nicht?«

»Alles!« Diesmal brüllte ich, so laut ich konnte.

»Dann frag mich«, antwortete er ruhig.

»Das tu ich auch.« Was sollte ich ihn fragen? Am besten mit dem Anfang beginnen. »Was waren das für Frauen im Mühlteich?«

Kit zögerte. »Schwer zu sagen. Ich habe solche Wesen noch nie persönlich getroffen. Aber so viel weiß ich. Ein paar Eingänge haben Wärter, die dort Wache halten und all jene mustern, die um Einlass begehren. In eurem Fall haben die Frauen deinem Freund gerne geholfen. Er hatte Glück.«

Glück? Seltsam. So hatte ich das bisher noch nicht gesehen. Aber vielleicht hatte er recht. Es war hier eine friedliche Welt, deren Schönheiten und Freuden einem immer stärker aufgingen, je weiter man in sie vordrang. Ich dachte an die wundersamen Vögel. Möglicherweise war auch Glück im Spiel. »Gibt es viele solcher Eingänge?«, fragte ich.

»Es gab früher mehr Tore, als man zählen kann. Man konnte sie in Rotdornhecken oder Apfelbäumen finden, in hartem Gestein oder in weichem Morast, in flüchtigen Schatten am Wegesrand. Häufig wusste man auch die Zeiten, zu denen sie offen standen – zur hohen Mittagszeit, wenn die Sonne keine Schatten mehr wirft, oder um Mitternacht, wenn der Vollmond am Himmel steht. Viele Menschen sind durch die Tore hindurchgegangen. Inzwischen sind es weit weniger und meistens befinden sie sich an unwegsamen Orten – in Bergwerken und auf Felsspitzen, in Sümpfen und Brunnenschächten. Immer mehr werden verriegelt und vergessen. Nur wenige Menschen finden sie. Ich sage es noch einmal, dein Freund kann sich glücklich schätzen.«

Er hatte zu dem dichten grünen Blattwerk hochgeschaut, während er sprach. Jetzt blickte er mir plötzlich direkt in die Augen. »Das sind die richtigen Tore«, sagte er. »Aber sie sind nicht der einzige Weg in die Welt hier, wie du wohl weißt. Auch Träume sind Pforten. So ist es immer gewesen und so wird es immer sein. Viele Menschen finden in ihren Träumen hierher und wandern im Schlaf eine Zeit lang durch unsere Wälder.«

»Dieses Etwas, das ich gesehen habe – war das auch ein Träumer?«

»Nein. Das war eine verlorene Seele, die weder diesem Ort hier noch deiner Welt zugehörig ist. Es ist besser, man schweigt über sie. Die Träumer dagegen sind wichtig. Die meisten tauchen nur flüchtig auf und bewegen sich hilflos im Kreis, verloren zwischen den Bäumen umherirrend. Sie wissen nämlich nicht, wonach sie suchen, musst du wissen, sie haben keinen Antrieb und kein Ziel. Wenig später wachen sie auf und erinnern sich an nichts mehr. Sie finden nur sehr selten ein zweites Mal in den Wald zurück und niemals an den gleichen Ort.«

»Aber ich schon«, sagte ich. »Jede Nacht und ganz zielsicher.«

Er nickte und deutete auf mein Bein. »Sie haben dich berührt«, sagte Kit. Ich spürte, wie das Blut in meiner Wade an der Stelle pochte, wo die Frau im Wasser mich mit ihren Fingernägeln gekratzt hatte. Mich schauderte bei der Erinnerung.

»Für jene, die berührt wurden, ist es nicht so einfach zu vergessen«, erklärte er. »Die Erinnerung an den Wald klingt tagsüber in dir nach. Du wirst durch sie hierher zurückgerufen, und durch die Kraft deines eigenen freien Willens. Aber dennoch bleibst du stets den Grenzen des Traums verhaftet.« Als ich die Stirn runzelte, fügte er hinzu: »Oder einfacher gesagt: Du kannst nicht hierbleiben, wenn du aufwachst. Die andere Welt holt dich immer wieder zurück. Eine höchst ungewöhnliche Situation. Der Zutritt hierher gelingt dir mühelos, doch du darfst nicht bei uns verweilen.« Er lächelte mitleidig. »Wie quälend das sein muss.«

Es stimmte, was er sagte. Ich kam jede Nacht mit großer Leichtigkeit hierher, weil ich mich Max so eng verbunden fühlte. Er war mein bester Freund. Ich folgte seiner Spur, so schnell ich konnte; vielleicht kam ich während der Dauer meines Schlafs sogar schneller voran als er. Doch hatte das alles keinen Zweck. Wenn ich aufwachte, zog Max weiter und entfernte sich immer weiter von mir. Ich wurde wütend wie noch nie.

»Das ist ungerecht!«, rief ich und stampfte mit dem Fuß auf. »Ich kann höchstens einmal einen Blick auf ihn erhaschen und habe nie eine Chance, ihn einzuholen.« Mein neuer Freund nickte mitfühlend.

»Es ist schwierig«, sagte er. »Reisende wie Max marschieren schnell und blicken nicht zurück.«

»Aber was soll ich denn jetzt tun?«, fragte ich.

»Es gibt natürlich eine Lösung.« Kit war aufgestanden. Er legte seine Hand auf meine Schulter.

»Ja?« Ich fand ihn herablassend und machte mich auf das Schlimmste gefasst.

»Du kannst aufgeben. Nur deine enge Bindung an deinen Freund treibt dich jede Nacht zurück. Lass von ihm ab, dann kommst du nicht mehr hierher. Dein Freund kann seiner Wege ziehen und du wirst ihn vergessen.« Seine Hand tätschelte sanft meine Schulter.

Ich hatte also richtig geraten – er wollte mich entmutigen, damit ich aufgab. Was glaubte er denn? Dass ich einen Rückzieher machen und Max für immer an diesem Ort lassen würde?

»Tut mir leid«, sagte ich höflich, »aber ich könnte mir nie verzeihen, wenn ich das täte.«

Kit lächelte ein kleines sanftes Lächeln. Seine Finger legten sich wieder auf meine Schulter. Diesmal zog er seine Hand nicht so schnell wieder zurück; es war eine Berührung von gleich zu gleich.

»Max hat großes Glück«, sagte er, »dass er eine Freundin wie dich hat.« Er ließ sich wieder in das weiche Gras des Waldes fallen und deutete neben sich auf den Boden. »Setz dich«, sagte er. Ich setzte mich.

Kit zog seine langen Beine ganz nah zu sich heran, sodass seine Knie fast sein Gesicht berührten, und umfasste sie mit den Armen. »Wie ich schon sagte, dein Problem ist ziemlich ungewöhnlich. Die meisten Besucher erinnern sich nicht an ihre Besuche hier bei uns im Wald und fast alle kommen nur ein- oder zweimal. Du bist die große Ausnahme. Aber natürlich, wenn man bedenkt, dass du schon nahe daran warst, selbst durch das Tor zu

gehen … da muss die Anziehungskraft für dich besonders groß sein. Und wenn du Max wirklich nicht allein
lassen willst …«

»Das hab ich nicht vor«, sagte ich.

»… welche Möglichkeiten bleiben dir dann noch?
Lass mich nachdenken.« Er legte das Kinn auf die Knie
und stieß einen tiefen Seufzer aus. Er dachte angestrengt
nach. Ein langes Schweigen.

»Wohin geht Max eigentlich?«, fragte ich plötzlich.

»Das weißt du nicht?«

»Ich hab doch gesagt, ich weiß überhaupt nichts von
diesem Ort.«

»Ich bitte um Entschuldigung. Ich bin schon seit so
langer Zeit hier, dass ich ganz vergaß … Lausche einen
Augenblick auf die Stille.«

Ich schloss die Augen. Wir hatten im Flüsterton gesprochen, aus Ehrfurcht vor dem großen Tal der schlafen-
den Bäume. Hoch über unseren Köpfen in den Baumkronen dieser riesigen Kathedrale mochten weiße Vögel
durch die Lüfte flattern, doch hier unten war kein Laut
von ihnen zu hören.

»Die meiste Zeit des Jahres«, sagte Kit, »ist es in den
Wäldern still. Auch da sind sie natürlich voller Leben; es
gibt in ihnen Säugetiere, Vögel und Blumen und Leute
wie mich, die sie durchwandern. Hie und da treiben
sich auch Traumwandler und Neuankömmlinge in ihnen
herum. Die meiste Zeit des Jahres durchstreifen sie die
Wälder ziellos, sie bestaunen mit Muße die Wunder
ringsumher, und du hättest deinen Freund wahrschein-

lich schon längst eingeholt, wenn du noch vor wenigen Wochen gekommen wärst. Doch jetzt ist alles anders. Der Grund dafür ist die Große Kirmes.«

Bei diesen beiden Wörter begann mein Herz sofort schneller zu schlagen. Ich glaube, auch in seiner Stimme war eine gewisse Erregung zu spüren. Die *Große Kirmes*. Ich bekam vor lauter Vorfreude eine leichte Gänsehaut.

»Dieser Jahrmarkt«, erklärte Kit, »wird von den Einwohnern unseres Landes abgehalten, um den Wechsel der Jahreszeiten zu feiern. Die Kirmes kündigt die kürzer werdenden Tage an.« In seinen Augen lag ein grünes Leuchten, während er sprach. »Alle nur erdenklichen Freuden und Festlichkeiten finden dort statt. Während der restlichen Zeit des Jahres leben wir als rechte Einzelgänger. Wir kümmern uns nur um unsere eigenen Geschäfte, könnte man auch sagen. Aber während der Großen Kirmes strömen wir zu Spielen und Vergnügungen aller Art zusammen. Im letzten Jahr, um aufs Geratewohl zu nennen, was mir so einfällt, hatten wir Tänzer und Akrobaten und Jongleure, fahrende Komödianten, Schauspieler und Pantomimen, Theateraufführungen aller Art, Feuerschlucker und Stelzenläufer, Karnevalsumzüge und Zirkusveranstaltungen. Es gab Schlangenmenschen, Hochseilakrobaten, Trapezkünstler und Luftturner. Es gab Geisterbahnen und Wettkämpfe in Spite, Jackdaw und Curlicue. Ein künstlich zugefrorener See lud zum Schlittschuhlaufen ein, und der Hügelabhang war in ein Amphitheater verwandelt worden, wo die Zuschauer jeden Nachmittag ein neues Spektakel erwartete. Von überall her kommen die Gäste auf die Große Kirmes, und nicht nur wegen der Belustigungen, sondern auch wegen des köstlichen Essens, das es dort gibt. Jedes Jahr denken sich die Köche neue Rezepte für Speisen aus, die nur während dieses Festes aufgetischt werden. Danach können sie nie mehr gegessen werden. Ich habe dort geröstete Maroni in Honigmarinade gekostet, süße Zichorienknödel, heiße Marzipanröllchen, Perlhuhnbrust mit Lavendel und Ingwer. Während sich mein Gaumen an diesen Köstlichkeiten erfreute, hallten meine Ohren von tausend verführerischen Klängen wider, vom Trillern der Pfeifen und dem Dröhnen der Hörner bis zum Donnern der Trommeln und Pauken. Hundertstimmige Chöre singen, Verkäufer preisen ihre Ware an, und alle machen einen so großen Lärm, dass die Bäume noch in drei Meilen Entfernung dazu im Takt mitschwingen. Die Große Kirmes ist eine Wunderkammer voll der erstaunlichsten und exotischsten Schätze.«

»Klingt ganz danach«, sagte ich. Seine Stimme rief in meinem Kopf ein Durcheinander verschiedenster Empfindungen wach. Von den Bildern, Gerüchen und Klängen wurde mir fast schwindlig. Einen Augenblick lang vergaß ich ganz, an Max zu denken. Doch dann kehrten meine Gedanken wieder zu ihm zurück, ich verspürte ein leichtes Schuldgefühl und versuchte mich wieder auf ihn zu konzentrieren.

»Und Max? Geht er auch zur Großen Kirmes?«, fragte ich. Ich hoffte es.

»Natürlich. Alle Neuankömmlinge in unserer Welt,

die wie Max durch die ordentlichen und richtigen Eingänge gekommen sind —« (in anderen Worten, nicht nur in ihren Träumen dort verweilten, so wie ich) »— begeben sich um diese Zeit zum Schauplatz der Großen Kirmes. Sie strömen von überall her zusammen. Wenn du wie ein Vogel hoch vom Himmel auf den Wald herabblicken könntest, dann würdest du sehen, dass Hunderte solcher Gestalten wie Max sich gerade zum Mittelpunkt des Waldes bewegen, als würden sie an den Speichen eines riesigen, unsichtbaren Rades entlanggeführt. Sie folgen alle dem Ruf, den sie vernommen haben und der sie zur Großen Kirmes befiehlt.«

»Was für ein Ruf ist das?« Ich hatte nichts vernommen.

»Du hast ihn nicht gehört, weil du nicht wirklich hierher gehörst. Du zählst nur halb zu uns. Die Aufforderung ergeht an alle, die hier leben, aber für Wanderer wie Max hat sie die Kraft eines dringenden Befehls.«

Weit, weit oben schwebte ein Schwarm von Vögeln, vielleicht zwanzig oder dreißig an der Zahl, unter dem gewölbten Baldachin der Baumkronen dahin. Wie ein zartes weißes Wölkchen aus Seidenpapier. »Der Höhepunkt der Kirmes«, erzählte mein neuer Freund weiter, »ist der Große Tanz, mit dem alle Neuankömmlinge in unserem Land gefeiert und willkommen geheißen werden. Er findet in der letzten Nacht des Festes statt. Max wird sich nach Kräften bemühen, er wird so schnell wie möglich marschieren, um bei dem Tanz seinen Platz einnehmen zu können. Indem er den Großen Tanz mittanzt, wird er zu einem von uns, erst danach ist er ein echter Bewohner unseres Landes.«

»Und wenn er es nicht schafft?«

»Dann muss er weiterwandern, bis der nächste Große Tanz stattfindet, und darf während dieser Zeit weder essen noch schlafen, ja sich nicht einmal hinlegen, um sich auszuruhen. Deshalb wird er alles daransetzen, um zum verabredeten Zeitpunkt dort zu sein.«

»Vielleicht kann ich ihn dann auf der Kirmes treffen.«

»Vielleicht, aber ich muss dich vor noch etwas warnen. Sobald Max den Tanz mittanzt, gehört er ganz unserer Welt an. Er hat dann dich und sein vergangenes Leben vergessen. Er wird dich nicht mehr erkennen, wenn er dir zwischen den Ständen oder bei irgendeinem Spektakel der Großen Kirmes begegnet.«

Als ich das hörte, überkam mich ein großer Kummer. »Wie kann ich ihn denn vorher noch einholen?«, sagte ich. »Es ist hoffnungslos.«

»Vielleicht, vielleicht auch nicht. Es gibt Wege. Ich werde dir das erklären, wenn wir uns das nächste Mal sehen.«

»Das nächste Mal? Erzähl es mir sofort! Ich darf keine Zeit verlieren.«

»Du wachst gerade auf. Spürst du das nicht?«

Und tief in meinem Innern spürte ich es. Als ob mein Körper fortgetragen würde. Ein Leichterwerden meiner Glieder, das plötzliche Gefühl, unmerklich den Ort zu wechseln. Ich gestikulierte lebhaft mit den Händen, drehte ruckartig den Kopf hin und her; meine Bewegungen schienen ohne Verbindung zu meinem Gehirn zu geschehen. Ursache und Wirkung fielen auseinander. Ich versuchte, von der Stelle, wo ich saß, aufzustehen, aber mein Körper gehorchte mir nicht länger. Ich wurde aus mir selbst herausgehoben. Die ganze Szenerie des Waldes flackerte schwächer und immer schwächer vor meinen Augen, als würde eine Flamme allmählich erlöschen.

Mit einem Mal war ich nicht länger im Wald. Mein Freund verblasste, sein Umriss verschwamm. Als ich bereits die Matratze meines Betts unter mir spürte, fest in meine Bettdecke gewickelt, vernahm ich noch ein letztes Mal seine Stimme.

»Mach dir keine Sorgen. Ich werde auf dich warten«, sagte er.

Sechzehn

James ahnt irgendwas, da bin ich mir ganz sicher. Er hat mich den ganzen Tag nicht in Ruhe gelassen, ständig wollte er mit mir irgendwelche Dinge unternehmen. Er hat mich dabei so komisch angeguckt, dass es mich fast wahnsinnig gemacht hat. Als ich ihm irgendwann gesagt habe, dass er sich verpissen soll, hat er ziemlich seltsam reagiert. Er hat sich einfach geweigert. Am Ende musste ich Mum rufen, und sie hat ihm dann befohlen, dass er aus meinem Zimmer gehen soll. Aber selbst dann hat er nicht lockergelassen und noch mal an die Tür geklopft und gefragt, ob ich nicht mit ihm einen Film gucken will. Ich habe darauf nicht mehr geantwortet. Ich muss dringend schlafen.

Um mich abzulenken, habe ich diese Sätze und meine Erlebnisse aus der vergangenen Nacht in mein Heft geschrieben, während ich darauf wartete, dass ich endlich einschlief. Ich brauchte das natürlich nicht mehr zu tun – ich erinnerte mich auch so mühelos an alles, was mir im Wald widerfahren war. Jedes einzelne Wort von

Kit hallte in meinem Kopf nach, ganz frisch und klar. Was ich von meinem trüben und langweiligen Tag zu Hause nicht sagen konnte. Ich konnte mich kaum auf irgendwas konzentrieren, und wenn jemand etwas zu mir sagte, hatte ich es schon vergessen, bevor der Satz zu Ende war. Es war einfach unwichtig.

Als ich in die hohe Kathedrale aus Bäumen zurückkehrte, war mein neuer Freund immer noch da, wie er es mir versprochen hatte. Er saß reglos im gesprenkelten Schatten eines der riesigen Stämme mit ihren weit aufgefächerten smaragdgrünen Baumkronen, den Kopf leicht geneigt, die Augen zwei schimmernde Lichtflecke in der Dämmerung des Waldes.

»Es ist viel Zeit vergangen«, sagte er zur Begrüßung. »Ein ganzer Tag und noch mehr.«

»Ich weiß. Es hat ewig gedauert, bis ich eingeschlafen bin.«

»Noch mehr verlorene Zeit.« Das brauchte er mir nicht zu sagen. Ich hatte den ganzen Tag an nichts anderes gedacht. Ich hatte einen Augenblick den Verdacht, dass er es mir extra unter die Nase reiben wollte, aber seine Stimme klang ernst und traurig.

»Ich weiß. Aber … hast du nicht gesagt, dass es noch andere Wege gibt, wie ich Max einholen kann? Noch rechtzeitig, bevor die Kirmes anfängt. Bitte erzähl mir davon!« Ich konnte nicht anders, ich hörte mich wie ein bittendes, kleines Mädchen an. Ich fühlte mich hilfloser denn je in dem großen Wald, bei meinem ungleichen Wettlauf mit Max.

»Hab ich das? Nun, ja … es gibt andere Wege. Aber sie sind nicht einfach. Vielleicht —«

»Ich werde es versuchen, egal was es ist. Bitte, erzähl mir davon.«

»Lass mich dir zuerst eine Frage stellen. Wie vertreibst du dir denn die Zeit, wenn du nicht hier bist?«

»Tagsüber? Kann ich gar nicht richtig sagen. Vergess ich so schnell. Irgendwie rumhängen. Mich draußen rumtreiben. Mit meinen Freundinnen treffe ich mich kaum mehr. Manchmal mach ich was mit meinem Bruder, aber er nervt mich.«

»Und wie fühlst du dich dabei? Gefällt es dir?«

»Was soll das heißen? Hört sich an wie Tilbrook. Nein, natürlich gefällt es mir nicht, weil —«

»Ja? Weil?« Er beugte sich lächelnd vor, als wäre er sich im Vorhinein meiner richtigen Antwort ganz sicher.

»Weil ich nicht hier bin und weil Max —«

»— sich immer weiter von dir entfernt, während du dort herumhockst und das Gequassel der Leute um dich herum ertragen musst, die überhaupt keine Ahnung haben, was in dir vorgeht. Ich weiß. Ich weiß, was du durchmachst, meine Liebe, und dass es für dich nicht angenehm ist. Einsamkeit tut weh. So ist es doch, oder? Aber Kopf hoch! Lass dich von ihnen nicht fertigmachen! Die Lösung liegt direkt vor deiner Nase, du musst nur die Augen aufmachen. Doch erst mal setzt das voraus, dass du tagsüber deinen Hintern hochkriegst und dich aufmerksam umschaust.«

Er machte eine Pause, um Atem zu holen, und ich

schwieg, weil ich das Wortungewitter erst mal verdauen musste, das er auf mich losgelassen hatte. Ich hatte ihn vorher noch nie so ungestüm erlebt, und mit allem, was er sagte, traf er ins Schwarze.

»Erzähl weiter«, bat ich schließlich.

»Ich werde mich klar ausdrücken.« Er dehnte und streckte die Arme und ließ die Schultern kreisen, als würde er sich auf eine große körperliche Anstrengung vorbereiten. Dann sprang er mit einem Satz hoch und begann, im Gras vor mir auf und ab zu schreiten, sechs Schritte nach links, dann sechs Schritte nach rechts, dazwischen eine knappe Drehung.

»Charlie, du wirst deinen Freund hier nie einholen«, begann er. »Das habe ich dir gestern bereits erklärt. Du hältst dich nicht die ganze Zeit bei uns auf, und Max wandert auch dann weiter, wenn du weg bist. Du musst Wege finden, um schneller durch den Wald vorwärtszukommen, um dich in Sprüngen entlang seiner Fährte zu bewegen.«

Er machte wieder eine Drehung und fuhr fort. »Das andere Problem ist nämlich, dass es für dich immer schwieriger wird, Max zu folgen, je größer dein Abstand zu ihm ist. Seine Spur erkaltet. Was glaubst du, in welcher Richtung ist er gegangen?«

Ich öffnete den Mund und stellte erschrocken fest, dass ich darauf keine Antwort geben konnte. Die ganze Zeit hatte ich die Richtung genau gewusst, ich war ihm pfeilgerade und zielsicher gefolgt. Und plötzlich spürte ich nichts mehr. Panik stieg in mir hoch, und mir brach der kalte Schweiß aus, während der Wald mich immer enger umschloss, schweigend, misstrauisch, unendlich.

Kit wartete einen Augenblick. Als er dann merkte, dass von mir keine Antwort kommen würde, nahm er seine Wanderung wieder auf. »Es wird immer schwieriger, das spürst du selbst«, sagte er. »Und es würde auch nichts helfen, geradewegs zur Großen Kirmes aufbrechen zu wollen. Ihr Ort ist nur schwer auszumachen, oft scheint sich die Stätte zu verlagern, selbst wenn der Jahrmarkt schon andauert. Ich weiß nicht, wo sie dieses Jahr stattfinden wird, und du findest es ganz bestimmt nicht heraus. Es sei denn, du wirst auf der Fährte deines besten Freundes Max magnetisch dort hingezogen.«

Ich sagte nichts. Meine Lage schien mit jedem Satz, den er hinzufügte, aussichtsloser zu werden.

»Aber du musst dir immer vor Augen halten«, fuhr er fort, »dass es mehr Pforten in dieses Land gibt als nur den Mühlteich, durch den Max gekommen ist, mehr Wege in dieses Reich als durch deine Träume. Und du musst wissen, dass Max dir immer noch nahe ist, auch wenn er durch den Wald wandert und der Großen Kirmes zustrebt. Du kannst ihn immer noch in eurem Land finden, an den Plätzen, die er früher gekannt hat.«

»Was meinst du damit?«, fragte ich. »Das Haus, in dem er mit seinen Eltern gewohnt hat? Oder die Orte, an denen wir häufig zusammen gewesen sind? Ich habe von Max dort nichts gespürt.« Ich musste an die Leere in dem alten Stahlwerk denken, an die Trostlosigkeit dort.

»Du hast dich nicht genug darum bemüht. Du hast

nicht aufmerksam genug gelauscht, auf das Echo seiner Schritte oder den Klang seiner Stimme. Ich sage nicht, dass es leicht ist, ganz und gar nicht. Max ist fern; er wandert durch den Wald. Aber er ist immer noch den Stätten nahe, die er einst geliebt hat, und wenn du beharrlich genug suchst, dann findest du möglicherweise Wege, Abkürzungen, wenn du so willst, um ihm in großen Sprüngen zu folgen, ihm auf seiner Wanderung näherzukommen. Denk an deine bisherige Reise! Jetzt bewegst du dich langsam voran, aber war das schon immer so?«

Ich versuchte, mich zu erinnern, und als wäre es ein Traum aus einem anderen Leben, dachte ich an meine ersten Schritte am Strand zurück, dann über die Düne, danach durch die Wüste. Jedes Mal war mir ein großer Sprung gelungen. »Nein«, sagte ich. »Am Anfang kam ich schnell voran. Vor der Wüste war ich in jeder nächsten Nacht stets ein Stück weitergekommen. Es war, als ob ich mich auch tagsüber in eurer Welt fortbewegt hätte.«

»Und sag mir, hast du in der Zeit irgendwelche Orte besucht, an denen ihr beide, Max und du, euch oft gemeinsam aufgehalten habt?«

»Nur ... nur den Mühlteich, an dem war ich. Dort bin ich am Anfang noch einmal hingefahren.«

»Eben. Da warst du Max nahe, sehr nahe. Und mit jedem Traum bist du ihm noch nähergekommen. Seither hast du tagsüber seine Spur verloren und nachts wurde der Abstand zwischen euch immer größer.« Er hielt mit seinen Schritten inne und blickte mir ernst in die Augen.

»Du musst ihn tagsüber suchen«, sagte er. »Suche nach Orten, an denen Max dir nahe ist.«

»Aber wo?« Sein Vorschlag traf mich aus heiterem Himmel und verwirrte mich. Ich hatte Max in den vergangenen Wochen ganz aus meinem Alltag verbannt. Er war so vollständig aus meinem Leben gelöscht, dass ich mich jetzt wie gelähmt fühlte.

»Das kann ich dir nicht sagen. Du kennst ihn besser als irgendjemand sonst. Das hast du mir doch erzählt. Denk an die Stätten, wo Max am glücklichsten war, wo er mit dir −« Er brach ab und wandte sein Antlitz dem Wald zu. »Denk mit aller Kraft darüber nach. Es liegt an dir.«

Aber das fiel mir schwer, wie ich da im Wald stand, mit dem Grün um mich herum, das alles in weite Ferne rückte, alle bedrückenden Erinnerungen an zu Hause abdämpfte. Mein Freund schien das zu spüren. Er lächelte, löste seinen gedankenverlorenen Blick wieder von dem höhlenartigen Gewölbe des Waldes und drehte sich zu mir.

»Mach dir jetzt deswegen keine Sorgen. Es wird leichter sein, wenn du wieder in deiner Welt bist.«

»Hoffentlich.« Ich runzelte die Stirn. »Aber ich verstehe nicht, was das bringen soll. Ich gehe also irgendwohin, wo Max … in der Nähe ist. Und dann?«

»Du wirst dann hier im Wald schneller bei ihm sein. Dein Aufenthalt hier wird sich wandeln, alles wird sich beschleunigen. Und wenn du Glück hast, holst du ihn noch ein, bevor der Große Tanz beginnt. Vielleicht findest du sogar einen anderen Eingang … für dich selbst.«

Er hatte gesagt, was er sagen wollte, und schwieg. Aber ich hatte schon vorher nicht mehr aufgemerkt. In meinem Kopf drehte sich ein einziger Gedanke. *Wenn du Glück hast, holst du ihn noch ein …* Ja, und dann? Was war dann? Was würde dann geschehen? Ich hatte keine Ahnung. Doch als ich mich an seine ferne Gestalt auf der Lichtung erinnerte, wusste ich, dass es mir schon genügen würde, ihn noch einmal zu berühren, und er würde sich dann umdrehen und mir in die Augen schauen.

Plötzlich spürte ich im Wald eine Veränderung, einen raschen Wechsel des Lichts. Es wurde merklich dunkler. Von den tieferen Ästen der hohen Bäume war ein fernes Flattern zu vernehmen, einzelne Vogelrufe waren zu hören und die Luft wurde schwül und schwer. Die Blätter hoch oben im Laubbaldachin des Waldes wechselten von Smaragdgrün zu einem schmutzig olivfarbenen Schatten, und die Baumreihen, die sich in alle Richtungen erstreckten, verloren an Tiefe, als die Finsternis sich herabsenkte.

»Ein Sturm zieht auf«, sagte Kit. Er lockerte seinen Kragen. Mir begann das T-Shirt am Körper zu kleben. Ein einsamer Vogel flog vor uns durch die Luft, lautlos und schnell, unterwegs zu einem verborgenen Unterschlupf.

»Ich muss gehen«, sagte Kit. »Ich war schon viel zu lange hier bei dir.«

»Du gehst?« Die Ankündigung, dass er mich alleine zurücklassen würde, kam wie ein Schock. Der Wald rückte immer näher. Alles wurde immer bedrückender und bedrohlicher. Selbst in der schwülen Hitze waren meine Hände kalt.

»Ich muss. Vielleicht begegnen wir uns ein anderes Mal wieder. Ich werde meine Augen offen halten – nach deinem Freund, nach dir und nach allem, was dir behilflich sein könnte.«

Er schüttelte meine Hand. Ich war zu verstört, um antworten zu können. Dann drehte er sich um und schritt durch das dunkle Gras davon, seine hochgezogenen Schultern und seine langen Haare wurden von olivgrünen Schatten gesprenkelt. Nach wenigen Augenblicken war er nur noch ein trüber Flecken in der dräuenden Dunkelheit, eine schmale Silhouette zwischen den schwarzen Säulen der Baumstämme.

Ich war im Wald allein und wusste nicht, in welche Richtung ich gehen sollte. Da hörte ich plötzlich ein gewaltiges Rauschen in der Luft, als unsichtbarer Regen auf das Blätterdach hoch über mir niederzuprasseln begann. Doch ich stand noch viele Herzschläge lang in der warmen Dunkelheit des Waldes geborgen, bevor der erste Regentropfen auf das Gras vor meinen Füßen niederfiel.

Siebzehn

Als der Vorfall sich ereignete, lag ich unter Charlies Bett und bemühte mich, nicht zu niesen. Ich hatte meine Theorie, dass sie das Heft vielleicht irgendwo in dem Durcheinander der vielen Mädchenmagazine versteckt haben könnte, die in der staubigen Unterwelt unter dem Lattenrost herumlagen. Ich kannte mich dort schon ein wenig aus – es gab da in den Zeitschriften Ratgeberseiten für Mädchen, die sich für Jungs echt lohnten –, aber ich hatte nicht mit den ganzen Kisten voller Krimskrams und Spiele und Teddybären gerechnet, die früher mal mir gehört hatten, und vor allem nicht mit dem vielen, vielen Staub. Ich wühlte überall herum, wie ein schnüffelndes Trüffelschwein, und hatte erst die Hälfte geschafft, als es bei uns klingelte. Mum machte die Tür auf und damit begann der Ärger.

Zuerst hörte ich nur eine fremde männliche Stimme, laut und wütend. Den Bruchteil einer Sekunde dachte ich, es sei vielleicht Dad, aber bereits während ich das dachte, wusste ich, dass ich die Stimme noch nie gehört hatte. Oder doch? Ahnte ich da bereits etwas? Ich robbte unter dem Bett hervor und legte einen Augenblick das Ohr auf den Fußboden, um zu lauschen. Mum versuchte, etwas zu sagen, erst leise, dann wurde sie ebenfalls lauter, aber der Mann brüllte sie nieder. Ich konnte immer noch nicht verstehen, was da verhandelt wurde, deshalb stand ich auf, stieß eine verräterische Schachtel voller Puppensachen unters Bett zurück und schlich mich auf den Treppenabsatz.

Die Stimme des Mannes dröhnte aus dem Erdgeschoss herauf. Mum hatte es offensichtlich nicht geschafft, ihn ins Wohnzimmer zu bitten, was immer ihr erstes Ziel bei jedem Besucher war.

»Glauben Sie, wir müssen uns so was gefallen lassen?«, brüllte der Mann. »Ja? Glauben Sie? Schon schlimm genug für uns, mit Ihnen in derselben Stadt weiterleben zu müssen, auch ohne dass Ihre Tochter vor unserem Haus herumlungert! Was will sie denn von uns? Können Sie mir das sagen?«

»Aber ich bin mir sicher, das hat sie nicht gewollt —« Mums Stimme kippte vor Empörung fast um. Sie musste wegen irgendetwas sehr aufgeregt sein. Ich war nahe dran, die Treppe hinunterzustürmen.

»Nein? Wirklich nicht? Ausgerechnet am ersten Tag, an dem ich wieder zur Arbeit bin, und dann komme ich nach Hause und meine Frau sitzt mit den Nerven völlig fertig in der Küche und heult!«

Ich hielt wie erstarrt auf der obersten Treppenstufe inne. Plötzlich wusste ich, wer das war. Diesmal hatte ich die Stimme des Mannes erkannt. Ich wusste jetzt, wo ich sie schon einmal gehört hatte. Es war vor ein paar Wochen gewesen, der Mann stand vor einer schweigenden Kirchengemeinde, und seine Stimme stockte immer wieder, als er es kaum schaffte, die Sätze aus der Bibel zu Ende zu lesen. Das war es. Da hatte ich den Mann schon einmal gesehen. Auf der Beerdigung seines Sohnes.

Manchmal geschehen solch schlimme Dinge, dass einem der Schweiß ausbricht und gleichzeitig ein kalter Schauder den Rücken herunterläuft. Genau das ist mir in dem Augenblick passiert. Ich war wie erstarrt. Ich wusste nicht, was ich tun sollte. Wie ein totaler Feigling stand ich oben auf der Treppe, während die fürchterliche Stimme im Hausflur fortfuhr, inzwischen etwas ruhiger.

»Ich erwarte von Ihnen, dass so etwas nicht mehr vorkommt. Kümmern Sie sich um Ihre Tochter. Sie haben schließlich eine Verantwortung. Ich will dem armen Mädchen ja keine Schuld geben, aber … Wir wollen einfach nur unsere Ruhe haben und unser Leben weiterleben. Meine arme Frau … Das ist alles. Sagen Sie ihr, dass sie uns in Ruhe lassen soll!«

Die Haustür wurde langsam geschlossen. Ich stand stocksteif da. Ich hörte Mum wieder ins Wohnzimmer gehen und folgte ihr. Sie hockte auf der Sessellehne und bedeckte das Gesicht mit den Händen. Ich ging zu ihr und umarmte sie.

»Es ist alles gut, Mum«, sagte ich. »Es ist alles gut.«

Sie starrte die Wand an. Ihr Gesicht sah faltig und alt aus. »Nein, Jamie, das ist es nicht«, sagte sie.

»Was hat sie denn getan?«, fragte ich ruhig.

»Charlie hat sich beim Haus von Max' Eltern rumge-
trieben. Seine Mutter hat sie vom Fenster aus gesehen.
Charlie ist durch die Gasse an der Rückseite gekommen
und hat sich in den Garten geschlichen. Sie hat sich wohl
erst mal hingesetzt und ist dann umhergewandert, als
würde sie etwas suchen. Die arme Mutter von Max ist
aus dem ersten Stock heruntergekommen, um mit ihr zu
reden, und da war sie plötzlich verschwunden. Aber später ist sie vor dem Haus auf dem Gehsteig noch einmal
aufgetaucht. Sie hat sich nicht gerührt. Sie ist einfach
nur dagestanden, hat Max' Mutter gesagt, als würde sie
auf etwas warten. Die arme Frau. Kannst du dir das vorstellen, Jamie? Was müssen die jetzt bloß von uns denken? Warum tut Charlie so etwas?«

Ich umarmte Mum ganz fest. Ich machte es zum ersten Mal, seit Charlie aus dem Krankenhaus nach Hause
gekommen war. Mum brauchte das jetzt ganz dringend
und ich brauchte es auch.

»Mach dir keine Sorgen, Mum«, sagte ich. »Es gibt bestimmt eine einfache Erklärung dafür. Sie macht nur im
Augenblick alles mit sich allein aus. Wir reden mit ihr,
wenn sie nach Hause kommt.« Ich fand, das klang ziemlich überzeugend, aber noch während ich redete, wurde
mir klar, dass ich nicht die geringste Ahnung hatte, was
wir jetzt tun sollten.

Ich fühlte mich in meinem Misstrauen gegenüber Dr.
Tilbrook bestätigt. Seine Diagnose war viel zu oberflächlich. Charlie vertraute ihm überhaupt nichts an. Sie

war total verschlossen. Schlimmer als jemals zuvor. Die ganze Zeit wirkte sie schläfrig und benebelt, als hätte sie Drogen genommen. Es war unmöglich, sich auf ihr Verhalten irgendeinen Reim zu machen.

Mit schweren Füßen stieg ich die Treppe wieder hoch. Das verdammte Heft. Ich musste es unbedingt finden, um zu wissen, was sie da aufgeschrieben hatte. Vielleicht fand ich darin einen Hinweis, warum sie solche Dinge tat. Und was wirklich in ihrem Kopf vorging. Aber dafür musste ich das Ding erst mal finden – und sie hatte es gut versteckt. Sie hatte es nicht mitgenommen, als sie mit dem Fahrrad davongefahren war, da war ich mir ganz sicher. Es musste in ihrem Zimmer sein. Aber wo?

Achtzehn

Kit hat mir gesagt, dass ich an unseren alten Lieblingsplätzen nach Max suchen soll, an den Orten, die er wie seine Hosentasche gekannt und gemocht hat. Ich verstehe nicht ganz, wie das funktionieren soll, aber Max hält sich dort immer noch auf, obwohl er gleichzeitig im Wald ist. Wenn ich diese Orte aufsuche, dann bin ich ihm vielleicht näher, oder ich finde irgendeinen anderen Weg, um ihn zu erreichen.

<u>Mögliche Orte</u>

Stahlwerk

Haus von Max' Eltern

Kanal

Es müssen noch mehr sein, aber mir fällt im Augenblick nichts mehr ein. Das muss für den Anfang reichen.

Es war der beste Ort, um damit anzufangen. Das Haus von Max' Eltern, meine ich. Ich war nicht mehr dort gewesen, nicht einmal in der Straße. Seit dem Vormittag, an dem wir zum Mühlteich aufgebrochen waren. Um ehrlich zu sein, hatte ich Angst davor, dass ich seine Abwesenheit dort besonders deutlich spüren würde. Deshalb hat es mich auch vorher nie dort hingezogen. Ich habe befürchtet, es würde wie auf dem Gelände der alten Stahlfabrik sein, nur noch viel schlimmer. Doch plötzlich war das meine große Hoffnung und kein Grund zur Verzweiflung. Und so radelte ich kurzentschlossen hin, versteckte mein Fahrrad hinter dem Haus in der Gasse, die an den Gartenmauern entlangführt, und war auch schon an der Gartentür.

Die Eltern von Max arbeiten beide, deshalb wusste ich, dass um die Zeit alles ruhig und leer sein würde. Die Pforte war zugesperrt, aber Max hatte mir gezeigt, wie ich sie öffnen konnte. Ich musste mich nur auf einen Ziegelstein stellen, dann war ich groß genug und konnte von innen den Riegel zur Seite schieben. Das Schloss schien ziemlich verrostet zu sein, doch dann bewegte sich etwas. Ich schob die Tür einen Spalt auf, gerade genug, um hindurchschlüpfen zu können, und machte sie hinter mir wieder zu.

Der Hinterhof sah zuerst aus wie immer, mit den aufgestapelten Backsteinen und Ytongblöcken, die Max' Vater vor vielen Jahren für den nie ausgeführten Anbau hinter der Küche gekauft hatte. Aber dazwischen war überall Gras gewachsen, das war vorher nicht so gewesen, und das Blumenbeet, das Max' Mutter immer halbwegs in Schuss gehalten hatte, war von Unkraut überwuchert, es wirkte kümmerlich und vernachlässigt. Der ganze Schrott von Max − die alte quietschende Schaukel, seine Sammlung von laschen Fußbällen, die ganzen

Stecken und Gewehre und kaputten Spielsachen, die in den Ecken herumgammelten – war verschwunden.

Noch vor ein paar Tagen hätte mich das stark beschäftigt, doch jetzt konzentrierte ich mich ganz auf meine Suche. Halb kam mir in den Sinn, es an der Hintertür ins Haus zu probieren und zu überprüfen, ob sie wirklich abgeschlossen war. Vielleicht könnte ich mich in sein Zimmer hochschleichen, um dort nach Spuren zu suchen. Doch dann fiel mir ein, dass Max sich sowieso nicht gern im Haus aufgehalten hatte. Wir hatten fast nie in seinem Zimmer miteinander gespielt. Der Hinterhof war unsere Kommandozentrale gewesen, dort hatten wir immer unsere Pläne ausgeheckt. Besser ich blieb erst mal hier.

Aber was sollte ich jetzt tun? Mir fiel plötzlich auf, dass Kit dazu nichts gesagt hatte. Er hatte überhaupt keine Anleitung gegeben. Nach Max zu suchen, wie man so etwas normalerweise machte, war natürlich ausgeschlossen. Es waren andere Methoden gefragt. Ich setzte mich auf die Ytongblöcke und schloss die Augen, ich versuchte, für irgendwelche Schwingungen empfänglich zu sein, ich rief ihn innerlich herbei. Ich versuchte, mich an alle unsere Spiele zu erinnern, unsere Agent-007-Geheimmissionen, die Sturmangriffe auf die Ritterburg, die Überfalle auf die Hinterhöfe der Nachbarn … Ziemlich viel, was da wieder lebendig wurde. Es machte mir Spaß. Max bestimmt auch, falls er in der Nähe war. Und dann noch unsere Wasserschlachten mit dem Gartenschlauch … und damals unser Versuch, auf das Küchendach zu klettern, weil dort ein Tennisball gelandet war! Weißt du das noch, Max? Hörst du mich? Bist du hier irgendwo?

Ich machte die Augen auf. Von irgendwo her aus dem Haus glaubte ich ein Geräusch zu hören. Ich schaute gerade noch rechtzeitig nach oben, um hinter der Gardine im ersten Stock ein blasses Gesicht zu bemerken. Dann war es verschwunden. Die Mutter von Max. Ein Schrecken durchzuckte mich, halb Angst, halb Ärger. Sie sollte bei der Arbeit sein, nicht zu Hause herumlungern. Sie würde jetzt alles kaputt machen. Sie würde kommen, um mich auszuquetschen: Warum ich mich hier herumtrieb? Was ich hier zu suchen hatte?

Das konnte ich nicht gebrauchen, deshalb schlüpfte ich durch die Gartentür schnell auf die Gasse hinaus. Ich rannte zu meinem Fahrrad und flitzte davon, bevor sie aus dem Haus kommen konnte. Hinter der nächsten Ecke hielt ich an. Und jetzt? Ich konnte dort nicht noch mal hin, jedenfalls nicht heute. Ich hatte aber auch keine Lust, es woanders zu versuchen. Deshalb bin ich ziellos eine Zeit lang herumgefahren, die eine Straße rauf, die nächste wieder runter, und plötzlich, fast aus reinem Zufall, kam ich an der Vorderseite des Hauses vorbei. Ich bremste, stand einfach da, einen Fuß auf dem Asphalt abgesetzt, den anderen noch auf dem Pedal, und blickte zum Zimmer von Max hoch. Irgendetwas stimmte nicht – ich hätte zuerst nicht sagen können, was. Dann bemerkte ich, dass seine alten Kinderzimmervorhänge, die mit den Weltraumraketen, nicht mehr da waren. Mir wurde davon ganz schlecht. Was würde Max denken?

Was sie wohl noch alles mit seinem Zimmer angestellt hatten? Wollten sie ihn mit aller Macht vergessen? Ich verrenkte mir den Hals, um noch mehr zu sehen, die Tapete, den alten Schrank. Wo war der Stapel mit den Spielen? Waren die auch schon verschwunden?

Dann tauchte wie in einem bösen Traum dasselbe Gesicht noch einmal am Fenster auf, wie aus dem Nichts, und schaute auf mich herab. Sie war schon wieder da! Sie bewachte den Ort, sie wollte verhindern, dass ich Max zu nahe kam! Sie bewegte die Lippen. Eine Faust stieß gegen die Glasscheibe. Ich blickte wütend und angewidert weg. Am besten nicht weiter beachten. Aber es brachte auch nichts mehr, noch länger hier herumzustehen, deshalb bin ich weiter.

Fast den ganzen Rest des Tages habe ich draußen in der Kälte verbracht, am Kanal. Ich kaufte mir am Kiosk Kartoffelchips und ein paar neue Comics. Ich hatte eine fürchterliche Laune und wollte nicht nach Hause. Es machte mich total wütend, dass die Eltern von Max meine Suche behinderten. Wie sollte Max sich denn nach Hause zurückgezogen fühlen, wenn sie alle seine Sachen, alle Erinnerungen an ihn so schnell wie möglich loswerden wollten? Es war aussichtslos. Der Abend kam und ich saß immer noch auf der Mauer am Kanal und starrte auf den Treidelpfad und das Wasser.

Irgendwann war mir kalt, ich fühlte mich ganz steif und musste mich zwingen aufzustehen. Ich beschloss, nach Hause zu radeln, ich wollte ins Bett, auch wenn ich kein großes Bedürfnis verspürte, im Traum in den Wald zurückzukehren, jetzt, wo ich mich so einsam und verloren fühlte. Aus irgendeinem Grund wählte ich die längere Strecke zurück, an dem Haus von Max vorbei. Ich vermied es, vorne vorbeizufahren, und schob das Fahrrad die Gasse hinter den Häusern entlang, bis zu einem schattigen Fleck in der Nähe der Gartentür. Ich stand da und schaute auf das Haus. Es war überall dunkel, nur in der Küche brannte Licht und hinter dem schmalen Badezimmerfenster im ersten Stock.

An dieses Fenster erinnerte ich mich sehr gut. Es ging auf das Dach über der Küche hinaus. Wenn man klein und gelenkig war, konnte man im Badezimmer auf das Fensterbrett klettern – wobei man sorgfältig darauf achten musste, die dort aufgereihten Shampooflaschen und Deodorants nicht umzuwerfen – und sich dann mit dem Kopf voran durch das schmale Fenster quetschen. Man musste sich mit Schlangenbewegungen hindurchwinden, und wenn man dann mit beiden Händen das Fensterblech umklammerte, konnte man die Füße nach draußen schwingen und auf das flache Küchendach hinunterspringen. Max und ich hatten das manchmal gemacht, wenn seine Mutter nicht zu Hause war. Dann kam jedoch die Zeit, in der Max dafür zu dick wurde. Und einmal blieb er auf halbem Weg stecken. Sein Bauch hing zum Fenster heraus und sein Hintern ragte noch ins Badezimmer. Ich Idiotin war dieses eine Mal vorausgeklettert und saß nun auf dem Dach in der Falle, zusammen mit der Packung Kekse, die wir aus der Speisekammer seiner Mutter geklaut hatten. Und egal, wie heftig ich zog oder schob, Max rührte sich keinen Millimeter. Wir mussten warten, bis seine Mum nach Hause kam und mal aufs Klo musste, und dort erlebte sie dann den Schreck ihres Lebens, als sie den fetten Hintern ihres Sohnes sah, der im Fensterrahmen festgeklemmt über der Badewanne hing. Sie schaffte es schließlich mit viel Butter, ihn loszubekommen, und Max war noch tagelang rundherum wund.

Und dann – während ich an all das dachte, an die peinliche Situation damals und an unser Gelächter, wenn wir uns später daran erinnerten – geschah es plötzlich, dass ich mich zwischen hohen Bäumen in einem Teil des Waldes wiederfand, den ich nicht kannte. Ich lehnte an einem Baumstamm und lachte. Ein frischer Wind umwehte meine Stirn. Die Bäume waren kleiner und niedriger als in den Träumen der anderen Nächte, sie erinnerten fast an einen Wald in England, und ich hörte, wie Tiere sich ringsum durchs Unterholz bewegten.

Dann drang noch ein anderes Geräusch an meine Ohren, ein leises, zögerndes Rascheln, sehr langsam und bedächtig, das Geräusch einer Hand, die an einer trockenen Baumrinde entlangstreift. Und ich wusste, dass es von der anderen Seite des Baumstamms kam, an dem ich lehnte. Ich verhielt mich ganz still und konzentrierte mich mit aller Macht auf die Szene von damals: das schmale Fenster, die Beine von Max, die in der Luft strampelten, die Shampooflaschen, die in die Badewanne purzelten. Das trockene, raschelnde, schabende Geräusch entlang der Baumrinde, um den Stamm herum, kam näher und immer näher, bis ich sogar zögernde Schritte auf dem weichen Gras zu hören meinte.

Näher, immer näher. Die anderen Laute in dem Wald waren verstummt. Die Hand, die an der Borke entlangstreifte, konnte nicht mehr weit entfernt sein. Wenn ich den Kopf etwas drehte, vielleicht, aus dem Augenwinkel …

»Du!« Mitten aus dem Wald, zwischen den Bäumen hervor, kam eine dunkle, schwerfällige Gestalt gerannt, die Arme hoch erhoben, Äste entzweibrechend, Baumstämme spaltend, den ganzen Wald in Streifen zerfetzend, die sich vor mir in nichts auflösten, sodass ich mit einem Mal wieder die Augen aufriss und aus dem dunklen Haus Max' Vater mit wild fuchtelnden Armen auf mich zustürmen sah.

In blinder Panik griff ich nach dem Lenker meines Fahrrads, schwang mich auf den Sattel und rollte davon, mit den Füßen nach den Pedalen suchend. Der Vater von Max versuchte, mich aufzuhalten, mein Fuß erwischte endlich das Pedal und mit einem verzweifelten, heftigen Schubser wich ich seinem Klammergriff aus. Ich stürzte fast gegen die Mauer, wehrte die halbherzig zupackende Hand ab, schrammte mir den Ellenbogen auf, und dann war ich fort; den Oberkörper tief über den Lenker gebeugt, raste ich in der dunklen Gasse davon. Ich hörte ihn noch hinter mir herschimpfen.

»Ich habe mit deiner Mutter gesprochen! Sie wartet schon auf dich, wenn du nach Hause kommst! Wag es ja nicht, noch mal hier aufzutauchen! Beim nächsten Mal erwisch ich dich!«

Es war mir egal, was er mir da nachrief. Ich war viel zu wütend und zu enttäuscht; die Trauer über den erneuten Verlust saß tief.

Neunzehn

Seit ein paar Tagen habe ich fast nichts mehr aufgeschrieben. Es ist alles viel zu bedrückend und traurig. Ich irre im Wald umher, ziellos wandernd. Die Spur von Max habe ich verloren. Ich sehe Vögel und manchmal in der Ferne auch Tiere, aber nie Menschen. Bei den Tieren handelt es sich um Rotwild, das glaube ich zumindest, sicher bin ich mir nicht. Einmal glaubte ich ganz in der Ferne einen Schrei zu hören, vielleicht war es auch ein Jagdhorn. Ich weiß es nicht. Ich war nicht mehr beim Haus von Max' Eltern, und kein anderer Ort hat geholfen. Der Kanal und das alte Stahlwerk haben überhaupt nichts gebracht. Vielleicht bin ich auch nicht in der richtigen Stimmung. Mum und James verhalten sich seltsam. Mum geht nicht mehr aus dem Haus und zwingt mich andauernd, mit ihr blöde Videos zu gucken. Warum können sie mich nicht einfach in Ruhe lassen? Ich bin total deprimiert. Ich weiß nicht mal, warum ich das hier aufschreibe, höchstens aus Langeweile.

Ich konnte es drehen und wenden, wie ich wollte, ich wusste, dass ich es beim Haus von Max' Eltern vermurkst hatte. Ich hätte dort nachts hingehen sollen, wenn sie beide schliefen. Und ich wusste, dass ich kein Glück haben würde, wenn ich es noch einmal probierte. Max würde dort nicht mehr sein.

Ich war sehr niedergeschlagen und meine nächtliche Wanderung durch den Wald machte alles nur noch schlimmer. Ich gelangte nirgendwohin, die Träume schleppten sich endlos dahin und manchmal hatte ich nicht einmal mehr Lust weiterzugehen, so mutlos war ich. Ich saß trübsinnig unter einem Baum und beobachtete die Vögel. In dem Teil des Waldes, in dem ich mich jetzt befand, waren die Bäume niedriger und struppiger, sie sahen fast wie lebendige Wesen aus, und ringsum herrschte ein geschäftiges Treiben. Ich entdeckte Eichhörnchen in den Ästen und bunte Vögel mit langen Schwanzfedern. Sie tummelten sich fröhlich in dem Dickicht um mich herum, aber ich war so frustriert, dass mich das nicht kümmerte.

Doch dann geschah eines Tages etwas Unerwartetes. Es schien sich mit einem Mal alles zu wenden. Ich hatte mich zu einem Spaziergang durch den Wald aufgerafft und schlug mit einem Stecken missmutig auf alle Farne ein, die mir im Weg standen. Da wurde ich plötzlich durch ein lautes Knacken aus dem Wald aufgeschreckt. Ich ging am Fuß eines steilen Abhangs entlang, und die Laute kamen aus dem dichten Unterholz, das sich den Hang hinaufzog. Der Lärm kam näher und näher, ich wich unwillkürlich ein paar Schritte zurück und reckte den Stecken halbherzig als Waffe vor mich hin.

Das Knacken wurde noch lauter – und dann brach

mit einem Mal mein Freund Kit aus dem Unterholz hervor, ganz mit stachligen Ranken und Kletten bedeckt und völlig außer Atem. Sobald ich mich von meinem ersten Schreck erholt hatte, begrüßte ich ihn freudig.

»Freut mich sehr, dass ich dich hier treffe«, brachte er endlich hervor, als sein Atem wieder etwas regelmäßiger ging. »Ich habe dich von oben gesehen und bin sofort runtergerannt. Ich habe etwas gefunden, das dich interessieren dürfte.«

Es dauerte ein paar Minuten, bis er verschnauft hatte, und mir blieb nichts anderes übrig, als abzuwarten. Ich war ganz unruhig vor Ungeduld. Schließlich setzte er sich auf einen flachen Stein. Er zupfte ein paar Ranken von seiner Weste und musterte mich ausführlich von oben bis unten.

»Entschuldige bitte, wenn ich das so sage«, meinte er, »aber du scheinst mir nicht gerade in Bestform zu sein. Jedenfalls nicht so, wie ich dich in Erinnerung habe. Was ist aus deiner Energie und Entschlossenheit geworden …«

»Nichts mehr davon übrig«, sagte ich. »Ich weiß überhaupt nicht mehr weiter. Ich habe mich verlaufen. Ich irre nur noch umher. Ich habe deinen Rat befolgt, aber ich hatte bisher kein Glück.«

Ich erzählte ihm alles und er wiegte teilnahmsvoll den Kopf.

»Du hattest Pech«, sagte er, »aber es war einen Versuch wert. Doch jetzt hör mir gut zu, vielleicht brauchst du von mir bald keine guten Ratschläge mehr. Ich habe Neuigkeiten für dich.«

Er hielt inne und kostete meine brennende Ungeduld

aus. »Auf diesem Hügel habe ich etwas gefunden, das dir von großem Nutzen sein könnte.«

»Was denn?«

»Einen Baum.« Er zupfte mit Daumen und Zeigefinger einen großen Dorn aus dem Stoff seiner Weste, direkt vor seinem Bauch.

»Weiter! Was ist mit dem Baum – ist er hoch? So was wie ein Ausguck?«

»Nein.« Er machte mir ein Zeichen, dass ich näherkommen sollte, und warf schnell einen Blick nach rechts und links, als fürchtete er, dass jemand unser Gespräch belauschen könnte. Ich trat näher.

»Dieser Baum«, sagte er, »ist sehr selten. In vieler Hinsicht wenig bemerkenswert. Nicht hoch, ohne prächtige Baumkrone. Seine Blätter haben eine stumpfe braunrotgrüne Färbung. Doch dieser Baum trägt Früchte und darin liegt seine höchst staunenswerte Besonderheit. Diese Früchte sehen auf den ersten Blick abstoßend aus. Sie sind klein und hutzelig und ihre verschrumpelte Haut erinnert an das faltige Gesicht einer alten Tante. Doch sie schmecken überaus köstlich – eine süße Speise, sehr süß.« Er leckte sich die Lippen und lächelte.

»Aber das ist nicht das Besondere an dieser Frucht«, fuhr er fort. »Nicht wie sie schmeckt –, sondern was sie vollbringen kann, wenn du von ihr gekostet hast! Ein Bissen von dieser Frucht, nur ein Mund voll – und dein größtes Begehren wird dir erfüllt werden.«

Ich runzelte die Stirn. »Diese Früchte erfüllen einem die Wünsche, die man hat?«

»Nicht die Wünsche. Dein *Begehren*. Wonach du mit jeder Faser deines Herzens dürstest; was dir von allen Dingen auf der Welt das Wichtigste ist. Wir sind hier nicht in einem Märchen, es handelt sich nicht um eine Wunderlampe, an der du reiben musst, um zu billigem Reichtum oder flüchtigem Ruhm zu gelangen. Du musst deinen Wunsch nicht aussprechen, brauchst noch nicht einmal daran zu denken. Er steigt von selbst aus deinem tiefsten Innern auf, ungefragt. Er wartet auf dich, von der Frucht umschlossen, du musst nur von ihr kosten. Aber du musst dir ganz sicher sein, worauf dein Begehren sich richtet. Denn die Frucht befriedigt auch eine Sehnsucht, die du dir noch nicht eingestanden hast, die du gar nicht kennst oder vielleicht sogar fürchtest. Du könntest eine unliebsame Überraschung erleben.«

»Ich weiß genau, was mein einziger Wunsch ist«, sagte ich. »Deshalb bin ich hier.«

»Eben. Die Frucht könnte dir den Weg zu deinem Freund abkürzen. Wie das geschehen wird, weiß ich nicht; es kann niemals vorausgesagt werden. Aber wenn du es wagen willst, dann führe ich dich zu dem Baum.«

Wir begannen, den felsigen Hügel hinaufzuklettern. Das Dickicht aus Stechginster und Gestrüpp war nicht so undurchdringlich, wie es zunächst gewirkt hatte. Bald lichtete sich das Unterholz etwas und wir kamen zügig voran. Doch die tückischen Stacheln und Dornen drangen überall durch meine Kleidung und zerkratzten meinen ganzen Körper. Kit stieg voran. Er schien sich an jede Biegung und Abzweigung des Wegs zu erinnern, obwohl sich in alle Richtungen das gleiche eintönige Buschwerk erstreckte.

Nach einer Weile erreichten wir eine verkarstete Hochfläche, von der sich mir wieder einmal ein Ausblick auf die endlosen Wälder bot. Die Abenddämmerung hatte bereits eingesetzt und es herrschte ein merkwürdiges Zwielicht. Mein Freund blickte um sich, dann hob er den Arm.

»Dort«, sagte er.

In einiger Entfernung war ein einsamer Baum zu sehen, der das braungrüne Gestrüpp nur wenig überragte. Er wirkte ganz verkrümmt und gebeugt von der Last des Alters und den rauen Winden, die schon viele Jahre lang über ihn hinweggefegt sein mussten. Mit seinen knorrigen Ästen, auf denen nur wenige Blätter saßen, bot er einen kümmerlichen Anblick. Hie und da leuchteten winzige Flecken eines helleren Grüns auf.

Wir kamen näher. Der Baum war so schmächtig, dass seine obersten Zweige kaum den Kopf meines Freundes überragten, und seinen dürren Stamm konnte man mit beiden Händen umfassen.

»Das ist er«, sagte Kit. »Du brauchst nur eine einzige Frucht von diesem Baum zu essen.«

Er deutete auf eine verschrumpelte Frucht, die in Augenhöhe vor uns hing. Ich brauchte nur den Arm auszustrecken, um sie zu pflücken. Sie leuchtete hellgrün, wie mit Farbe übergossen, leicht gesprenkelt; die Frucht war überreif. Nur noch ein hauchdünner Faden schien sie an dem Baum zu halten.

»Bitte erzähl mir noch einmal«, sagte ich, »was das für ein Baum ist. Was geschieht, wenn ich von dieser Frucht esse?« Ich merkte plötzlich, dass ich überhaupt nichts begriffen hatte.

Kit beugte sich leicht nach vorne und sah mich ernst an. »Ich kann dir nicht viel sagen, ich weiß nur, dass für dich danach alles einfacher sein wird. Denk an alles, worüber wir gesprochen haben, denk an die Schwierigkeit deiner Suche. Du hast eine doppelte Aufgabe auszuführen, du musst in zwei Welten nach Max suchen. Obwohl du tatkräftig und entschlossen bist, bringt es dich an den Rand deiner Kräfte. Du bist schon jetzt ganz erschöpft. Wer weiß, ob du deinen Freund noch findest, bevor die Große Kirmes beginnt. Alles ist unsicher. Du brauchst dringend Hilfe. Diese Frucht kann dir Rat und Tat bringen.«

»Alles schön und gut«, sagte ich, »aber ich begreife es immer noch nicht. Die Frucht soll mir mein innerstes Verlangen erfüllen. Wie kannst du dir da so sicher sein?«

Er richtete sich plötzlich zu voller Größe auf und ein Lächeln überzog sein Gesicht. Ich machte unwillkürlich einen Schritt zurück, ich hatte fast vergessen, wie groß er war. »Ganz einfach«, sagte er. »Ich weiß es, weil ich selbst von dieser Frucht gekostet habe.«

In seinen Augen lag ein fernes Leuchten, er schien mich nicht mehr zu sehen; sein Blick war nach innen gerichtet, während er sich an eine große Freude zu erinnern schien.

»Und es wurde erfüllt?«

»O ja.« Was es gewesen war, wollte er mir nicht sagen,

und ich wollte nicht weiter in ihn dringen. Aber ich sah, wie machtvoll die Erinnerung in ihm immer noch fortwirkte. Schließlich riss er sich aus seinen Träumereien los und wandte sich wieder zu mir.

»Nur Mut, Charlie«, sagte er. »Koste davon. Du hast nichts zu verlieren.«

Er langte in den Baum und pflückte die Frucht, die vor unseren Augen hing. Aus dem Stängel, von dem er sie gezupft hatte, quoll eine einzelne Träne hervor. Dann war alles reglos und still. Ein süßer, betörender Duft, wie die Gerüche an einem frühen Sommermorgen, umschwebte mich mit einem Mal, als er mir schweigend die Frucht reichte. Ich hielt sie in der Hand. Sie war weich, überreif, grün gefleckt – richtig hässlich. Und dennoch war sie für mich die schönste Speise, die ich jemals gesehen hatte. Von ihrem Geruch wurde mir ganz schwindlig vor Freude.

»Beiß hinein«, sagte er. »Dann wirst du mit Max vereint werden.«

Der betörende Duft umhüllte mich, meine Haut prickelte. Ich spürte, wie eine große Begierde und ein unendliches Entzücken in mir aufstiegen. Meine Liebe zu Max überwältigte mich, und ich fühlte plötzlich, dass er ganz nahe war. Ich konnte kaum noch atmen, so erwartungsvoll war ich. Meine Augen hielt ich unverwandt auf die hässliche, köstliche Frucht in meiner Hand geheftet.

Ein Biss, das war alles. Nur noch ein paar Augenblicke, dann hatte ich Max wieder.

Als ich die Frucht an meine Lippen hob, sah ich, wie Kit lächelte.

Zwanzig

Ich weiß nicht genau, wann ich die Geräusche aus Charlies Zimmer bemerkte. Ich war langsam aus dem Schlaf in den Wachzustand geglitten und eine ganze Zeit lang wie betäubt dagelegen, alles war warm und dunkel, bis mein Gehirn das dumpfe, langsame Klopfen registrierte, das durch die Wand kam. Widerwillig machte ich ein Auge auf. Der Wecker neben meinem Bett zeigte 2:13, in meinem Zimmer war es stockfinster, und tock, tock, tock machte es durch die Wand, leise, gleichmäßig, unaufhörlich.

Das Geräusch nervte mich. Normalerweise dauert es bei mir eine Ewigkeit, bis ich richtig wach werde, aber ich setzte mich sofort kerzengerade auf und horchte in die Nacht. Tock, tock, tock. Aus Charlies Zimmer. So leise, dass ich das Klopfen kaum von dem Rauschen in meinen Ohren unterscheiden konnte. Aber ich war davon aufgewacht.

Ich stand auf und tapste aus meinem Zimmer. Auf den Flur hinaus, zwei Schritte hinüber zu Charlie. Die

179

Tür war offen. Ich schaute hinein. Von draußen flutete das orangefarbene Licht der Straßenlampe herein und schuf in dem Raum eine unwirkliche Atmosphäre. Ich sah sofort, dass Charlie schlief. Sie lag auf dem Rücken, die Decke hatte sie weggestrampelt. Sie hatte ihren uralten Schlafanzug an, der in dem orangen Licht merkwürdig leuchtete. Ihre beiden Hände waren zu Fäusten geballt. Ihr rechter Arm lag auf der Brust, mit den Fingern hatte sie sich in den Halsausschnitt ihres Oberteils verkrallt. Der linke Arm war ausgestreckt, sodass sie mit der Hand an das Schränkchen neben ihrem Bett stieß. Der Lärm, den ich gehört hatte, kam von ihrer linken Faust. Alle paar Sekunden, wenn durch Charlies Körper ein Zucken oder Zittern lief, klopfte sie damit gegen das Holz. Dann bemerkte ich ihre Füße. Auch ihre Zehen waren verkrampft und in das Laken gekrallt.

Ob es nun ein Albtraum oder irgendeine Krankheit war, mir gefiel dieser Anblick jedenfalls gar nicht. Ich ging ins Zimmer und näherte mich vorsichtig dem Bett. Als ich nahe genug war, um Charlie direkt ins Gesicht schauen zu können, bekam ich es richtig mit der Angst zu tun.

Selbst in dem trüben orangefarbenen Straßenlicht konnte ich erkennen, dass sie leichenblass war. Schweißperlen standen ihr auf der Stirn, Tränen liefen über ihre Wangen auf das Kissen hinunter. Ihr Gesichtsausdruck war vor Furcht oder Schmerz ganz starr, doch ihre Augäpfel rollten unter den geschlossenen Lidern blitzschnell hin und her. Auch ihre Lippen bewegten sich, sie murmelte etwas. Ich beugte mich vor, um es zu verstehen.

»… mein einziger Wunsch … was geschieht … die Frucht … ich begreife nicht …«

Wortbrocken und Satzfetzen, Fragmente, die keinen Sinn ergaben. Es war nur ein Traum, aber selbst in den wenigen Augenblicken, in denen ich sie ansah, glaubte ich zu bemerken, dass ihr Gesicht noch bleicher wurde, als würde ihr das Blut von einem gierigen Vampir mit einem Strohhalm ausgesaugt.

Ich wusste einen Moment nicht, was ich tun sollte. Sollte ich sie weiterschlafen lassen? Nein – was auch immer in ihrem Albtraum geschah, es nahm sie so fürchterlich mit, dass sie noch vor meinen Augen sterbenskrank wurde. Sie begann, heftig zu zittern, wie bei Schüttelfrost oder sehr starkem Fieber, ununterbrochen, immer heftiger, und ihr Gesicht wurde immer noch weißer. Ich durfte keine Zeit mehr verlieren.

»He, Charlie! Wach auf!« Ich berührte sie sanft an der Schulter. Der Stoff ihres Schlafanzugs war klatschnass. »Charlie!«

Keine Antwort, aber eine Falte huschte über ihre Stirn. Ich rüttelte noch einmal, diesmal stärker. Die Falte tauchte wieder auf, vertiefte sich. Sie öffnete halb ein Auge, dann schloss sie es wieder.

»Charlie! Wach auf!«

Dann geschah etwas Grauenerregendes. Sie gab einen tiefen, lang gezogenen Laut von sich – halb ein Knurren, halb ein menschlicher Schrei. Mir stellten sich die Haare im Nacken auf. Ich machte einen Schritt zurück und ließ vor Schreck die Schulter los. Was hatte ich da getan? War es gefährlich, wenn man jemanden aus einem Fiebertraum aufweckte? Ich starrte auf meine Schwester, mein Herz pochte wie wild. Sie schien immer noch zu schlafen, doch dann riss sie plötzlich beide Augen weit auf und sah mich verständnislos an. Mit leerem Blick. Ihr starrer, gequälter Gesichtsausdruck verschwand allmählich.

»Charlie? Ich bin's, James.«

»Was ist —« Ihre Stimme war ganz schwach.

»Ich bin's, James. Alles in Ordnung mit dir?«

»Die Frucht —«

»Du hast einen Albtraum gehabt, Charlie. Ich musste dich aufwecken.« Das Leben kehrte langsam in sie zurück und sie schien mich das erste Mal richtig wahrzunehmen.

»Einen Albtraum ...?«

»Ja, du hast dich hin und her gewälzt und fürchterlich gezittert, es sah echt schlimm aus. Ich musste dich aufwecken. Was hast du geträumt?«

Ihre Augenbrauen zogen sich zusammen, sie suchte in ihrem Gedächtnis. Plötzlich dämmerte ihr etwas. Sie erinnerte sich daran, was auch immer es sein mochte.

»O James, du verdammter Idiot!«

»Charls —«

»Warum hast du das bloß getan? Ich wollte gerade ... Du hast alles kaputt gemacht! Alles kaputt! So eine Chance krieg ich vielleicht nie wieder!« Sie schlug mit ihren Fäusten wild um sich, versuchte, mich zu treffen, haute allerdings meilenweit daneben, dann wand sie sich auf ihrem Bett, als wäre sie komplett verrückt geworden.

Ich stand wie vom Donner gerührt da. Schließlich vergrub sie das Gesicht in ihrem Kopfkissen und hielt sich die Ohren zu.

»Was hast du Charles? Es war doch nur ein Traum.«

Sie schleuderte das Kissen fort und boxte mit ihrer Faust auf die Matratze. »Nur ein Traum? Es war das Beste, was mir überhaupt passieren konnte, und du hast alles kaputt gemacht!«

»Was?« Das war völliger Unsinn, ich wusste schließlich, was ich gesehen hatte. Ich bemühte mich, ruhig zu bleiben. »Es ist dir total schlecht gegangen, Charls. Du warst leichenblass, du hast geschrien, du hast mit den Armen und Beinen gezuckt. Ich habe einen Riesenschreck bekommen. Glaub mir, es war richtig, dass ich dich aufgeweckt habe.«

»Du hattest nicht das Recht dazu!«, brüllte sie. »Ich treffe ihn vielleicht nie wieder! Ich wollte gerade von der Frucht essen −« Sie hatte sich im Bett aufgesetzt.

Ich wusste, dass sie immer noch nicht ganz wach war, aber jetzt packte mich die Wut, ich konnte nicht anders.

»Komm mir nicht damit! Du hast ja keine Ahnung, wie du ausgeschaut hast − wirklich schlimm. Du hast mir Angst eingejagt! Du glaubst doch nicht, dass ich dich nur so zum Spaß mitten in der Nacht aufwecke! Was war das denn für ein Traum, der so toll war, dass du jetzt total sauer auf mich bist?«

»Du lügst!« Sie antwortete auf meine Frage nicht. »Ich bin nicht krank. Es geht mir gut.«

»Jetzt vielleicht.« Ich musste zugeben, dass ihre Gesichtsfarbe viel besser geworden war. Aber das war nicht der Punkt. »Es geht dir *jetzt* gut – weil ich dich aufgeweckt habe!«

»Das verzeih ich dir nie, James! Nie!«

Das war also der Lohn für meine gute Tat. Ich brüllte ein paar Sätze zurück, weil sich das so gehörte, aber um ehrlich zu sein, tat ich es nur halbherzig. Charlie raste vor Wut und steigerte sich immer weiter hinein, da konnte und wollte ich nicht mithalten. Ich fand ihre Reaktion völlig übertrieben. Was hatte ich aus ihrer Sicht denn getan – sie aus einem Traum herausgerissen, das war alles. Und aus meiner Sicht – nun, ich wusste, was ich gesehen hatte. Tatsächlich? Es kam mir alles immer unwirklicher vor. Als schließlich Mum aufkreuzte, von unserem Geschrei so magisch angezogen wie ein Haifisch von warmem Blut, wollte ich nur noch so weit wie möglich weg. Sollte Charlie doch träumen, was sie wollte!

Sobald Mum ihren Kopf durch die Tür steckte, hörten wir sofort zu streiten auf, wir hatten beide keine Lust darauf, ihr mühsam zu erklären, warum der andere im Unrecht war. Ich verdrückte mich schnell in mein Zimmer. Was Charlie danach gemacht hat, ob sie in ihre heißgeliebten Träume zurückgekehrt ist oder nicht, wusste ich nicht – und es war mir auch egal.

Einundzwanzig

J ames hat es kaputt gemacht. Total kaputt. Noch ein Augenblick, und dann wäre ich wieder mit Max zusammen gewesen, da bin ich mir ganz sicher. Aber James hat mich aufgeweckt. Und jetzt ist Kit verschwunden, wahrscheinlich hat er
mich völlig abgeschrieben. Beim nächsten Mal war ich nicht
mehr auf dem Hügel, sondern irgendwo unten im Wald. Zwei
Nächte lang habe ich verzweifelt versucht, den Baum wieder-
zufinden. Ich habe es nicht geschafft. Wieder eine Chance ver-
tan.

Ich rede nicht mehr mit James.

Ich habe es aufgegeben, im Wald nach Max zu suchen. Ich
werde nie die Große Kirmes finden. Alles was ich tun kann, ist,
mich weiter an Orten umzugucken, an denen wir früher gemeinsam waren.

Andere mögliche Orte
Neuer Park
Steinbruch
Skateboardtreff

Doch dann sollte ich seine Nähe viel früher spüren, als ich gedacht hatte. Und ich hatte mich noch nicht mal darum bemüht. Es war um die Mittagszeit. Mum hatte mich an dem Vormittag mehr als sonst damit genervt, dass ich wieder in die Schule gehen sollte. Ich hatte bereits mehrere Wochen verpasst, und Dr. Tilbrook war der Meinung, dass ich ab nächster Woche ruhig wieder am Unterricht teilnehmen konnte.

Ich hatte darauf natürlich überhaupt keine Lust. Das kam mir total in die Quere. Klar hatten Max und ich dort viel Zeit zusammen verbracht, aber wir hingen in der Schule so gut wie nie miteinander rum, und ich war mir verdammt sicher, dass er sich dort ganz bestimmt nicht herumtreiben würde. Aber das konnte ich als Grund kaum anführen. Mum hat immer weiter nachgebohrt und wollte unbedingt wissen, wie es mir ging, und schließlich habe ich nachgegeben. Damit war es abgemacht. In einer Woche war wieder Schule angesagt. Mum war hocherfreut und hat zur Feier des Tages Fish & Chips vorgeschlagen. Ich habe mich freiwillig dazu bereit erklärt, zwei Portionen zu holen, ich musste kurz mal raus und frische Luft schnappen.

Luigis »Golden Fry« liegt ein paar Straßenecken entfernt, erst über die Hauptstraße und dann noch ein Stück weiter, kurz vor dem neuen Videoshop. Ich bin dort seit Jahren immer mal wieder und Big Luigi kennt mich ziemlich gut. Er hat natürlich auch Max gekannt und wusste, was passiert war, und als ich jetzt in seinen Laden gekommen bin, hat er seinen riesigen Frittierkorb

186

ausgehängt und ist hinter der Theke hervormarschiert, und bevor ich etwas dagegen unternehmen konnte, hat er mich dick und fett umarmt. Aber ich mag ihn, so wie er ist, er ist eben Luigi. Er hat nichts gesagt, ist danach wieder hinter seine Theke zurück und hat seine Pommes im heißen Fett durchgerüttelt.

»Schon in Ordnung, Luigi«, sagte ich.

»Schön dich zu sehen, Kleine«, sagte Luigi. »Einmal eine große Portion? Mit viel Essig?«

»Zwei. Bitte nur eine mit Essig. Die andere ist für Mum.«

»Alles klar. Willst du Majo drauf?«

»Nein, danke. Oder doch. Bitte einmal für mich, Luigi.«

Max hat seine Fish & Chips immer in Mayonnaise ertränkt. Und in Minzsoße. Deshalb ist er auch so dick geworden. Ich selbst mochte das eigentlich nicht so gerne, aber diesmal war es genau das Richtige. Ich guckte mich ein bisschen in Luigis Bude um, während unsere beiden Portionen im Fett brutzelten. An der Wand hingen immer noch die alten Plakate. Luigi reichte mir eine kleine Tüte mit ausgebackenem Frittierteig, wie Kichererbsen, während ich wartete. Schließlich packte er Mums Fish & Chips ein, schüttete für mich extra viel Soße darüber und reichte mir meine Portion in der offenen Tüte.

»Macht wie viel?«

»Lass mal, Kleine. Geht aufs Haus.«

»Sag schon. Das geht nicht. Mum macht mir die Hölle heiß.«

»Ach was. Geh schon. War schön, dich zu sehen.«

»Hab mich auch gefreut, Luigi. *Ciao* – und noch mal danke.«

Ich bin aus seinem Laden raus, die eingewickelte Portion für Mum unter den Arm geklemmt, während ich versuchte, ein paar frische heiße Chips unter dem Soßenbad hervorzuziehen. Ich bog um die Ecke und schlenderte die Straße entlang, probierte die Pommes und den Fisch mit der Soße. Es schmeckte sehr lecker. Dann rief jemand meinen Namen.

Ich blickte auf. Zwei Personen waren in Sichtweite: eine Frau mit einer Einkaufstüte und ein junger, vergammelter Typ in einer grauen Jeans. Ich kannte sie beide nicht und sie sahen auch nicht zu mir herüber. Ich drehte mich um – nur zwei Männer hinten an der Ecke, die wahrscheinlich zu Luigi wollten, und eine junge Frau mit einem Kinderwagen auf der anderen Straßenseite. Eine Weile stand ich reglos auf dem Gehsteig, in den Fingern ein von Fett und Soße triefendes Stück Fisch. Ein Auto fuhr in schnellem Tempo an mir vorbei und bog mit quietschenden Reifen um die Ecke. Dann war es still.

Ich musste mich getäuscht haben, ja, so war es. Ich steckte das Stück Fisch in den Mund und ging weiter.

»Charlie!«

Diesmal war ich mir ganz sicher, dass ich richtig gehört hatte. Und ich wusste auch, wem diese Stimme gehörte.

Ich blickte verstört um mich. Nirgendwo war ein besonderes Zeichen zu erkennen, nur Beton, Backstein und Asphalt, mehrere Menschen, die sich unter dem bleiernen Himmel langsam vorwärts bewegten. Kein besonderes Zeichen. Dann erklang die Stimme wieder. Ich wirbelte so schnell herum, dass mir dabei ein paar Pommes auf den Gehsteig fielen. Woher kam die Stimme? Sie klang merkwürdig fern, aber ich glaubte spüren zu können, in welcher Richtung ich suchen musste.

»Char –«

Zwei Autos kamen die Straße entlanggefahren, mit dröhnenden, hochfrisierten Motoren, und verdarben alles. Ich konnte mich nicht mehr konzentrieren. Ruhe! Fort mit euch! Sie bremsten vor der Kreuzung ab, bogen dann um die Ecke. Das Motorengeräusch verklang mit quälender Langsamkeit. Es wurde wieder stiller. Ich stand da und lauschte.

Von dort! Über die Straße und dann in die schmale Gasse ... Schnell –

Fünf Sekunden später war ich dort. Ein ganz normaler Durchgang. Niemand zu sehen. Ein altes Auto ohne Reifen, auf Ziegelsteinen aufgebockt. Weiter hinten Garagen, zwischen denen Wäsche aufgehängt war. Das war alles.

Halt! – Da war es wieder! Eine Stimme, die meinen Namen rief. Sie kam von dort hinten, bei den Garagen. Wo war er? Ich rannte los, meine Schritte hämmerten auf dem Kopfsteinpflaster, ein paar Mal wäre ich fast umgeknickt. Hinter mir ließ ich eine Spur aus Fish & Chips zurück. Den kümmerlichen Rest umklammerte ich mit der Hand. Die Plastiktüte mit der Portion für Mum baumelte wild an meinem Arm.

Die schmale Gasse entlang, bis ich unter der Wäscheleine war. Stopp. Wieder lauschen. Ich hörte das Blut in den Ohren rauschen. Sonst nichts. Ein rosa Laken wehte sanft im Wind. Es roch frisch und sauber. Von meinen Händen stieg der Geruch nach Fisch, Chips und Mayonnaise hoch.

»Charlie —«

Noch weiter, die Gasse hinunter. Die Stimme kam von dort. Sie war jetzt näher – näher und lauter. Und es war seine Stimme, da war ich mir ganz sicher. Ich rannte weiter, an den still daliegenden Häusern vorbei, an den offenen Türen der Schuppen und Garagen; meine Schritte hallten von den Wänden und Toren wider. Ich rannte und rannte, bis die Gasse fast zu Ende war und die nächste breite Straße kam.

»Charlie …« Konnte ich aus dem Ruf eine leise Verzweiflung heraushören? Wurde er leiser? Verstummte er? Wie auch immer, jedenfalls verlieh mir das Flügel. Ich spürte, wie in mir noch mehr Energie freigesetzt wurde, ich rannte so schnell wie noch nie. Der Ruf erklang noch einmal, leise, aber ganz nah, nur noch ein letztes Stück, bis zur nächsten Ecke, gleich dahinter, da musste es sein.

Noch ein paar Schritte, keuchend, mit schmerzenden Muskeln, dann um die Ecke, noch weiter, über die Straße –

Ein Zischen, ein Quietschen, ein Luftzug, der an mir vorüberstrich – und die Plastiktüte mit Fish & Chips flog in hohem Bogen durch die Luft, bevor sie auf der Kühlerhaube eines abbremsenden Autos aufprallte und zerplatzte.

Zweiundzwanzig

Max hat mich heute gerufen und ich habe auf seinen Ruf geantwortet. Und ich hätte ihn bestimmt auch gesehen, wenn das verdammte blöde Auto mich nicht fast umgefahren hätte. Ich musste mich schnell davonmachen, bevor die Frau aussteigen und mich schnappen konnte. Und außerdem hatte ich auch die Fish & Chips verloren und musste Mum anlügen und ihr erzählen, dass Luigi geschlossen hatte.

Aber das war mir später alles egal, denn als ich in den Wald zurückkam, befand ich mich an einem anderen Ort als vorher. Ich hatte am Tag einen großen Sprung gemacht, was bedeutete, dass ich Max jetzt näher sein musste. Ich wanderte mit neuer Energie weiter. In diesem Teil des Waldes gab es lauter Tannenbäume, die mich dunkel und schweigend umstanden. Der Boden war weich und dick mit Nadeln übersät, am Fuß einzelner Stämme waren sie wie Schnee zu Haufen verweht. Einmal stolperte ich, und mein Arm verschwand bis zur Schulter in der Nadelstreu, als wäre er verschluckt worden. Danach setzte ich meinen Weg etwas langsamer fort und achtete sorgfältig auf meine Schritte.

Zweimal hörte ich vor mir in der Ferne Jagdhörner und einmal glaubte ich sogar Stimmen zu hören. Habe ich den Wald vielleicht bald durchschritten?

In fünf Tagen sollte ich wieder in die Schule, und ich war wild entschlossen, Max zu finden, bevor ich wieder eingesperrt wurde. Ich hatte nicht mehr viel Zeit, aber meine Erlebnisse vor dem Haus von Max' Eltern und in der Nähe von Luigis Imbiss machten mir Mut. Es gab noch viele andere Plätze, wo Max und ich zusammen gewesen waren. Ich musste mich nur entscheiden. Welchen Ort würde Max aufsuchen? Wo würde er auf mich warten?

Den nächsten Tag hatte Mum mit lauter nervigen Unternehmungen vollgestopft, hauptsächlich Einkäufe machen. Sie beharrte darauf, dass ich sie begleitete, und wir sind zusammen in das Mega-Einkaufscenter vor der Stadt gefahren, was das Ganze noch verschlimmerte. James grinste spöttisch, als er am Morgen von unseren Plänen hörte, und verschwand dann zufrieden in die Schule. Wir redeten nicht mehr miteinander, seit er mir alles versaut hatte.

Wir waren schon auf dem Rückweg, als wir an dem Autofriedhof vorbeikamen. Mum hatte nicht die große Umgehungsstraße, sondern den Schleichweg neben der Eisenbahnlinie genommen. Da tauchte vor uns der große Schrottplatz mit den alten, verrosteten Autos auf, umgeben von einem hohen Stacheldrahtzaun. Er zieht sich ungefähr eine halbe Meile direkt am Bahndamm entlang und ist zum Bersten mit Schrottkarren und Rostlauben gefüllt. Sie sind vier- und fünffach übereinander gestapelt und werden oft extra flachgepresst, um mehr Platz zu haben. Neben dem Eingang steht dafür eine riesige Maschine, aber ich hatte sie schon lange nicht mehr in Aktion gesehen. Eine Ramme mit einer gigantischen Stahlplatte, mit der die Autos ins Nirwana befördert werden. Platt wie eine Flunder. Der Autofriedhof war ein großartiger Ort. Max und ich waren zweimal dort gewesen und auf den Autostapeln herumgeklettert. Es war sehr gefährlich gewesen, denn es gab einen Wachmann.

An den Schrottplatz hatte ich überhaupt nicht gedacht, doch nachdem wir daran vorbeigefahren waren, bekam ich ihn nicht mehr aus dem Kopf. Sobald wir zu Hause ausgepackt und die Lebensmittel im Kühlschrank und in den Regalen verstaut hatten, wollte ich mich sofort auf den Weg machen, aber Mum stellte sich quer.

»Du bleibst hier, Charlotte. Du machst jetzt keinen Ausflug mehr. Wir sind bei Greg zum Abendessen eingeladen, keine Diskussion. Geh und zieh dich um, danach kannst du noch etwas fernsehen. Sobald James kommt, fahren wir.«

Ich versuchte es gar nicht erst mit Argumenten. Mum hatte sich in den letzten Wochen einen neuen Tonfall angewöhnt, irgendwie durchsetzungsfähiger, und ich ertrag es auch nicht mehr, sie laut herumbrüllen zu hören. Früher war das anders gewesen. Aus dem Ausflug zum Autofriedhof wurde also erst mal nichts. Ich bin brav zu

Greg zum Abendessen mitgegangen, und mein einziger Trost war, dass James daran eine genauso große Freude hatte wie ich.

Kaum waren wir wieder zu Hause, bin ich hoch in mein Zimmer und habe gewartet, bis die anderen eingeschlafen waren. Es hat nicht lange gedauert, weil wir alle ganz erschöpft davon waren, einen ganzen Abend lang eine nette Familie zu spielen und höflich zu Graham zu sein. Nachdem bei Mum das Licht ausgegangen war, wartete ich noch eine halbe Stunde, dann schlich ich mich die Treppe hinunter und vorne zur Haustür hinaus. Ich wollte nicht das Fahrrad aus dem Schuppen holen, um keinen unnötigen Lärm zu machen.

Es hat mehr als zwanzig Minuten gedauert, bis ich am Autofriedhof war, länger als ich gedacht hatte. Außerdem war es nachts jetzt schon ziemlich kalt; das spürte ich durch meine dünne Jacke, obwohl ich den größten Teil der Strecke rannte. Die Straße war leer, und die Bogenlampen mit ihrem orangefarbenen Licht, die den Zaun entlang aufgestellt waren, warfen nur kleine Lichtkreise; Beton und Stacheldraht war zu sehen, alles andere verschwamm im Dunkel der Nacht. Ich stand vor dem hohen Doppeltor aus massivem Holz von »Bullock's Scrap Yard«, starrte auf die vielen Ketten und Schlösser, durch die der Eingang gesichert war, und auf den Stacheldraht, der sich auf dem Zaun um den ganzen Autofriedhof zog. Bullock mochte keine Besucher.

Ich fröstelte. Der Wind blies und ich war beim Laufen ins Schwitzen gekommen. Max und ich hatten damals ein Loch im Zaun gefunden, aber ich konnte mich nicht mehr genau erinnern, wo es gewesen war. Außerdem war die Stelle bestimmt längst repariert. Ich hätte Dads alte Drahtzange aus dem Schuppen mitnehmen sollen. Was hatte ich mir denn dabei gedacht, so völlig unvorbereitet hier aufzukreuzen? Ich trottete ein Stück am Zaun entlang, an den dunklen, unförmigen Massen der übereinandergestapelten Autowracks vorbei, die nur durch die Bogenlampen in Abständen beleuchtet wurden. Ich würde auch eine Taschenlampe brauchen, wenn ich das Gelände durchstreifen wollte.

Es gab keinen Grund, noch länger hierzubleiben. Ich musste in der nächsten Nacht wiederkommen. Und dann – als ich gerade kehrtgemacht hatte, um nach Hause zurückzutrotten – spürte ich plötzlich die Nähe von Max. Ich war mir ganz sicher. Er war dort hinter dem Zaun, unmittelbar in meiner Nähe. Ich konnte jetzt nicht zu ihm – aber morgen. Morgen würde ich es schaffen.

Ich rannte fast die ganze Strecke nach Hause, legte mich ins Bett, schlief sofort ein und befand mich wieder im Wald.

Dort setzte ich meine Wanderung fort, aber es fiel mir immer schwerer und schwerer. Die Tannen schienen kein Ende nehmen zu wollen, schlimmer noch, die Stämme rückten unerbittlich näher und näher zusammen, fast mit jedem Schritt wirkten sie härter und grimmiger. Der Boden dagegen war noch weicher und tückischer als in der Nacht zuvor, sodass ich nur langsam und schwerfällig vorankam. Ich musste mich immer wieder an den Stämmen festhalten. Die Borke fühlte sich unter meinen Händen schuppig und weich an.

Aber es kam noch schlimmer, denn die untersten Zweige – scharfe, abgestorbene, leblose Stecken – reichten immer tiefer herab, sodass ich mich ducken musste, um weitergehen zu können. Das Licht drang nur noch spärlich bis zum Waldboden. Auch war die Sonne schwächer geworden, es wurde Abend. Nur eine seltsam grünlich-weiß schimmernde Flechte auf den Stämmen, vielleicht auch ein Schimmelpilz, strahlte ein dämmeriges Licht ab.

Mühsam hatte ich mich zwischen den Bäumen noch ein wenig vorangetastet, als ich anhielt. Aus keinem besonderen Grund – kein Geräusch und keine Bewegung hatten mich erschreckt. Doch plötzlich fühlte ich mich in Gefahr. Ich spürte, wie ich Gänsehaut bekam.

In dem Wald herrschte tiefstes Schweigen. Ich hatte den ganzen Tag keinen einzigen Vogel oder ein anderes Tier gesehen. Ich stand bis zum Knöchel in dem weichen Nadelboden und spähte mit zusammengekniffenen Augen im Dämmerschein der Flechten umher.

Dann kamen die Geräusche immer näher, ein Getrippel und Getrappel, wie Regentropfen, die auf ein Dach prasseln. Leise und schnell, aus den Schatten vor mir, immer lauter und immer zahlreicher. Und immer noch konnte ich nichts sehen.

Ich presste meinen Rücken gegen den nächsten Stamm. Große Schuppen der Borke lösten sich und schimmerten grünlich-weiß auf dem Boden. Das Getrippel und Getrappel war von allen Seiten aus dem dunklen Wald zu hören. Ein Schnüffeln. Dann nichts mehr.

Neben meinem Kopf ragte ein abgestorbener Zweig aus dem Baumstamm. Er hatte eine scharfe Spitze. Ohne den Kopf zu drehen, griff ich danach. Er brach mit einem trockenen Knacken ab, das die Stille zerfetzte. Zitternd hielt ich ihn wie einen Degen vor mich hin.

Eine Minute verging. Ich rührte mich nicht. Ich blinzelte nicht einmal.

Aus der Finsternis vor mir erklang ein Knurren. Etwas kroch langsam aus dem schwarzen Dunkel in den düsteren Schatten des Baumes hervor. Ein geschmeidiger, lang gestreckter Körper, geduckt dahinschleichend, den Kopf vorgestreckt, rote Augen, die mich anstarrten, gefletschte Zähne.

Ich presste den Rücken so heftig gegen den Stamm, dass mir die Wirbel wehtaten. Ich stöhnte leise auf, der Stecken rutschte mir fast aus der schweißnassen Hand.

Dann setzte der Wolf zum Sprung an, blitzartig und knurrend. Einen Augenblick lang sah ich nur noch den aufgerissenen Rachen, die spitzen gelblichen Zähne, ein gähnendes Schwarz, das immer größer wurde und gleich den ganzen Wald verschlingen würde. Ich hob den Stecken, verlor das Gleichgewicht, stürzte, die Spitze des Steckens schnellte nach oben, es gab ein Durcheinander aus Wolf, Stecken und Baum, alle drei prallten über mir aufeinander, während ich auf den Boden fiel. Ich spürte

197

eine Kralle, ein dünner, scharfer Schmerz, beißender Geruch, ein heftiger Schlag, Blut spritzte. Dann lag der Wolf auf mir, um in derselben Sekunde schon wieder auf die Füße zu kommen, sich einmal um die eigene Achse zu drehen und danach mit einem kehligen Klagelaut in der Dunkelheit zu verschwinden. Auf dem abgebrochenen Stecken glänzte dunkel Blut.

Ringsum erhob sich im finstren Wald ein lautes Heulen.

Das weckte mich aus meiner Starre auf, ich rappelte mich hoch, ohne auf den Schmerz zu achten, der meinen Arm durchzuckte. In wilder Panik stolperte ich von dem Baum fort, in den Wald hinein, mit jedem Schritt tief im Nadelboden versinkend.

Ein schneller schwarzer Schatten tauchte zwischen den Bäumen auf und sprang mich von der Seite an. Ich stieß mit dem Stecken zu. Der Wolf jaulte auf, drehte sich mitten in der Luft und fiel gegen einen Baumstamm. Ich rannte weiter. Das Heulen brandete mit neuer Wucht hinter mir auf.

Eine Weile hatte ich fast einen richtigen Pfad vor mir. Ich hatte eine schmale Senke gefunden, vielleicht das Bett eines ausgetrockneten Bachs, der sich früher zwischen den Bäumen hindurchgeschlängelt hatte. Die Nadeldecke war hier weniger dick, ich konnte viel schneller rennen und es waren keine niedrigen Zweige im Weg. Aber es wurde immer dunkler und bald würde auch in dem Bachbett pechschwarze Nacht sein. Einmal achtete ich nicht auf eine scharfe Biegung und rannte gegen einen Baum, an dem ich mir Hand und Gesicht aufschürfte.

Knapp hinter mir tobte eine Sturmwolke aus Tannennadeln, aufgewirbelt von unzähligen trappelnden Pfoten.

Der Bach hatte sich zu einem schwarzen Sumpf geweitet. Ich stolperte und taumelte gegen eine steile Böschung, begann, an ihr hochzuklettern. Ein wütendes Knurren drang hinter der letzten Biegung hervor, um die ich gekommen war. In panischer Angst zog und schob ich mich empor, immer wieder rutschte ich auf den Tannennadeln aus, meine Finger krallten sich in die feuchte Erdschicht darunter. Die ganze Zeit über hielt ich den Stecken zwischen Daumen und Zeigefinger der rechten Hand. Niedrige, dünne Zweige peitschten mir ins Gesicht, in meine Nase stieg der Modergeruch der Erde. Ich hatte es nach oben geschafft, sprang mit neuer Energie auf, rannte ein paar Schritte – und dann gab plötzlich der Boden unter meinen Füßen nach. Ich fiel Hals über Kopf in die Tiefe, rollte wie ein Schneeball aus Tannennadeln einen Abhang hinunter. Meine Finger ließen den Stecken los, ich verlor ihn unterwegs; mit wild fuchtelnden Armen und Beinen rutschte ich weiter und weiter, immer schneller …

… und prallte dann gegen einen Baumstamm, dass es mir die Luft aus den Lungen trieb, schlitterte noch weiter und blieb schließlich in einer Verwehung liegen.

Ich öffnete die Augen. Ich lag auf dem Rücken unter einer Decke aus Tannennadeln. Zwischen den Baumwipfeln leuchtete der Himmel von den letzten Strahlen der Sonne blutrot. Ich versuchte, den Kopf zu heben, mein Nacken und meine Arme schmerzten. Langsam, sehr langsam richtete ich den Oberkörper etwas auf, stützte mich auf die Ellenbogen und blickte den steilen Hang hoch.

Der Wolf sprang mir direkt ins Gesicht.

Dreiundzwanzig

Auch wenn ich es versuchte, ich konnte Charlie aus meinem Leben nicht völlig ausblenden, und in der Nacht hat sie mir einen schlimmen Schrecken eingejagt. Fast noch schlimmer als die anderen Male. Es war ungefähr vier Uhr früh, ich war aufgewacht, weil ich dringend pinkeln musste, und wälzte mich aus dem Bett, ein Auge offen, das andere geschlossen, weil ich meinem Gehirn vorgaukeln wollte, dass ich weiterschlief. Als ich auf den Flur hinauskam, bemerkte ich, dass bei Charlie die Tür einen Spalt offen stand. Bei ihr war Licht. Und außerdem hörte ich leise Musikgeräusche, wie wenn jemand Kopfhörer aufhat.

Ich hielt einen Augenblick inne. Ich hatte die Wahl: aufs Klo gehen oder zu Charlie. Die Entscheidung fiel mir nicht schwer – um vier Uhr früh schlägt meine Blase alles, auch die größte Neugierde. Doch auf dem Rückweg war bei ihr immer noch Licht und die Musik lief immer noch. Ich schlich zu ihrer Tür und blinzelte durch den Türspalt hinein.

Charlie saß in ihrem Bett, weiß wie das Laken. Ich war mir sicher, dass sie geheult hatte. Sie saß kerzengerade da, las in einem Buch und hörte Musik. Auf dem Schränkchen neben dem Bett lag ein aufgeschlagenes Heft. Selbst von der Tür aus konnte ich sehen, dass die Seiten zur Hälfte mit ihrer Handschrift vollgekritzelt waren.

Ich wollte sie schon fast allein lassen, wenn sie die ganze Nacht wach bleiben wollte, bitte sehr. Seitdem ich sie aus ihrem Albtraum aufgeweckt hatte, sprach sie nicht mehr mit mir, und ich hatte inzwischen die Nase voll davon, immer besonders nett zu ihr sein. Aber ich spürte, dass etwas vorgefallen sein musste. Sie wirkte ganz angespannt. Sie las nicht einmal richtig, sie starrte nur über die Buchseiten hinweg ins Nichts, die Augen auf die Bettdecke gerichtet. Ich würde wahrscheinlich von ihr gleich eins übergebraten bekommen, aber trotzdem …

Ich klopfte leise. Charlie reagierte nicht. Ich schob die Tür ein Stück weiter auf. Im selben Augenblick sprang sie wie vom Blitz getroffen hoch, auf ihrem Gesicht stand der reinste Horror geschrieben. Das nenne ich wahre schwesterliche Liebe. Ich steckte meinen Kopf durch die Tür.

»Charls, ich bin's nur. Alles in Ordnung?«

Ihre Schultern entspannten sich; sie stieß einen tiefen, erleichterten Seufzer aus. Sehr seltsam. Ich ging zu ihr ins Zimmer und machte die Tür hinter mir zu. Charlie schob die Kopfhörer zurück.

»Was willst du hier?«

»Du hast dich zu Tode erschrocken. Was hast du geglaubt, wer ich bin?«

»Wie? Niemand. Was willst du hier, mitten in der
Nacht?«

Sie war brummig und mürrisch, aber ich kenne meine kleine Schwester und ihre Stimmungen lange genug.
Ich spürte ganz genau, dass sie froh war, mich hier zu
haben. Das war schon mal ein Anfang. Ich ging zu ihr,
setzte mich aufs Bett und machte den CD-Player aus.

»Wirklich alles in Ordnung, Charlie? Warum schläfst
du um die Zeit nicht? Ich kann dir sagen, was ich wollte.
Ich musste dringend pinkeln.«

»Das musst du immer mitten in der Nacht.«

»Stimmt gar nicht. Und überhaupt müssen Mädchen
viel öfter aufs Klo als Jungs. Sie haben eine schwächere
Blase.«

»So ein Quatsch.«

»Wie kommt es, dass du wach bist? Du solltest besser schlafen… Sieht so aus, als könntest du es gut gebrauchen. He, was ist das denn?«

Sie hatte ihr Gesicht zur Nachttischlampe gedreht,
und mir war erst jetzt aufgefallen, dass sie auf der Wange
einen ziemlich schlimmen Kratzer hatte. Eine Schürf-
wunde, von der üblen Sorte.

»Wo hast du das denn her? Kann mich vom Abend
nicht daran erinnern.«

Sie schaute mich nicht an, sondern starrte auf die
Bettdecke. Ich war genervt und ließ nicht locker. »He,
ich will eine Antwort.«

»Ich hatte einen Albtraum. Da muss ich mich gekratzt haben.« *Die* Antwort überraschte mich – ich hatte nicht erwartet, dass sie es zugeben würde. Nicht nach dem letzten Mal. Woher die Wunde kam, war dadurch allerdings nicht erklärt.

»Was? Das soll von dir selbst stammen? Komm schon, Charlie, du willst mir doch nicht –« Ich wollte in dem typischen Tonfall des skeptischen großen Bruders loslegen, aber dann hörte ich mitten im Satz auf. Charlie wirkte ganz zart und verletzlich. Ich hatte das Gefühl, sie eigentlich in den Arm nehmen zu müssen oder so was, deshalb tätschelte ich ihr halbherzig durch die Bettdecke die Füße.

»Ja. Und das da auch.« Sie zog ihre rechte Hand unter der Decke hervor. Sie hatte ein Taschentuch darum gewickelt, ich konnte deutlich einen Blutfleck erkennen.

»Verdammt, Charlie, was –« Ich griff nach ihrem Handgelenk und zog das Taschentuch weg. Ein ganz frischer, tiefer Schnitt zog sich den Handrücken entlang. »Verdammt noch mal, du willst mir doch nicht erzählen, dass dir das im Schlaf passiert ist.«

Das behauptete sie aber. Sie fing an, sich zu rechtfertigen, deshalb habe ich sie nicht weiter bedrängt. Sie wollte mit mir reden, das erste Mal seit langer Zeit, und das war schon viel. Besser ich hörte einfach nur zu, statt ihr mit Belehrungen zu kommen.

»Es war ein ganz schlimmer Traum. Ich will nicht mehr einschlafen.«

»Willst du ihn mir nicht erzählen?«

»Nein. Ja. Du hältst mich doch nur für dumm. Ich bin von Wölfen gejagt worden.«

»Ach so. Ein Wolfstraum. Die hatte ich oft, als ich ganz klein war. Ich erinnere mich noch daran, einmal träumte ich, dass ein Wolf im Badezimmer auf mich wartete, und als ich dann tatsächlich —«

»Nein! Das war kein Wolfstraum wie damals. Es war grässlich.« Sie schauderte. »Sie haben mich gehetzt und gejagt, ich wollte davonrennen, aber ich konnte nicht, und am Schluss —«

Sie schloss die Augen. »– ist einer von ihnen auf mich zugesprungen. Und ich bin aufgewacht.«

»Rechtzeitig. Du weißt doch, dass Träume nie so ausgehen, dass du stir –, dass es für dich ein wirklich schlimmes Ende hat. Man wacht immer rechtzeitig auf. Ich hatte einmal einen, bei dem ich ganz oben auf einer Leiter stand und dann bin ich gefallen, ich sauste kopfüber in die Tiefe, mein Magen klebte mir am Gaumen, ich knallte gleich am Boden auf … und dann, peng!, bin ich aufgewacht. Ein Albtraum. Tschuldigung – tut mir leid.«

Meine Witzeleien hatten nicht die erwünschte Wirkung. Charlie sah mich nur an, als ob sie gleich losheulen wollte. »So ist das bei mir nicht«, sagte sie.

»Aber du bist doch aufgewacht. Du bist unversehrt. Von dem hässlichen Kratzer mal abgesehen.« Trotzdem waren die beiden Wunden seltsam, das war nicht zu leugnen. »Ich meine das ernst, Charls. In einem Albtraum kann dir niemals etwas wirklich Schlimmes passieren. Klar, er macht dich fix und fertig, aber dann wächst du auf und alles ist in Ordnung. Das ist doch nicht jede Nacht bei dir so, oder?«

»Nein. Aber ich träume jede Nacht.«

»Deine Träume sind doch nicht alle schlimm, oder? Wenn du wieder einschläfst, wirst du wahrscheinlich was ganz anderes träumen, was Schönes.«

»Nein, das werde ich nicht. Ich werde wieder bei den Wölfen sein. Und sie werden mich töten.«

»Charlie! So funktionieren Träume nicht.«

»Meine schon.«

»Hmm –« Das führte zu nichts. »Weißt du was? Du versuchst einzuschlafen und ich bleibe noch etwas hier. Ich bin sowieso nicht mehr richtig müde.«

»Ich auch nicht. Ich schaffe das heute Nacht schon. Du kannst ruhig gehen, wenn du willst.«

»Oder hast du vielleicht Lust auf ein Spiel? Unter deinem Bett ist noch das gute alte Ludo, wie wär's denn damit?«

»Wie kommst du denn jetzt darauf? Nein, ich pack das schon allein. Geh lieber ins Bett, J. Ich werde noch ein bisschen lesen. Es ist schon fast fünf und du musst morgen in die Schule.«

Das stimmte. Außerdem hatte ich an dem Tag eine Klassenarbeit. »Wenn du wirklich meinst ... Nächste Woche musst du auch wieder hin. Freust du dich schon?«

»So lala.«

»Na dann ...« Mir fiel zu dem Thema nichts mehr ein, und für was ganz Neues war ich zu müde.

Mein Bett rief.

»Okay, ich geh jetzt mal. Aber wenn du wieder einen schlimmen Traum hast, komm rüber zu mir und weck mich auf.«

»Ich werde heute Nacht nicht mehr schlafen.«

»Wie du meinst. Aber denk immer daran, was ich gesagt habe. Dann bis morgen.«

»Bis morgen. Danke.«

»Schon okay.«

Ich ging wieder ins Bett und fiel in einen unruhigen Schlaf. Ich träumte von Charlie und ihrer blutenden Hand; sie hatte eine große Wunde im Gesicht. Als der Wecker endlich sieben Uhr zeigte und ich müde ins Badezimmer torkelte, guckte ich noch mal in Charlies Zimmer nach. Dort war alles unverändert, sie saß aufrecht zwischen ihren aufgetürmten Kissen, die Kopfhörer über die Ohren gestülpt und starrte ins Nichts.

Vierundzwanzig

5:30 Uhr früh: Ich darf nicht einschlafen.
James kann mir nicht helfen. Die Wölfe haben mich um-
zingelt. Ich habe ihren Atem gespürt, als ich aus meinem Traum
aufgewacht bin. Sie werden auf mich warten, wenn ich in den
Wald zurückkehre. Sie werden mich sofort töten. Ich weiß
nicht, was ich machen soll. Vielleicht sind sie aufgetaucht, um
mich von Max fernzuhalten. Vielleicht hätte es nicht mehr lange gedauerte, bis ... Aber das spielt jetzt auch keine Rolle mehr
– ich sitze in der Falle, kann nicht entkommen.

7:00 Uhr: Ich habe bis zum Morgen durchgehalten, obwohl ich
todmüde bin. Ich weiß jetzt, was ich zu tun habe. Der Autofriedhof! Sie wollen mich unbedingt kriegen, bevor ich Max dort
finde. Wenn ich es in den Friedhof schaffe, zu Max, ohne vorher einzuschlafen, dann entkomme ich den Wölfen vielleicht; ich
tauche an einer anderen Stelle im Wald wieder auf, wie Kit gesagt hat.

Wenn ich es nicht schaffe, dann werde ich heute Nacht einschlafen und sterben.

Der Tag war grässlich. Die Stunden schleppten sich unendlich langsam dahin. James ging in die Schule, Mum zur Arbeit. Ich war wahnsinnig müde; nichts hätte ich lieber gemacht, als mich auf das Sofa zu kuscheln und eine Stunde, oder so, ein kleines Nickerchen zu machen. Aber das durfte ich nicht – wenn ich nicht sterben wollte. Außerdem tat mir von meinem Sturz der ganze Körper weh. Ich hatte mir die Halswirbel gestaucht, mein Hals war steif und schmerzte bei jeder Bewegung. Aber schlimmer noch – viel schlimmer als der Schnitt an meiner Hand – war die klaffende Wunde auf meiner Brust, wo die Klauen des ersten Wolfs mich gestreift hatten. Sie war nicht sehr tief, aber der Anblick gefiel mir ganz und gar nicht. Ich hatte sie desinfiziert und sie brannte jetzt wie verrückt unter meinem Sweatshirt. Ich war froh, dass James sie nicht entdeckt hatte, sonst wäre die Hölle los gewesen.

Natürlich bin ich mit dem Fahrrad gleich zu Bullock's Scrap Yard, um herauszufinden, ob ich dort schon mal reinkommen konnte. Aber es war viel zu viel los: Männer mit Abschleppwagen, die Unfallautos brachten, Kipplaster mit Autoreifen, Kotflügeln, Radkappen und Windschutzscheiben, die durch das Tor hinausfuhren. Sogar die riesige Autopresse war den halben Vormittag in Betrieb, sie quetschte den alten verrosteten Wracks noch das letzte Fünkchen Leben heraus, bis die flach geklopften Karosserien mit dem Kran übereinandergestapelt werden konnten.

Ich trieb mich eine Zeit lang bei den Toren herum

und marschierte dann am Zaun entlang, auf der Suche nach dem Loch, durch das Max und ich damals geschlüpft waren. Ich fand die Stelle an der Ecke, ganz in der Nähe des Bahndamms mit seinem dichten Gebüsch. Jemand hatte das Loch mit Stacheldraht gestopft, aber es war schlampig gemacht, und ich war mir ziemlich sicher, dass ich mit Dads Drahtzange und Mums Grillhandschuhen den Draht leicht wegschieben konnte. Die andere Möglichkeit war, über den Zaun zu klettern. Das sah zunächst nicht schlecht aus, die Maschendrahtschlingen waren für meine Füße groß genug, aber er war oben auch mit Stacheldraht gesichert. Nach sorgfältiger Prüfung entschied ich mich für das Loch. Irgendwann rief mir einer der Männer aus den Lastwagen zu, dass ich verschwinden sollte. Ich gehorchte.

Dann bin ich nach Hause und habe meine Sachen zusammengepackt: Handschuhe, Drahtzange, Taschenlampe. Weil ich bis zum Abend nichts weiter zu tun hatte, trieb ich mich mit dem Fahrrad noch etwas in unserem Viertel herum. Es war nicht viel los, deshalb beschloss ich, zum Neuen Park am anderen Ende der Stadt zu fahren. Die ganze Gegend dort war früher mit Schlackehalden und Gruben voll hochgiftigem Wasser übersät gewesen: eine Hinterlassenschaft der alten Stahlwerke in unserer Stadt. Vor ein paar Jahren hatten sie dann damit begonnen, den größten Teil in einen Landschaftspark zu verwandeln. Sie haben die Schlackenhalden in die Gruben gebaggert, die Giftstoffe so gut wie möglich entsorgt und das Ganze mit viel neuer Erde bedeckt. Künstliche

Bäche und Seen wurden angelegt, Bäume gepflanzt, Mulchwege gestreut und neben dem Eingang hat man einen lächerlichen Kiosk mit Säulen und einem Selbstbedienungscafé hingebaut. Es ist total langweilig dort, aber Hauptsache es war grün. Max und ich interessierten uns mehr für die Gruben, die sie auf dem Hügel hinter dem Park noch übrig gelassen hatten. Wir kauften uns in dem Café ein Eis, kletterten dann bis zum Rand des alten Steinbruchs hoch und warfen Steine ins Wasser.

Direkt am Eingang des Parks zimmerten mürrische Arbeiter ein Gerüst. Ein großes Schild war aufgestellt:

VOLKSFEST IM NEUEN PARK

An diesem Samstag und Sonntag
Spiele, Buden, Tombola
Gewinnen Sie einen Panda!

Doch hoffentlich ein Spielzeugbär, dachte ich, aber man weiß ja nie. Ein Volksfest am Wochenende, da wurde mir schlecht. Ich musste an die Große Kirmes im Wald denken, die vielleicht schon angefangen hatte; und Max war dabei. Und an den Großen Tanz, den er vielleicht schon mittanzte. Und ich war hier und trieb mich in diesem blöden Park herum, um die Zeit totzuschlagen, bis es endlich dunkel wurde, und ich war hundemüde, aber ich durfte nicht einschlafen.

Stadtparks deprimieren mich immer. Ich radelte nach Hause.

Endlich wurde es Abend. Ich saß mit Mum und James am Küchentisch, wir tranken Tee und sie redeten beide viel. Mum hatte am nächsten Tag einen Fortbildungskurs. Ich glaube, sie hatte deswegen ein schlechtes Gewissen, denn sie schlug mir vor, nach dem Essen noch ins Kino zu gehen. Ich lehnte ab; ich war zu müde dafür. James war auf meiner Seite. Ich wäre gerne allein mit ihm gewesen, ich hatte eine Riesenangst davor, was die Nacht mit sich bringen würde. Was, wenn gar nichts geschah? Wenn Max nicht kommen würde? Wir hätten darüber sprechen können. Mein armes, müdes Gehirn schaffte es nicht allein, das alles zu durchdenken.

Der schwierigste Teil kam noch. Ich ging früh in mein Zimmer und machte das Licht aus. Ich wollte sie ermuntern, es mir möglichst bald nachzutun, und es hat geklappt. James kam bald nach mir die Treppe hoch, und Mum kurz vor zehn; sie hat in ihrem Schlafzimmer noch mal den Fernseher angemacht. Ich wartete in der Dunkelheit, angekleidet unter der Bettdecke. Ich würde ihnen eine Stunde geben, und dann wollte ich los.

Es waren gefährliche Minuten. Schläfrigkeit machte sich in meinem Körper breit, zog mich immer tiefer in die Matratze, meine Gedanken kreisten träge und matt. Langsam und immer langsamer. Ich verspürte eine unendlich große Versuchung, meinen Plan aufzugeben, alles zu vergessen, mich treiben zu lassen …

… in den Wald, wo die Wölfe auf mich warteten. Ich zwang mich, die Augen offen zu halten, trommelte mit den Fingern auf die Matratze, zählte die Sekunden. Die

Zeit verging. Das Licht in Mums Schlafzimmer wurde ausgeknipst. Meine Finger trommelten weiter.

Endlich war es so weit. Ich stand vom Bett auf und griff nach meinem Rucksack. Ich machte nicht den gleichen Fehler wie am Tag vorher. Ein dicker Pullover gegen die Novemberkälte. Durch die Tür und die Treppe hinunter, mit einem besonders wachsamen Auge auf das Zimmer von James. Schlüssel vom Haken, hinaus in den Hinterhof, das Fahrrad schon bereit, die Gartentür offen. Auf und davon, in Rekordgeschwindigkeit die Gasse entlang. Zum Autofriedhof.

Es war eine kalte Nacht, fast Vollmond. Ein paar dunkle Wolken standen am Himmel, zwischen denen der Mond vorsichtig hervorspähte. Auf den Straßen waren immer noch Autos unterwegs, deshalb fuhr ich auf dem Gehsteig, das Licht hatte ich nicht angemacht. Die Straße vor Bullock's Scrap Yard war leer wie immer. Die mächtigen Säulen der toten Autos ragten in dem fahlen Mondlicht schwarz empor. Ich radelte an dem Zaun entlang, bis ich in der Nähe des Eisenbahndamms war. Wie spät? Zwölf. Vielleicht würde noch ein Zug vorbeikommen, ansonsten war ich allein.

Ich holte die Drahtzange aus meinem Rucksack, zog die Grillhandschuhe an und tastete über die Schlingen des Maschendrahtzauns, bis ich den Anfang des Stacheldrahts gefunden hatte. Die Taschenlampe nahm ich nicht. Sie war nur für Notfälle gedacht. Ich musste aufpassen, weil es bestimmt noch den Wachmann gab. Hastig fing ich an, die Drähte durchzuzwicken. Ich konnte nicht genau sehen, was ich machte, aber ich versuchte, so viel wie möglich von dem alten Loch freizubekommen. Die Spitzen des Stacheldrahts zerfetzten Mums Grill-handschuhe, das war mir egal. Die Zange erfüllte ihre Aufgabe und beseitigte das Hindernis. Max würde stolz auf mich sein.

Ich brauchte nicht mehr als fünf Minuten, dann war ich mit dem Stacheldraht fertig. Ich hatte das alte Loch sogar noch erweitert. Ich steckte die Grillhandschuhe und die Drahtzange zurück in den Rucksack und spähte noch ein letztes Mal umher. Niemand in Sicht. Schnell durch den Zaun und in den Autofriedhof hinein.

Als ich mich drinnen aufrichtete, hatte ich sofort das Gefühl, dass Max irgendwo ganz in der Nähe war. Es war merkwürdig. Ich hörte ihn nicht, er rief diesmal nicht nach mir, und ich sah ihn auch nicht, aber ich spürte ganz deutlich seine Anwesenheit. Ein leichter Wind hatte sich erhoben und wellte das lange Gras vor meinen Füßen. Der nächste Stapel mit Schrottautos war unge-fähr einen Meter entfernt. Er lag fast vollständig in der Dunkelheit und wirkte mit den schwarz gähnenden Löchern der Fenster wie ein Turm aus riesigen Toten-schädeln. Zwischen dem ersten Stapel und dem nächsten war ein schulterbreiter Spalt gelassen, wie eine Schlucht. Ich machte vorsichtig ein paar Schritte und versuchte, mich zu erinnern, welchen Weg Max und ich damals genommen hatten. Wir hatten versucht, es quer durch den Autofriedhof bis zur Autopresse in der Nähe des Eingangs zu schaffen, und uns gegenseitig angestachelt, im Schatten der aufgetürmten Wracks immer noch ein Stück näher heranzuschleichen. Schließlich mussten wir aufgeben; der Wachmann drehte seine Runde und wir waren so leise und schnell wie möglich zurückgerannt.

Ich hatte das Gefühl, dass es ausreichen würde, wenn ich weit genug in das Gelände vordrang. Ich spürte Max. Er war irgendwo vor mir zwischen den Autowracks. Er würde dort auf mich warten. Wie immer würde er bestimmen, was die Spielregeln waren. Ich musste ihm nur folgen. Langsam tastete ich mich durch den dunklen Gang voran. Da brach plötzlich der Mond hinter den Wolken hervor und übergoss den Ort mit seinem silbernen Licht. Ich stand in einer schmalen Schlucht, die mich um doppelte Körperlänge überragte, an einigen Stellen sogar noch höher. Die Stockwerke über mir waren hell erleuchtet, und die Eingeweide, durch die ich mich bewegte, waren in tiefe Schatten getaucht. Am oberen Rand glänzte ein Silberstreifen, als sei das Metall blank poliert worden, und das Mondlicht strich unablässig über die zerborstenen, zerklüfteten Wracks, ihre Umrisse zu Wellen auflösend, während ich mich hindurchbewegte.

Ich spähte aufmerksam nach Max. Er musste hier irgendwo sein – vielleicht war das wieder so ein Spiel zwischen uns, er wollte mich ärgern wie früher, vielleicht wartete er hinter einem Auto, um dann plötzlich hervorzuspringen, oder er hockte auf dem Dach eines wackeligen Turms, um mich von dort zu überfallen.

Die Schlucht endete. Eine lange Limousine war fast senkrecht gegen einen der beiden Schrottstapel gelehnt.

Sie hatte eine riesige Delle im Dach, wie eine Wunde, in der sich die Schatten gesammelt hatten. Die beiden engen Durchgänge vor mir waren pechschwarz. Ich wühlte in meinem Rucksack nach der Taschenlampe und hielt sie einsatzbereit vor mich hin. Welchen Weg sollte ich wählen?

»Max!«, flüsterte ich fast unhörbar. »Wo bist du?«

Keine Antwort. Eine Wolke schob sich vor den Mond. Auch die oberen Lagen der Schlucht verloren sich im Dunkel. Ich konnte kaum noch die Hand vor Augen sehen. Ich knipste die Taschenlampe an, richtete den Strahl auf den Boden und wählte den Weg nach rechts.

Der schmale Durchgang führte zu einer Abzweigung, an der ein großer Haufen alter Autoreifen verrottete. Es roch dort ganz stark nach Benzin. Ich bog nach links ab, hielt mich parallel zur Eisenbahn und marschierte weiter. Einmal glaubte ich vor mir ein Flüstern zu hören, doch als ich näher kam, war es verschwunden.

Dann kam ich zur nächsten Kreuzung. Ich guckte nach rechts, dann nach links – und als ich gerade abbiegen wollte, bemerkte ich aus dem Augenwinkel, dass sich in der Ferne zwischen den Wracktürmen etwas bewegte. Ein huschender weißer Fleck, der hinter einem Stapel verschwand.

»Max!« Ich traute mich immer noch nicht, laut zu sprechen. Ich rannte in die nächste Schlucht hinein, ohne auf eine Antwort zu warten. In Sekundenschnelle war ich an der Stelle, wo ich den Umriss gesehen hatte. Ich leuchtete in einen Seitendurchgang hinein – nichts.

Aber ich war mir ganz sicher, wieder das Wispern zu hören, ein Stück weiter vorne. Ich spürte die Nähe von Max überall um mich herum, stärker als vorher; er wollte, dass ich zu ihm kam, das fühlte ich.

Ich bog in den Seitendurchgang, ich rannte, so schnell ich konnte, der Strahl meiner Taschenlampe flitzte die senkrechten Wände auf beiden Seiten entlang.

»Max!«, rief ich etwas lauter. Ich war zu aufgeregt, um das Schweigen noch länger zu ertragen. »Max!«

Und dann sah ich ihn. Einen geschmeidigen, lang gestreckten Körper, noch weit entfernt zwischen den Schrottpfeilern, eine schnelle Bewegung, durch den Schatten näher kommend. Mehr konnte ich nicht erkennen, aber ich bremste sofort ab. Ich stand wie erstarrt da. Das Licht meiner Taschenlampe reichte nicht so weit, aber auf halber Strecke ergoss sich durch eine Lücke zwischen den Autowracks das Mondlicht in den dunklen Schacht. Und durch diesen Lichtkegel kam der Wolf.

Noch bevor das Wort in meinem Kopf fertig war, hatte ich mich schon umgedreht und rannte davon. Der Rucksack hüpfte auf meinem Rücken, das Licht meiner Taschenlampe schwenkte wild auf und ab, während meine Arme und Beine durch die Luft pumpten. Ich wusste, dass ich keine Chance hatte, ich wusste, dass er mich einholen würde, aber ich rannte fort, weil ich nicht sterben wollte.

Und hinter mir her rannte der Wolf.

Am Ende des Gangs duckte ich mich nach links. Plötzlich ragte unmittelbar vor mir die Kühlerhaube eines Autos aus dem Schrottpfeiler. Ich schwang mich hinauf, umklammerte den Rahmen der Windschutzscheibe eines zusammengepressten Autos zwei Stockwerke über mir und begann panisch, die rostige Metallwand hochzuklettern. Immer wieder rutschten meine Turnschuhe ab. Ich war mit den Füßen zwei Meter über dem Boden, als der Wolf um die Ecke sauste. Er setzte sofort zum Sprung an, sein Maul mit den scharfen Zähnen schnappte nach mir; es fehlten nur wenige Zentimeter. Dann landete er wieder auf dem Boden. Keuchend kletterte ich höher, mich mit Händen und Füßen an allem festkrallend, was nur irgendwie Halt bot: Fensterrahmen, Türgriffe, Rostlöcher. Als der Wolf auch auf die Kühlerhaube gesprungen war und es von dort noch einmal versuchte, war ich bereits fünf Autowracks weiter oben und zog mich gerade auf das flach gedrückte Dach der letzten Schrottkarre hoch.

Ich lag keuchend und japsend auf dem Autodach. Der Wolf tief unter mir hörte nicht auf, in wilder Raserei zu jaulen und nach mir zu schnappen. Unruhig rannte er auf und ab, zog am Fuß des Wrackstapels seine Kreise, scharrte auf dem Boden. In meinem Kopf drehte sich alles, mir war ganz schwindlig vor panischer Angst und Aufregung. Der Wolf hatte die Grenze durchbrochen, er war mir vom Wald in die Stadt gefolgt. Ich war nirgendwo mehr sicher. Ich schloss kurz die Augen – und einen Augenblick lang hatte ich das Gefühl, als würde ich im Mondlicht auf einem Felsturm liegen, ringsum von hohen Tannen umgeben.

Das Traumbild verschwand, doch von unten drang immer noch das Knurren und Winseln des Wolfs herauf. Plötzlich stieß er ein grelles, durchdringendes Heulen aus, dessen Echo endlos lange von den anderen Türmen widerhallte. In meinem Kopf schrillten die Alarmglocken. Ich kam auf alle viere hoch und musterte die Dächer der Schrottpfeiler ringsum. Sie waren alle vom Mondlicht angestrahlt, ein silbrig glänzendes Labyrinth schmaler Straßen, durchtrennt von rabenschwarzen Schluchten. Wenn ich einen Weg über die Dächer fand, konnte ich vielleicht entkommen.

Vorsichtig richtete ich mich ganz auf. Ich stellte fest, dass der Turm tatsächlich fest wie ein Fels war. Außerdem hatte ich immer noch meine Taschenlampe in der Hand, was mich verblüffte. Ich steckte sie in den Rucksack – ich musste jetzt beide Hände frei haben.

Es galt, keine Zeit zu verlieren. Vielleicht kamen noch mehr Wölfe nach. Ich hatte das Glück, dass mein Turm zu einem langen Riff aus Autowracks gehörte und ich mir die Richtung aussuchen konnte. Ich wählte den Weg zur Eisenbahn hinüber, wo ich hergekommen war.

Ein, zwei Augenblicke lang schien es den Wolf zu verwirren, dass er meine Witterung verloren hatte, und ich glaubte ihn schon abgeschüttelt zu haben. Doch bald verrieten ihm meine Geräusche, wenn ich von Dach zu Dach sprang, das Schlurfen, Trampeln, Klopfen, Stoßen, wohin ich mich bewegte, und er trabte unten nebenher. Sein zorniges, heiseres Kläffen drang zu mir hoch.

Zuerst lief alles glatt. In kürzester Zeit hatte ich die Hälfte der Strecke bis zum Zaun hinter mir. Dann begann mich das Glück zu verlassen. Das lange Wrackriff war zu Ende; eine schmale Kluft trennte es vom nächsten. Doch ich zögerte nicht lange, nahm einen kurzen Anlauf – und sprang. Ich schwebte kurz über dem Abgrund und schlug auf dem Autodach gegenüber so hart auf, dass ringsum ein lautes Echo ertönte. Der Stapel geriet leicht ins Wanken. Ein kurzer Schrecken.

Schnell weiter. Der Wolf war immer noch da. Ich rappelte mich hoch und rannte wieder los, aber bald stand ich vor der nächsten Kluft, und diesmal war der Abstand viel größer. Das schaffte ich nicht. Mir fehlte dazu der Mut. Ich befand mich sechs Autowracks hoch über dem Erdboden. Wenn ich nach unten sah, konnte ich nichts erkennen. Nur ein klaffendes schwarzes Loch. Es war viel zu breit, um darüberspringen zu können.

Dann entdeckte ich den Haufen mit den Autoreifen. Er lag rechts von mir, ein Stück näher als die Autos, und was noch viel wichtiger war, der unförmige Haufen erstreckte sich bis zum Zaun. Die durcheinandergeworfenen Reifen reichten so hoch, dass sie fast den Stacheldraht überragten. Wenn ich es bis dahin schaffte …

Ich ging ein paar Schritte zurück, um einen möglichst großen Anlauf zu haben, und zurrte die Riemen an meinem Rucksack fest. Von unten ertönte ein überschnappendes, rasendes Geheul. Als ich dorthin schielte, sah ich dem Wolf direkt in die Augen. Sie schimmerten im Mondlicht eiskalt. Er starrte böse zu mir empor. Ich drehte den Kopf schnell weg, konzentrierte mich auf die Autoreifen vor mir und rannte los.

Sieben Schritte bis zur Kante des Schrottfelsens. Mein rechter Fuß traf genau den Rand, als ich mich abstieß. Hinein ins Leere, die Arme ausgebreitet, die Beine im Sprung nach vorne gezogen. Die Umrisse der hohen Tannen sausten an mir vorbei, das Mondlicht umflutete mich, während ich durch die Luft flog. Mit einem so heftigen Aufprall, dass ich aufschrie, landete ich auf den Reifen. Meine Füße strampelten nach einem Halt, als der Reifen, auf den ich sie aufsetzen wollte, nach unten zu rutschen begann. Ich krallte mich mit den Fingern verzweifelt fest, hob die Beine blitzschnell hoch und trat dann mit aller Kraft gegen den Reifen. Er polterte in die Dunkelheit, die steile Geröllhalde hinunter – ein Felssturz abwärts ins Tal. Kurz darauf konnte ich befriedigt ein schrilles Aufjaulen hören.

Jetzt hatte ich den Gipfel des Bergmassivs aus Autoreifen erreicht. Der Zaun mit seiner Bekrönung aus Stacheldraht war direkt vor mir. Ich hatte keine Zeit, die Handschuhe aus dem Rucksack zu holen. Auf gut Glück beugte ich mich vor, langte über die tückische Drahtspirale und griff in die obersten Maschen des Zaungeflechts. Dann schwang ich mich in die Luft. Und schon war ich auf der anderen Seite, mich kurz nur mit einer Hand festhaltend, die Füße so schnell wie möglich in das Drahtgeflecht steckend. Es war eigentlich einfach, wie eine Flanke über ein hohes Gatter, nur noch mit Drehung. Max hatte mir das vor langer Zeit beigebracht.

Ich kletterte, so schnell ich konnte, den Zaun hinunter. Kaum war ich auf dem Boden, sprintete ich durch das weiche Gras zu meinem Fahrrad. Ich hörte den Wolf hinter mir heulen und hatte Angst, dass er jederzeit den Zaun durchbrechen könnte. Doch die Bestie rannte zwar neben mir her, ein paar Mal versuchte sie auch, durch das Maschengeflecht nach mir zu schnappen, aber sie konnte mir nichts antun. Ein Labyrinth von Schrottautos trennte den Wolf von der Öffnung. Er saß in der Falle.

Nach wenigen Sekunden war ich bei meinem Fahrrad und trat so heftig in die Pedale, dass ich fast schlingerte. Ich sauste die Straße entlang. Ich war noch nie so schnell gefahren. Die kalte Luft peitschte mir ins Gesicht. Und die ganze Zeit horchte ich, ob hinter mir die Wölfe herjagten.

Sie hatten die Grenze durchbrochen. Sie waren hinter mir her. Ich war nirgendwo mehr sicher. Nach kurzer Zeit flaute das Adrenalin ab, das meine Kräfte bei der Flucht aus dem Autofriedhof vervielfacht hatte, und ich stöhnte vor Angst auf. Was sollte ich bloß tun? Wo konnte ich hin? Wo sollte ich nach Max suchen? Sie warteten nicht mehr im Wald auf mich, sie hatten mich bis hierher verfolgt.

Vielleicht aber auch nicht. Vielleicht waren sie nur Max gefolgt. Er war dort gewesen, ganz in meiner Nähe, das hatte ich deutlich gespürt. Ich hätte ihn gefunden, wenn sie ihn nicht so grimmig bewacht hätten. Aber ich musste froh sein, dass ich mit dem Leben davongekommen war.

Ich durfte nicht einschlafen. Nur mit größter Mühe schaffte ich es, meine Augen offen zu halten. Wie im Traum radelte ich nach Hause, lehnte mein Fahrrad an die Mauer, sperrte die Tür hinter mir zu und schlich die Treppe hoch. Ich schloss mich in mein Zimmer ein, machte das Licht aus und setzte mich in den Schatten neben dem Fenster. Aufmerksam spähte ich auf die dunkle Straße hinaus.

In wenigen Augenblicken würden sie kommen.

Fünfundzwanzig

Charlie stand an meinem Bett. Sie hatte mich wach gerüttelt.

»W-w-a-a-a-sissdenn?« Meine Augen schafften es nicht, so plötzlich mit der Wirklichkeit klarzukommen. Meine Zunge auch nicht.

»Steh auf. Sie sind hier. Ich brauche deine Hilfe.«

»W-a-a-ssaggsdduu?« Ich erinnerte mich undeutlich, dass ich ihr gesagt hatte, sie solle mich aufwecken, wenn sie mich brauchte. Okay, James, jetzt nur nicht wütend werden. »Wasisslos?«

»Die Wölfe. Sie sind draußen. Ich habe sie auf der Straße gesehen. Sie jagen mich. Steh auf, bitte!«

Ach du meine Güte…Langsam bewegte ich meine Beine zur Seite, bis sie über die Bettkante hingen, und richtete mich dann mühsam auf. Jetzt saß ich. »Hab keine Angst. Das war nur ein Albtraum. Du brauchst jetzt keine Angst mehr zu haben.«

»Es war kein Albtraum. Ich habe die ganze Nacht nicht geschlafen.«

»Was? Charlie, es ist halb sechs! Du willst mir doch nicht erzählen, dass —«

»Beeil dich, James! Sie sind draußen im Hof. Sie kommen vielleicht gleich ins Haus.«

»Weißt du was, ich glaube, du leidest unter Halluzinationen, und zwar wegen Schlafmangel. Willst du mir wirklich weismachen, dass du überhaupt nicht – Schon gut, reg dich nicht gleich auf. Also, da sind Wölfe. Okay, und wo? Geh und zeig sie mir. Hab keine Angst mehr, ich bin bei dir.«

»Ich hab sie von meinem Fenster aus gesehen.« In Ordnung, dann sollten wir das so schnell wie möglich hinter uns bringen. Es war Samstagmorgen und ich wollte ausschlafen. Ich schob mich an Charlie vorbei, bemerkte mit meinen allmählich schärfer werdenden Augen, dass sie immer noch genauso wie am Abend vorher angezogen war, und ging in ihr Zimmer. Es liegt auf der Rückseite unseres Hauses und das Fenster zeigt zum Hinterhof hinaus. Ich blickte hinunter. Es war überall noch ziemlich finster, bis auf ein paar erleuchtete Badezimmerfenster in den Häusern gegenüber. Charlie hatte in ihrem Zimmer kein Licht gemacht und bald konnte ich mehrere dunkle Umrisse in unserem Hinterhof erkennen. Ihr Fahrrad, das sie einfach mitten auf den Beton geschmissen hatte. Dads alter Schuppen, die Wäscheleine, die Wassertonne, das Gartentor …

»Okay, die Gartentür steht offen, aber sonst ist alles wie immer«, sagte ich. Charlie hatte sich hinter mich gestellt und spähte vorsichtig hinunter. »Keine Wölfe zu sehen.«

»Auf der Gasse, da müssen sie sein.«

»Da sind aber keine Wölfe. Ich hab die Gasse rauf und runter geguckt. Da ist nichts. Das hast du dir nur eingebildet, Charls. Aber ist ja kein Wunder, wenn du heute wieder die ganze Nacht nicht geschlafen hast. Warum bist du wach geblieben, Charls? Wegen der Träume mit den Wölfen?«

»Sie haben die Grenze durchbrochen und mich heute Nacht gejagt. Sie hätten mich fast gekriegt.«

»Sie haben dich heute Nacht gejagt? Wo denn? Du warst doch im Bett.«

»Nein, draußen.«

»Du warst draußen? Wo denn?« Egal was Charlie jetzt darauf antworten würde, ich merkte, dass die Welten, in denen sie sich bewegte, jenseits meiner Vorstellungskraft lagen. Das überstieg meinen Horizont. Ich wusste nicht, was ich dazu noch sagen sollte. Das ganze vernünftige Gerede, mit dem ich ihr jedes Mal gekommen war, beeindruckte sie überhaupt nicht: Sie zog mir immer wieder den Boden unter den Füßen weg.

»Zum Autofriedhof. Ich hab dort nach – da!« Ihr Schrei kam so plötzlich und war so schrill, dass ich zusammenzuckte. »Da ist er!«

»Wo? Um Himmels willen, schrei doch nicht so laut!«

»An der Gartentür. Siehst du ihn?«

»Das ist ein Hund, Charlie. Nur ein Hund. Ein streunender Köter.« Obwohl ich zugeben musste, dass ich einen ziemlichen Schreck bekommen hatte, als ich den Schatten dort unten sah. »Er schnüffelt hinter der Mauer bei den Abfalltonnen herum, in dem ganzen Müll, der dort vergammelt. Guck ihn dir doch an! Das ist kein Wolf.« Ich redete ihr gut zu und bemühte mich, nicht allzu herablassend zu klingen. Aber wie alt war sie eigentlich?

»Das ist nur Tarnung. Er kommt gleich in unseren Hinterhof. Und dann ins Haus.«

»Nein, das wird er nicht. Ich mache die Gartentür zu. Jetzt gleich.«

»Nein!« Sie klammerte sich wie eine Ertrinkende an mich. »Geh nicht runter! Sie werden dich kriegen.«

Es war höchste Zeit, dass ich mal den starken Mann spielte. Ich entwand mich ihrem Klammergriff, was nicht ganz leicht war, und hielt sie an den Handgelenken fest. »Charlotte«, sagte ich – und das sage ich nur, wenn es mir wirklich ernst ist –, »reg dich ab! Ich werde jetzt die Gartentür zumachen und, egal ob Wolf oder nicht, dieses Tier wird nicht hereinkommen. Ich gehe jetzt runter und du guckst mir vom Fenster aus zu. Ich bin gleich wieder da. Und hör mit dem Geflenne auf, sonst weckst du noch Mum!«

Ein Mann, ein Wort. Ich ging in den Hinterhof hinunter: weit und breit kein Wolf zu sehen. Ich durchquerte den Hof, stand an der Gartentür und guckte noch ein paar Mal die Gasse rauf und runter. Kein wildes Tier fiel mich an, nur die Kälte kam durch meinen Schlafanzug gekrochen. Eine Abfalltonne war umgeschmissen, aber keine Spur von einem Wolf oder Hund. Ich machte die Gartentür zu und verriegelte sie von innen. Als ich ins Haus zurückging, blickte ich zu Charlies Fenster hoch, aber sie sah nicht herunter, wie es sich eigentlich gehört hätte, um die Heldentat ihres Bruders gebührend zu würdigen.

»Okay, das war's«, sagte ich, als ich wieder in ihrem Zimmer war. Sie kauerte auf dem Bett, hatte die Arme um die Knie gelegt und starrte mit weit aufgerissenen, glänzenden Augen in die Dunkelheit. »Geschafft. Ich hab die Gartentür verriegelt.«

»Hast du sie nicht gehört?«

»Wann? Jetzt?« Ich hatte allmählich von diesem Frage- und Antwortspiel die Nase voll. Es wurde mir wirklich zu dumm.

»Sie sind jetzt vorne. Ich habe sie kratzen hören.«

»An der Haustür? Warum haben sie nicht gleich geklingelt? Oder geklopft? Jetzt hör aber mal auf, Charlie. Es ist mitten in der Nacht. Ich bin hundemüde.«

»Aber ich hab sie gehört, ich schwör's. Sie haben an der Tür gekratzt, weil sie hereinkommen wollten. Sie werden immer hinter mir her sein. Sie werden nicht aufhören, bis sie mich haben.«

»Was soll der ganze Scheiß!« Ich war richtig wütend. »Dann zeig sie mir doch! Zeig mir die Wölfe! Ich will sie sehen!« Und ich stürmte aus ihrem Zimmer und die Treppe hinunter, trotz ihrer geflüsterten Bitte, es nicht zu tun. Ich stieß die Haustür weit auf und trat auf die Straße hinaus. Die Kälte biss in meine nackten Fußsohlen. Nichts zu sehen. Ich drehte mich um und bemerkte, dass Charlie hinter mir im Eingang stand.

»Zufrieden? Komm, lass uns beide wieder reingehen.«
Doch sie versperrte mir den Weg und deutete stumm auf
die Außenseite der Tür. Ich starrte die Tür an und rieb
dabei mit einer Fußsohle an meiner Schlafanzughose
entlang, um den Fuß etwas zu wärmen.

»Die sah schon immer ganz fertig aus, Charlie.«

»Aber nicht so. Guck doch mal, die vielen Kratzer!«

»Seh ich nicht. Geh aus dem Weg. Mir ist kalt.« Ich
schob sie beiseite und machte dann die Tür zu. »Und
jetzt hör auf damit. Du brauchst nicht länger Angst zu
haben, verdammt noch mal! Hier drinnen wird dir niemand wehtun.« Ich war fast überrascht, als Charlie plötzlich ganz folgsam war. Ich hatte sie nicht wirklich überzeugen können, da machte ich mir nichts vor, aber sie
schien sich irgendwie in ihr Schicksal zu fügen. Sie ging
in ihr Zimmer hoch, machte das Licht an und setzte sich
aufs Bett. Ich setzte mich neben sie und versuchte, sie
nochmals zu beruhigen.

»Das Wichtigste ist, dass du jetzt etwas Schlaf be-
kommst. Danach wirst du dich viel besser fühlen. Muss
dir ja ganz grässlich gehen, so wie du ausschaust.«

»Danke.«

»Wenn du ein bisschen geschlafen hast, sieht die Welt
gleich wieder anders aus. Wir könnten zusammen in die
Stadt gehen. Ins Kino, wenn du möchtest, oder da ist
auch dieses komische Volksfest im Park. Egal, was du gerne willst. Wir haben schon ewig nichts mehr miteinander gemacht. Mum ist morgen den ganzen Tag weg, bei
ihrem blöden Kurs, da können wir tun, was wir wollen.«

Ich quasselte einfach irgendwelches Zeug drauflos; wenn Charlie nicht fix und fertig war, ich war es jedenfalls. »Es wird bald hell. Ich mach dir gleich einen Tee und bring ihn dir ans Bett. Aber zuerst muss ich noch etwas schlafen. Mach Platz!«

Ich streckte mich neben ihr aus. Sie protestierte nicht. Ich glaube, sie war froh, dass jemand bei ihr war. Ich dachte nicht weiter darüber nach. Nach ein paar Minuten war ich eingeschlafen.

Sechsundzwanzig

Ich kann es nicht länger hinausschieben. Ich kann nicht länger wach bleiben. James schnarcht neben mir. Er weiß gar nicht, was für ein Glück er hat. Ich kann nicht mehr. Dann sollen sie mich eben kriegen.

Ich war zu müde, um weiterschreiben zu können. Der Stift fiel mir aus der Hand und ich ließ das Heft zur Seite auf das Bett gleiten. Dann stand ich ein letztes Mal auf und ging zum Fenster. Draußen dämmerte bereits der Morgen. Am Himmel wurde es heller, doch die Rückseiten der Häuser und die Hinterhöfe waren noch in Schatten getaucht. Ein unwirkliches, kaltes, graublaues Licht ließ alles seltsam leblos wirken. Es war still. Keine Wölfe strichen umher. Sie warteten in meinem Traum auf mich.

Und dann fiel mir auf, dass irgendetwas anders war. Es hatte sich etwas unmerklich geändert, nur wusste ich nicht genau, was. In meinem Gehirn nagte es, irgendetwas stimmte nicht. Es fiel mir schwer, mich ganz darauf zu konzentrieren; was war es – etwas, das ich sah …?

Ja, das war es. Der Blick. Der Blick in den Hinterhof hatte sich verändert. Die Schatten. Ich hätte nicht sagen können, was mich plötzlich störte. Ein ganz feiner Unterschied. Sie wirkten irgendwie, ja, das war es, sie wirkten *dichter* als gewöhnlich.

Dann begriff ich, warum, und alles fügte sich zusammen. Es standen plötzlich Bäume vor meinem Fenster, die vorher nicht dort gewesen waren. Die ganze Gasse entlang, an den Backsteinmauern der Hinterhöfe und vor den Rückseiten der Häuser wuchsen Bäume empor, schwarze, hoch aufragende, schmale, anmutige Schattenrisse, deren kahle Äste und Zweige sich in dem Morgenhimmel verloren.

Sie behinderten nicht den normalen Blick aus dem Fenster. Sie befanden sich weder vor noch hinter den Dingen, sie schienen einfach nur den gleichen Raum auszufüllen, wie eine zweite Wirklichkeit. Als hätte eine Kamera aus Versehen auf einem Film alle Bilder doppelt belichtet, sodass zwei unterschiedliche Szenen gleichzeitig zu sehen sind, jede sich vor die andere schiebend, jede hinter die andere zurücktretend. So war es auch hier. Der Wald und die Straße überlagerten einander.

Ich konnte immer noch das Licht im Badezimmer des Hauses gegenüber sehen, sogar den verschwommenen Schatten des Mannes hinter dem Milchglas. Er musste wahrscheinlich auch am Samstag früh zur Arbeit, spritzte sich gerade kaltes Wasser ins Gesicht oder seifte sich ein und griff mit noch halb geschlossenen Augen nach der Rasierklinge. Doch gleichzeitig befand sich an demselben Ort im Raum auch ein Baum, dessen schwere Äste mit ihren Nadeln und Tannenzapfen das Zimmer füllten. Der Baumstamm schien aus dem unteren Stockwerk emporzuwachsen, dann durch das beleuchtete Badezimmer; er durchbohrte die Decke, verschwand in dem dunklen Speicher darüber und ragte schließlich durch das Dach in den graublauen Morgenhimmel empor. Der Schatten des Mannes bewegte sich, er griff durch den Baum hindurch nach einem Handtuch. In meinem Kopf drehte sich alles.

In der ganzen Gasse mit ihren Hinterhöfen wiederholten sich diese Doppelszenen, Backsteine und Äste rangen miteinander um jeden Zentimeter des Geländes. Ein Mann mit einer brennenden Zigarette im Mund spazierte über das vom Morgennebel feuchte Kopfsteinpflaster, geradewegs durch eine Reihe von Baumstämmen hindurch. Am Ende der Straße, fast schon außer Sichtweite, fuhr ein Auto vorbei, es durchschnitt einen mächtigen Baumstamm, als wäre er butterweich. Danach bot der Baum wieder genau den gleichen Anblick wie vorher.

Meine Augen tränten vor Müdigkeit – oder weinte ich? Ich hätte es nicht sagen können. Ich stand einfach nur da und schaute zum Fenster hinaus, auch noch als meine Augen glasig wurden und alles vor mir verschwamm. Ich war im Wald, obwohl ich in der Stadt war. Ich konnte nicht mehr entkommen. Die Wölfe hatten die Grenze durchbrochen. Nun waren auch die Bäume nachgerückt, sie drängelten sich vor dem Fenster und löschten meine Welt aus. Ich konnte nicht entkommen. Ich erkannte sogar einzelne Bäume wieder. Es waren die gleichen Tannenbäume, zwischen denen ich vor über vierundzwanzig Stunden hindurchgehetzt war, als ich das letzte Mal geschlafen und geträumt hatte. Ich hatte ihnen entfliehen wollen, ich hatte den Wölfen, die mich hetzten, entkommen wollen. Ich hatte versucht, Max noch rechtzeitig zu finden. Aber es sollte nicht sein. Ich war noch immer im Wald, und es gab keinen Ort, an dem ich mich hätte verstecken können.

Ich weiß nicht, wie lange ich am Fenster gestanden habe, irgendwann taten mir die Füße weh, meine Muskeln schmerzten, und ich erinnerte mich daran, dass ich in meinem eigenen Zimmer war. Ich drehte mich um, machte ein paar Schritte nach rechts, um dem moosbewachsenen Baumstamm auszuweichen, der neben dem Schrank aus dem Teppich wuchs, und setzte mich dann aufs Bett; über mir wölbten sich dunkelgrüne Tannenzweige. Der Geruch von Tannennadeln erfüllte den Raum. Ich spürte, wie meine Glieder von einer bleischweren Müdigkeit niedergedrückt wurden und Schläfrigkeit sich in meinem ganzen Körper ausbreitete. Aus reiner Gewohnheit richtete ich mich wieder auf und wollte nach meinen Kopfhörern greifen. Doch dann ließ ich die Hand sinken. Ich brauchte nicht mehr wach zu bleiben. Ich konnte nicht mehr entkommen. Ich rutschte tiefer, bis ich mit dem Kopf auf dem Kopfkissen lag. James schlief ruhig neben mir.

Als ich allmählich in den Schlaf hinüberglitt, waren meine Gedanken plötzlich von erstaunlicher Klarheit. Wie seltsam es doch war, dass ich, die ich der Fährte von Max folgte, jetzt selbst verfolgt wurde. Damals am Mühlteich war ich noch willkommen gewesen. Die Wasserfrauen hatten mich ebenfalls in die Tiefe hinabziehen wollen. Doch meine Weigerung hatte sie erbost, darum wollten die Wächter des Schattenlands nun mit aller Macht verhindern, dass ich Max wiedertraf. Max, der ihrer Lockung gefolgt war und gerne ihr Reich betreten hatte.

Warum hatte Kit mich nicht vor den Gefahren gewarnt? Vielleicht war er ebenfalls gekränkt: Ich hatte von der Frucht, die er mir dargeboten hatte, nicht gekostet. Von Anfang bis Ende hatte ich immer wieder versagt, wenn es darum gegangen war, Max zu folgen, ihm nahe zu sein, ihn einzuholen. Ich hatte jede Gelegenheit vermasselt, die sich mir geboten hatte.

Ich war viel zu erschöpft, um noch Angst zu verspüren oder über mein Scheitern enttäuscht zu sein. Mir fielen die Augen zu. Der Geruch des Waldes wurde immer stärker. Mein Bett bewegte sich, neigte sich, die Matratze wurde uneben. Tannennadeln kitzelten meine Haut. Wölfe heulten.

Siebenundzwanzig

Als ich aufwachte, war es fast elf Uhr. Durch das Fenster strömte helles Tageslicht herein. Einen Augenblick verwirrte mich die unvertraute Umgebung, doch dann erinnerte ich mich daran, dass ich in Charlies Zimmer war. Ich hatte wie ein Toter geschlafen und überhaupt nichts geträumt. Erleichtert stellte ich fest, dass Charlie friedlich neben mir lag. Wurde auch Zeit. Die Ereignisse der letzten Nacht stürmten auf mich ein, doch ich konnte mir darauf so wenig einen Reim machen wie vor ein paar Stunden. Noch weniger, wenn ich ehrlich war. *Wölfe.* Himmel hilf.

Aber wenigstens war Charlie endlich eingeschlafen. Wie sie so dalag, würde sie wahrscheinlich noch eine ganze Zeit weiterschlummern. Sie schien diesmal tief und fest zu schlafen: kein Gliederzucken, keine Schreie, keine Albträume. Gut. Doch besser, Mum wusste Bescheid. Ich stand auf und ging in die Küche runter.

Mum war nicht da, nur ein Zettel auf dem Küchentisch. Ich fluchte. Natürlich war sie nicht da, sie hatte ja den ganzen Tag ihren Fortbildungskurs. Sie würde erst am Abend zurückkommen. Das stand auch noch mal auf dem Zettel. Keine Telefonnummer. *Viel Spaß, ihr beiden. Macht euch einen schönen Tag.* Ha ha.

Ich frühstückte was und zog mich dann an. Danach guckte ich wieder nach Charlie. Immer noch total platt. Die Vorhänge waren aufgezogen und ich ging zum Fenster, um sie zuzuziehen. Nachdem ich das getan hatte, fiel mein Blick auf das Heft, das neben dem Bett auf dem Boden lag. Es musste Charlie runtergefallen sein. Da lag es. Einfach so.

Ein leichtes Prickeln kroch über meinen Körper, weil ich wusste, dass ich gleich etwas Verbotenes tun würde. Aber sie würde es nie erfahren. Ich schlich mich leise an und bückte mich, um das Heft aufzuheben; dabei hielt ich die Augen die ganze Zeit auf Charlies Gesicht gerichtet. Sie rührte sich nicht, sie atmete lautlos. Sie wirkte wie ausgeknipst. Ich nahm das Heft und zog mich damit in die Küche zurück.

Schon beim ersten Durchblättern merkte ich, dass darin viel mehr stand, als ich erwartet hatte. Charlie musste wochenlang Tagebuch geführt haben, sie musste, unmittelbar nachdem Dr. Tilbrook ihr das Heft geschenkt hatte, damit angefangen haben. Das Heft war fast voll. Die Seiten waren mit ihrer krakeligen Handschrift vollgekritzelt, mit dem Kugelschreiber hastig hingeschriebene Sätze, vieles davon selbst für ihre Verhältnisse richtig hingeschmiert. Die ersten Einträge waren kurz und die letzten auch wieder –, aber in der Mitte des Hefts reichten sie über mehrere Seiten. Ich hatte an diesem Vormittag nichts anderes vor, deshalb setzte ich mich an den Küchentisch, um es von vorne bis hinten durchzulesen. Erst da ging mir allmählich auf, um was für Aufzeichnungen es sich handelte.

Ich brauchte ungefähr eine halbe Stunde, bis ich alles überflogen hatte – vielleicht sogar noch länger, denn viele Stellen las ich ein zweites Mal, um zu kapieren, wovon in dem Tagebuch überhaupt die Rede war. Aber da gab es nicht viel zu verstehen. Nicht in einem normalen Sinn. Ich begriff nur, dass meine kleine Schwester sehr, sehr durcheinander war.

Es war ein Tagebuch ihrer Träume, und diese Träume mussten sie schon seit vielen Wochen verfolgt haben, seit dem Tag, als sie an den Mühlteich zurückgekehrt war; so viel wurde mir klar. Die vielen kleinen Andeutungen, die sie mir gegenüber gemacht hatte, all die Dinge, die ich herausgehört hatte, aber nicht hatte hören wollen – das war nur die Spitze eines gewaltigen Eisbergs gewesen, der unter einer scheinbar ruhigen Oberfläche verborgen lag. Und ich hatte es gespürt. Wenn ich daran dachte, dass wir hier Tag für Tag mit unserem ganzen langweiligen Alltagskram weitergemacht hatten, während ihr jede Nacht solche unerhörten Dinge zugestoßen waren. Und dann noch dieser blöde Dr. Tilbrook mit seinem Geschwafel, und ich hatte ruhig daneben gesessen und hatte ihm zugehört. Charlie müsse sich durch verstörende Erlebnisse durchkämpfen. Wohl wahr! Arme Charlie.

Das Schlimmste aber war, dass sich meine Befürchtungen bestätigten. Charlie hatte den Tod von Max einfach nicht akzeptiert. Sie wusste natürlich, dass er von dieser Welt geschieden war, wie der Pfarrer so schön gesagt hatte, aber sie fühlte sich ihm immer noch ganz eng verbunden, und ihre Träume gaukelten ihr vor, dass sie ihn tatsächlich noch finden und retten konnte. Lebendig. Und sie schien ihre Suche auch auf die wirkliche Welt ausgedehnt zu haben, trieb sich am Haus seiner Eltern herum, glaubte seine Stimme zu hören, ihn vielleicht sogar durchs Bild huschen zu sehen. Aber die Sache mit den Wölfen kapierte ich überhaupt nicht.

Und was sollte ich jetzt machen? Charlie lag oben im Bett und schlief. Sie war in Sicherheit. Das war die Hauptsache. Sie hatte keine Albträume und frische Wunden hatte ich auch nicht bemerkt. Am besten ich ließ sie erst mal weiterschlafen. Mum war im Augenblick nicht zu erreichen, aber Dr. Tilbrooks Telefonnummer musste irgendwo sein. Ich guckte in Mums Telefonbuch nach. Da war er. Mal hören, was er jetzt dazu zu sagen haben würde. *Sich durch verstörende Erlebnisse durchkämpfen*, meine Fresse.

Ich ließ es klingeln und klingeln und klingeln. Komm schon. Geh endlich ran. Endlich wurde der Hörer abgenommen. Eine Frauenstimme. Tut mir leid, Dr. Tilbrook ist übers Wochenende verreist. Nach London. Aber am Montag wieder zurück. Vielleicht rufen Sie dann noch einmal an? Na, großartig – vielen Dank. Nein, keine Nachricht.

Es war zwecklos. Aber noch war nicht alles verloren. Charlie würde noch eine ganze Weile schlafen. Vielleicht hatte ich Glück, und sie wachte erst auf, wenn Mum wieder da war. Solange sie wie Schneewittchen in tiefem Schlummer lag und ich auf sie aufpasste, konnte ihr nichts passieren. Wenn dann Verstärkung eintraf, würden wir weitersehen.

Ich schnappte mir mehrere Tüten mit Kartoffelchips und eine Dose Cola aus dem Kühlschrank, dazu noch ein größerer Keksvorrat aus dem Wohnzimmerbuffet, und schaffte das alles in mein Zimmer hoch. Ich guckte bei Charlie nach: Alles unverändert. Das war ein gutes Zeichen. Erleichtert zog ich mich in mein Zimmer zurück und ließ unsere beiden Türen weit offen. Ich versammelte um mich herum einen Stapel Comics und ein paar Bücher, die ich immer schon lesen wollte, und machte es mir bequem. Im Augenblick konnte ich nichts anderes tun, als abwarten, was weiter geschehen würde.

Achtundzwanzig

Ich ließ den Kopf nach hinten fallen und bot ihnen meine Kehle dar, damit sie leichter zubeißen konnten. Dann hatte ich es wenigstens hinter mir.

Doch nichts geschah. Kein Heulen, kein übel riechender Atem, keine scharfen Zähne. Ich öffnete langsam die Augen. Über mir versperrten dichte Tannenzweige die Sicht. Aber kein Wolf beugte sich über meine Kehle. Ich blinzelte etwas, hob dann langsam den Kopf und sah umher. Es war derselbe Abhang, den ich in meinem letzten Traum hinuntergestürzt war, doch jetzt lag er im Mittagslicht da. Sonnenstrahlen fielen durch die Wipfel der Bäume und reichten als gedämpfter Schein bis auf den Waldboden. Und dort oben, an die Kante gedrängt, standen die Wölfe und blickten auf mich herab.

Sie wirkten so gierig und wild wie immer. Ich hatte sie kaum entdeckt, da stürzten auch schon zwei von ihnen auf mich zu, zum Angriff bereit, knurrend und zähnefletschend, als wollten sie mich jeden Augenblick anspringen und in Stücke reißen. Doch irgendetwas ließ sie anhalten, sie machten kehrt und schlichen wieder auf den vorspringenden Felsen zurück. Und ich bemerkte, dass sie ihre Köpfe häufig nach rechts drehten, sie schienen etwas auszuspähen, was außerhalb meines Gesichtsfelds lag.

Plötzlich hörte ich von dort ein lautes Krachen und die Wölfe wirkten sogleich sprungbereit. Das Geräusch von schweren Schlägen auf Holz, dann ein zweites lautes Krachen. Daraufhin ergriffen die Wölfe augenblicklich die Flucht und verschwanden zwischen den Bäumen. Ich wartete eine Weile, doch sie kamen nicht mehr zurück.

Ächzend kam ich auf die Füße hoch. Ich versuchte, mich zu orientieren. Noch mehr Schläge ertönten aus dem Wald: gleichmäßig, kräftig, abgehackt. Solche Geräusche hatte ich in dem Wald noch nie gehört, während meiner ganzen langen Wanderung nicht, und wenn die Wölfe sie fürchteten, dann war das für mich ein gutes Zeichen. Ich beschloss, der Sache nachzugehen.

Ich setzte vorsichtig Schritt vor Schritt, bis ich auf festerem Boden war, und hielt mich dann nach rechts. Bald erkannte ich, was die Ursache des Lärms war. Am Rand einer Lichtung hackte ein Mann mit einer Axt auf einen Baumstamm. Er machte seine Schläge regelmäßig, unablässig, ohne eine Pause, ohne seinen Rhythmus zu unterbrechen. Bei jedem Hieb splitterten Stücke von frischem Holz auf den Boden. Ringsum lagen frisch gefällte Baumstämme. Die Lichtung war mit hell leuchtenden Stümpfen übersät.

Der Mann war groß und schlank und seine langen hellen Haaren fielen ihm bis auf die Schultern herab. Er schien mich nicht bemerkt zu haben, und ich wollte schon durch die Baumstümpfe auf ihn zu, um ihn zu grüßen. Doch dann zögerte ich. Seine hohe Gestalt erinnerte mich an Kit, aber da war noch eine andere Ähnlichkeit, die in mir sehr gemischte Gefühle wachrief. Es war etwas an ihm, an der Art, wie er die Axt schwang, an seinen schmalen weißen Schultern, seinen bleichen Armen und seinen langen Haaren, das mich an die Wasserfrauen im Mühlteich erinnerte.

Kit hatte davon gesprochen, dass Max sich glücklich schätzen konnte, auserwählt worden zu sein. Das mochte so sein. Doch mir steckte noch der Schreck dieser Augenblicke in den Knochen, schwarzgrüne Augen, die im Wasser auf mich zukamen, lange kalte Finger, die mich sanft berührten, Krallen, die mir tief ins Fleisch schnitten. Und Max, der in ihrer Umarmung in die Tiefe sank. Auch wenn es vielleicht töricht war – ich wollte diesem Mann nicht begegnen. Ich ließ ihn ungestört weiter seine Arbeit tun.

Noch mehr Axtschläge drangen an meine Ohren. Ich wanderte weiter und sah noch andere Männer, die ihre Äxte gegen das Holz sausen ließen, Äste abhackten und die gefällten Stämme auf schwerfällige, lange Karren luden. Der Wald war ringsum viel lichter, als ich dies in Erinnerung hatte, und weiter vorne glaubte ich sogar blauen Himmel und Felder durch die Bäume schimmern zu sehen.

Ich hastete vorwärts, froh darüber, den endlosen Wald endlich durchquert zu haben. Fast wäre ich über einen großen geflochtenen Korb gestolpert; eine Frau klaubte daneben Reisig vom Waldboden. Sie sah hoch und lächelte.

»Unterwegs zur Großen Kirmes? Immer geradeaus, mein Engel. Du bist spät dran, aber es ist nicht mehr weit.«

Wortlos eilte ich weiter. Es hatte meinem Herzen einen Stoß versetzt, als ich sie erblickte; ich fühlte mich fast in den Mühlteich zurückversetzt: Sie hatte dieselben langen Haare, dasselbe ebenmäßige Gesicht, dieselben grünen Augen wie die Frauen im Wasser. Ihre Haare waren nicht blassgrün, sondern blond, und sie hatte eine gesunde Gesichtsfarbe, trotzdem berührte mich ihr Aussehen ganz seltsam.

Ich befand mich jetzt schon fast am Waldessaum und rannte, so schnell ich konnte, obwohl ich mit einem Mal alle Mühe und Beschwerden der Reise in meinen Knochen zu spüren meinte. Ein starkes, klares Licht, das keine Baumkronen und Wipfel mehr durchstoßen musste, traf plötzlich meine Stirn. Ich schloss kurz die Augen, die nach den vielen Wochen im Dunkel des Waldes an eine solche Helligkeit nicht mehr gewöhnt waren, und mit einer letzten Anstrengung durchbrach ich das Bollwerk aus stacheligen Ranken und dornigem Gestrüpp – und stand im Freien.

Ich hielt an und schaute.

Ich war auf einer lang gestreckten Anhöhe herausgekommen, die fast wie ein Wall die Grenze des großen Waldes zu bilden schien. Auf beiden Seiten erstreckten sich die Bäume in gerader Linie den Kamm entlang, bis weit in die Ferne, wo ihre dunklen Umrisse im Dunst verschwammen. Davor aber breitete sich in unendlicher Weite eine duftende grüne Sommerwiese aus, die in hellen Sonnenschein getaucht war. Lange Gräser wippten in der warmen Luft, und die ganze weite Fläche war über und über mit roten und gelben Blumen übersät. Schmetterlinge in hundert Farben gaukelten zwischen den Gräsern umher und Bienen summten durch die duftgeschwängerte Luft. Nach einem Monat in der endlosen Finsternis des Waldes war das ein Anblick, der einem das Herz wärmte.

Und das war nur der Anfang. Der Abhang mit der sonnenbeschienenen Wiese neigte sich sanft einer Ebene zu, die sich mit ihren Feldern und Weiden bis an den Horizont erstreckte. Nur an einer Stelle ragte ein einzelner grüner Hügel empor und am Fuß dieses Hügels befand sich die Stätte, an der die Große Kirmes alle ihre Herrlichkeiten vor meinen staunenden Augen ausbreitete.

Seitdem Kit mir von der Großen Kirmes erzählt hatte, waren seine Worte mir unverrückbar im Gedächtnis haften geblieben und hatten mich auf meiner Wanderung begleitet. *Die Große Kirmes ist eine Wunderkammer voll der erstaunlichsten und exotischsten Schätze*, hatte er gesagt. Meine Neugierde, alle diese Schätze einmal mit eigenen Augen bewundern zu können, war seither nur noch von meinem Wunsch übertroffen worden, Max wiederzusehen. Jetzt aber lag die Große Kirmes mir zu Füßen da.

Die vordersten Ausläufer der Kirmes reichten fast bis an den Fuß der Anhöhe, auf der ich stand. Ein Palisadenzaun aus Baumstämmen umgab das ganze Gelände. Er war an vielen Stellen durch Eingangstore unterbrochen, die mit grünen Girlanden und Zweigen geschmückt waren. An einigen Abschnitten war der Zaun noch nicht fertig: Karren mit Baumstämmen kamen aus dem Wald langsam den Hügel heruntergefahren und fleißige Arbeiter umschwärmten wie Bienen die unvollendeten Stellen. Es war von dort ein emsiges Klopfen und Hämmern und Sägen zu hören.

Durch jedes der Tore strömten Leute ein und aus, die große Körbe trugen, schwer beladene Karren schoben und zogen oder mit unförmigen Bündeln bepackt waren. Im Innern verschwamm dann alles zu einem Meer ununterscheidbarer Gestalten, einem summenden Bienenstock geschäftigen Treibens, hin und her wogend zwischen einem labyrinthischen Durcheinander bunter Stände, die mit fröhlichen Wimpeln und wehenden Fahnen verziert waren. Von meiner Anhöhe aus konnte ich unmöglich erkennen, welche Schätze alle diese Stände in sich bargen, doch der Lärm der Kirmes wehte zu mir herüber, eine betörende Mischung aus Musik, Gelächter und fröhlichem Saus und Braus, ganz wie Kit es vorhergesagt hatte.

In der Mitte der Großen Kirmes waren ausladende, weiß-blau gestreifte Festzelte aufgebaut, deren Dächer sich im Wind leicht bauschten. Dort standen auch Türme aus dunklem Holz, das in der Sonne glänzte. Sie schienen oben Öffnungen zu haben, und an den Seiten führten schmalere und breitere Spiralen herab – es dauerte ein paar Augenblicke, bis ich begriffen hatte, dass es sich dabei um raffinierte Rutschbahnen handelte. Ganz in der Mitte, von den Festzelten umgeben, befanden sich mehrere erhöhte Plattformen, fast wie Boxringe, und eine große freie Fläche, die mit hell glänzenden Brettern ausgelegt war. Ich fragte mich, wozu sie wohl dienen sollte, und dann fiel es mir plötzlich ein: der Große Tanz!

Irgendwo da unten, mitten in der Menge, war Max. Ich war ihm näher als jemals zuvor, und obwohl ich mir nicht ganz sicher war, hatte ich doch das Gefühl, dass die Kirmes noch in den letzten Vorbereitungen steckte, dass sie noch nicht wirklich begonnen hatte. Dann konnte auch der Tanz auch noch nicht stattgefunden haben … Ich flog den Abhang hinunter, von wilder Hoffnung beseelt.

Während ich durch die Blumenwiese lief, strichen die langen Gräser unablässig um meine Beine, und ein süßer Duft umhüllte mich. Meine Schritte schreckten ein endlos langes Band roter und blauer Schmetterlinge auf, die vor mir und neben mir über den Halmen flatterten und tanzten. Kaninchen, vielleicht waren es auch Hasen, sprangen aus ihren Verstecken hervor und verschwanden hügelaufwärts. Über mir am Himmel schwebten und flatterten Vögel, immer wieder in den Lüften nach Insekten jagend. Ich stürmte den Hügel hinab, von einer großen Freude erfüllt, von neuer Kraft beflügelt. In mir war neue Lebenslust erwacht. Vorbei waren die Erschöpfung und Müdigkeit der vergangenen Wochen, vorbei war das trübe Schattendasein in meinem öden Zimmer, in unserem langweiligen Haus, in unserer tristen Straße. Vorbei war meine traurige Spurensuche quer durch unsere graue Stadt, in dem trostlosen Schrott herumstochernd, den Max zurückgelassen hatte. Und auch das lästige Gerede und Gefrage von meinem Bruder und meiner Mutter hatte ein Ende. Während ich über die Wiese dahinflog, ließ ich alles hinter mir zurück, den ganzen zähen Brei, den die Worte der beiden in meinem Gehirn zurückgelassen hatten, alles wurde in die Luft hinausgepustet, in tausend Stücke zerpflückt und zerstäubt. Mein Kopf war frisch und klar, meine Augen strahlten, ich war wieder lebendig. Ich rannte den Hügel hinunter, der Großen Kirmes entgegen, die auf mich wartete.

Als ich näher kam, gingen mir die Augen über vor lauter Staunen, so groß war die Pracht und die Schönheit der Stände. Selbst die Markisen waren aus feinster Seide, und die Stangen, zwischen denen sie gespannt waren, glänzten golden. Blumengirlanden umwanden die Dächer und reichten fast bis auf den Boden herab. Auch der Palisadenzaun war mit vielen fröhlichen Kränzen geschmückt. An hohen Stäben hingen goldene Käfige, in denen wundersame Vögel von tausendfarbigem Gefieder saßen; sie sangen so wehmütige Lieder, dass mir davon das Herz brechen wollte.

Dieser Glanz wurde von dem fröhlichen Bild, das die Besucher der Kirmes boten, noch übertroffen. Ich näherte mich jetzt einem der Tore, dem noch viele Waldbewohner, groß und klein, zuströmten. Die Männer, Frauen und Kinder waren alle in farbenprächtige Gewänder gekleidet, die Stoffe leuchteten in Grün, Gelb und Blau. Die Frauen und Kinder trugen lange weite Hemden und hatten Blumenkränze im Haar. Die Männer waren mit kurzen Kitteln und Hosen angetan, einige hatten breitkrempige Hüte mit langen Federn aufgesetzt, andere ließen ihr langes Haar auf die Schultern herabfallen. Alle waren barfuß; sie redeten und lachten in einem fort, während sie auf das Tor zustrebten.

Die Arbeiten an dem Palisadenzaun waren inzwischen beendet und die Handwerker hatten ihr Werkzeug fortgelegt und sich drinnen unter die Menge gemischt. Der Strom der Besucher, die sich auf die vielen Eingänge zubewegten, versiegte allmählich. Nur noch vereinzelte Nachzügler eilten auf die Tore zu, Erwachsene, die Kinder an der Hand hinter sich herzerrten oder sie hastig auf den Arm nahmen. Ich rannte immer noch den Hügelabhang hinunter auf das nächste offene Tor zu. Die Musik, die von der Kirmes nach draußen drang, begann immer stärker anzuschwellen, bis sie eine vorher nicht gekannte Lautstärke erreichte; aufgeregte, dringliche Fanfarenklänge ertönten. Auch das Lärmen der Menge hinter dem Zaun wuchs noch weiter an, Gelächter brandete auf, Juchzer und Freudenschreie waren zu hören, Herolde schienen etwas zu verkünden. Ich war schon zu weit den Hügel hinabgelaufen, um noch über den Zaun blicken zu können – nur die Dächer der ersten Stände lugten hervor, und auch diese verschwanden jetzt hinter den mit Blumenkränzen behangenen Palisaden.

Ich rannte, so schnell ich konnte. Außer mir befand sich fast niemand außerhalb des Zauns, nur ein paar wenige Spätankömmlinge hasteten mit gesenkten Köpfen auf das Tor zu. Einer der letzten, ein Mann, drehte sich zu mir um und rief eindringlich:

»Schneller! Schneller!«

Ich erkannte, dass es Kit war. Er deutete auf das Tor, wo ein mächtiger Riegel aus Baumstämmen vorgeschoben wurde, der vorher nicht zu sehen gewesen war. Ich rannte noch schneller. Jetzt war ich am Fuß des Abhangs angelangt und folgte dem breiten, festgetrampelten Pfad, auf dem eben noch so viele Leute zur Kirmes geströmt waren. Nun war ich dort ganz allein. Das Tor war fast geschlossen. Kit blickte noch einmal kurz zurück, bevor auch er im Innern verschwand. Er war vor mir der Letzte. Ich rannte, so schnell ich konnte. Nur noch ich war übrig. Ich rannte und rannte. Das Tor war jetzt gleich geschlossen und ich befand mich immer noch auf der falschen Seite des Zauns.

Und in dem Augenblick, als der Einlass endgültig versperrt war, war auch der ganze Lärm – die grelle Musik, die schrillen Rufe der Vögel, das bellende Gelächter der Leute – wie verschluckt. Das ganze laute Stimmengewirr und dröhnende Durcheinander war mit einem Mal vorbei.

Und in der fürchterlichen Stille, die darauf folgte, warf ich mich mit meinem ganzen Körper gegen die Stämme, ich stemmte mich dagegen, ich schlug mit den Fäusten auf das Holz, bis meine Haut ganz abgeschürft war; ich hämmerte, bis meine letzten Kräfte verbraucht waren. Doch das Tor blieb verschlossen.

Ich rutschte erschöpft auf den Boden. Die Große Kirmes hatte begonnen und ich war immer noch draußen. Ich hatte es nicht geschafft.

Neunundzwanzig

Ich hatte alle Chipstüten leer gegessen, die Cola getrunken und auch die meisten Kekse verputzt. Ich war
schon mit allen Comics durch und wühlte mich jetzt
durch einen billigen Fantasy-Roman, der an Blödheit
alle andere noch übertraf, die ich schon gelesen hatte. Ich
hatte mich inzwischen aufs Bett verkrümelt, halb sit-
zend, halb liegend, den Kopf auf die Hand gestützt. Mir
war langweilig, ich hatte mich überfressen und außerdem
tat mir allmählich der Rücken weh. Und das war, bevor
der große Ärger begann.

Es war reiner Zufall, dass ich es überhaupt mitbekom-
men hatte. Meine einseitige Diät während der vergangenen Stunden führte dazu, dass ich mich nervös fühlte,
vielleicht zu viel Zucker, und deshalb bin ich irgendwann aufgestanden, um nach unten zu gehen – vielleicht
zur Abwechslung mal was mit Vitaminen essen oder in
der Glotze einen stinklangweiligen Western gucken oder
irgendwas anderes machen.

Ich quälte mich also hoch und schlurfte auf den Treppenabsatz hinaus. Dort horchte ich. Kein Laut aus Charlies Zimmer. Das war gut. Sie schlief immer noch tief und fest. Je länger, desto besser. Ich schlich auf Zehenspitzen zur Treppe, bog um die Ecke und fiel vor Schreck fast in Ohnmacht.

Da unten stand jemand.

Meine Panikreflexe funktionieren einwandfrei, da kann ich in Zukunft beruhigt sein. Ich schnappte nach Luft, meine Haare standen zu Berge, ein eiskalter Schauder durchfuhr meinen Körper und mein Herz pochte so stark, dass es mir fast zum Mund herausgehüpft wäre. Erst danach begriff ich, was meine Augen da in Wirklichkeit sahen – es war meine Schwester, sie hatte mir den Rücken zugewandt.

Aber um ehrlich zu sein, machte es das kaum besser. Besonders unheimlich fand ich, dass sie sich vollkommen lautlos bewegte, sie stieg die letzte Treppenstufe mit der verstohlenen Tücke eines Mörders und dem schwebenden Gang eines Gespensts hinab. Ihre Bewegungen waren seltsam, gleichzeitig abgehackt und sanft fließend. Irgendetwas stimmte da nicht. Und zwar überhaupt nicht. Ein weiterer Schrecken durchfuhr mich, als mir klar wurde, dass sie ihr Zimmer verlassen und sich die Treppe hinuntergeschlichen haben musste, ohne dass ich es bemerkt hatte, obwohl die Tür bei mir sperrangelweit offen gestanden hatte.

Ich konnte ihr Gesicht nicht sehen, doch aus irgendeinem dumpfen Gefühl heraus wollte ich es auch gar nicht.

Aber sie war immer noch meine Schwester! Ich konnte mich doch nicht wie ein Idiot benehmen. Ich rief ihren Namen, leise, mit leicht zitternder Stimme.

»He, Charlie.«

Keine Antwort. Sie drehte sich nicht um und hielt auch nicht an. Sie gab durch nichts zu erkennen, dass sie mich gehört hatte. Sie bewegte sich weiter durch den Flur auf die Haustür zu, aus meinem Blickfeld heraus, mit den gleichen langsamen Schritten wie vorher. Ich rüttelte mich aus meinem erstarrten Zustand wach und stürzte die Treppe hinunter, aus Unsicherheit und Angst halb stolpernd.

»Charlie, wo gehst du hin?«

Keine Antwort.

»Wie lang bist du schon wach?«

Sie war jetzt schon fast bei der Tür und ich stand immer noch zaudernd unten an der Treppe. Was für ein Idiot war ich denn eigentlich? Ich merkte, dass ich einen großen Unwillen verspürte, mich ihr wirklich zu nähern. Dann sah ich, dass sie die Hand nach der Klinke ausstreckte. Das rüttelte mich wach. Ich würde sie nicht allein nach draußen gehen lassen, nicht wenn ich es verhindern konnte, nicht nach all dem, was ich in ihrem Tagebuch gelesen hatte. Vielleicht wollte sie wieder auf einem der gemeinsamen alten Spielplätze nach Max suchen. Das durfte nicht sein.

Dann tu was, du Idiot! Ich lief ihr durch den Hausflur hinterher und erwischte sie gerade noch, als sie schon zur Tür hinauswollte.

»Charlie!«

Ich legte ihr von hinten die Hand auf die Schulter. Es war, als würde man totes Fleisch berühren: keine Antwort, keine Drehung des Kopfes. Sie schritt einfach weiter. Ich zwängte mich an ihr vorbei auf den Gehweg und blickte ihr ins Gesicht. Und spürte noch einmal, wie mir ein eiskalter Schauder durch die Adern fuhr.

Ihr Gesicht war sehr, sehr bleich. Sogar ihre Lippen schienen blutlos zu sein. Und ihre Augen, die sie weit aufgerissen hatte, blickten durch mich hindurch, als versuchte sie, etwas ganz in der Ferne zu sehen, am Ende der Straße oder sogar noch weiter weg, und als wäre ich ihr im Weg. Sie wirkte angespannt und verzweifelt, aber es hatte nichts mit mir zu tun oder damit, dass ich sie angefasst hatte.

»Charls, jetzt krieg dich mal wieder ein. Was machst du denn? Es ist besser für dich, wenn du im Haus bleibst. Komm rein!«

So oder so ähnlich quasselte ich auf sie ein, mehr um mich selbst als um Charlie zu beruhigen. Aber sie schenkte mir sowieso keine Aufmerksamkeit. Sie ging einfach weiter, langsam einen Schritt vor den anderen setzend, die Straße entlang, die Stirn in Falten gelegt. Ab und zu hob sie den Kopf und blickte auf einen Punkt, der sich ungefähr in Höhe der Fenster im ersten Stock der Häuser befand. Zumindest hatte es den Anschein, als würde sie dorthin blicken. Und dort war nichts zu sehen, überhaupt nichts.

Ich ging neben ihr her, ich hatte keine Lust, sie noch

einmal zu berühren. Wir kamen an zwei Frauen vorbei, die auf der Straße einen kleinen Schwatz hielten. Sie musterten uns mit unverhohlenem Misstrauen: das Mädchen, das mit roboterähnlichen Bewegungen die Straße entlangging, und den Jungen neben ihr, der dauernd auf sie einredete.

In gewissen Abständen machten ihre Augen eine schnelle Bewegung, ein plötzliches Rollen der Augäpfel, hin und her, auf und ab. Und erst dadurch begriff ich endlich, was mit Charlie los war – und was ich Idiot schon lange hätte merken müssen: Meine Schwester schlief immer noch.

Sie war als Schlafwandlerin unterwegs.

Ich hörte sofort mit meinem Gequassel auf. Das würde zu nichts führen und konnte nur Schaden anrichten – sagt man nicht immer, dass man Schlafwandler unter keinen Umständen aufwecken darf? Okay, aber was sollte ich dann eigentlich tun? Ich hatte überhaupt keine Ahnung.

Seitdem ich Charlies Tagebuch gelesen hatte, lagen meine Nerven blank. Jede Wette, dass sie wieder einen dieser Träume hatte. Sie träumte ganz bestimmt, dass sie auf der Suche nach Max durch einen Wald ging, in dem ihr Wölfe auflauerten. Was, wenn sie mich für einen Wolf hielt und mich angriff, sobald ich sie berührte?

Das war Unsinn. Unsere Haustür stand immer noch sperrangelweit offen. Jeder, der wollte, konnte in unser Haus einfach hineinspazieren. Wir mussten umkehren.

Ich streckte den Arm aus, beugte mich etwas vor und

nahm Charlies rechte Hand in meine. Sie war eiskalt. Ich umfasste Charlie mit festem Griff, legte dann von hinten meinen linken Arm um ihre Taille und bekam ihren Gürtel zu fassen. Dann bremste ich ab, lehnte mich zurück und machte auf den Absätzen eine Drehung um 180 Grad. Es war fast, als würden wir zusammen Quickstep oder so was tanzen: Charlie wurde von mir einfach herumgeschwenkt. Sie guckte jetzt in die andere Richtung und setzte gleichmütig ihre Wanderung fort. Ohne den langsamen, gleichmäßigen Rhythmus ihrer Schritte unterbrochen zu haben, trottete sie weiter, nur diesmal nach Hause.

Das war schon mal ein Erfolg. Ich ließ sie nicht mehr los und führte sie die Straße entlang zurück. Die Blicke der beiden Frauen, als wir wieder an ihnen vorbeikamen, ignorierte ich. Charlie schien immer noch zu schlafen, doch als ich zu ihrem Gesicht schielte, bemerkte ich, dass die Furchen auf ihrer Stirn tiefer geworden waren.

Zurück vor dem Haus dann eine erneute Drehung, ein weiterer Quickstep, und dann durch die Tür hinein. Die Treppe hinaufzukommen, brauchte ich gar nicht erst zu versuchen. Das Wohnzimmer musste reichen. Den Hausflur entlang, *one-two-three*, und Drehung – durch die Tür und ins Wohnzimmer. Schnell, *kick-step*, ein Tritt hinter mich und die Tür zugestoßen. Der Knall war lauter, als ich beabsichtigt hatte. Charlie zögerte etwas und gab einen Laut von sich – halb ein Wort, halb ein Knurren. Ihre Augenlider flackerten, ihr Gesicht verzog sich zu einer leichten Grimasse. Ich führte sie zum Sofa, hielt sie weiter an der Taille umfasst und setzte mich hin, sodass sie gezwungen war, sich ebenfalls zu setzen. Dann machte ich meinen Arm frei und stand auf, Charlie schob ich auf dem Sofa noch tiefer in die Kissen. Das Zucken ihrer Augenlider und in ihrem Gesicht wurde deutlicher. Sie murmelte etwas, das ich nicht verstand.

»Charlie?«

Wieder ein Murmeln.

»Charlie. Wach auf, Schwesterchen; ich bin's, James.«

»Mmmh.«

»Wach auf. Ich bin's.«

Ihre Augen fielen zu. Dann flackerten ihre Lider erneut. Sie öffnete die Augen wieder und starrte ins Leere. Sie hielt ihren Blick weder auf mich noch sonst irgendwohin gerichtet.

»Charls?«

»Kannwegnichfindn.«

»Was?« Ich beugte mich über ihren Mund, um sie zu verstehen.

»Kann'n Weg nich findn. Muss suchn. Kann'n nich findn.« Die Augen klappten wieder zu. Ihr Atem wurde langsamer und tiefer. Sie war wieder eingeschlafen.

In der nächsten Sekunde war ich im Hausflur, machte schnell die Tür zu und sperrte sie ab. Den Schlüssel steckte ich ein. Dann rannte ich durch das Wohnzimmer in die Küche und sperrte die Hintertür ebenfalls ab. Alles abgesichert. Charlie konnte nicht mehr auf die Straße raus.

Ich war allmählich am Ende. Ich hätte dringend etwas

moralische Unterstützung gebraucht, aber Mums Kurs dauerte bis zum Abend. Es war jetzt ungefähr vier Uhr, also hatte ich wahrscheinlich noch zwei Stunden vor mir, vielleicht auch drei. Zähne zusammenbeißen und durch. Es blieb mir nichts anderes übrig.

Die nächsten beiden Stunden waren grässlich. Das ging schon damit los, dass ich den Fernseher im Wohnzimmer nicht anmachen konnte, weil Charlie davon bestimmt aufgewacht wäre. Und in Mums Schlafzimmer konnte ich auch nicht hoch, weil ich Charlie nicht allein lassen wollte. Egal ob sie schlief oder nicht, ich traute ihr nicht mehr über den Weg. Deshalb blieb mir nichts anderes übrig, als in diesem bescheuerten Fantasy-Roman weiterzulesen. Ich saß im Lehnstuhl im Wohnzimmer, blätterte in regelmäßigen Abständen die Seiten um, ohne mich richtig konzentrieren zu können, und schielte ständig zu Charlies Kopf mit den geschlossenen Augenlidern auf dem Sofakissen hinüber. Der Nachmittag verging und es wurde draußen allmählich dunkel. Mum kam immer noch nicht zurück und Charlie schlief immer noch.

Nach den vielen Stresssituationen und Schocks, die ich in den letzten Stunden durchlebt hatte, fühlte ich mich etwas wackelig. Als es ungefähr halb sieben war, teilte mir ein leichtes Magenknurren mit, dass es nicht schaden könnte, mal wieder was zu essen. Daraufhin begab ich mich in die Küche und guckte nach, was dort so im Angebot war. Ich entschied mich für eine Dose Thunfisch mit Fertigsauce, kurz warm gemacht und dann über einen Teller Nudeln gekippt. Ich habe für meine Kochkünste nicht lange gebraucht, höchstens fünf Minuten, und die Tür ins Wohnzimmer hatte ich offen gelassen, sodass ich von dort jeden Mucks hören konnte. Als mein Festessen fertig war, stellte ich alles auf ein Tablett und bin damit ins Wohnzimmer. Meine heimliche Hoffnung war, dass der Essensduft in Charlies Nasenlöcher steigen und meine Schwester wieder zum Leben erwecken würde.

Aber sie war nicht mehr da.

Sie war verschwunden. Das Sofa war leer, das Zimmer war leer und das Fenster zum Seitendurchgang stand weit offen. Ein leichter Wind blies herein, sodass sich die dünnen Vorhänge kräuselten.

Ich geriet in Panik.

Ich ließ das Tablett fallen. Ich stürzte zum Fenster, streckte den Kopf hinaus und guckte, so weit ich konnte, nach links in unseren Hinterhof. Dann rannte ich zur Hintertür und begann, nach dem Schlüssel herumzufingern, von dem ich dachte, er wäre in meiner Hosentasche. Ich fluchte vor mich hin und überprüfte noch einmal, ob er nicht doch da war, obwohl ich es besser wusste. Dann begann ich, nach ihm zu suchen, und rannte kreuz und quer durch die Küche – und all das, wo ich schon längst durchs Fenster rausklettern und Charlie auf der Straße hätte nachlaufen müssen!

Ich fand schließlich den Schlüssel hinter der leeren Spaghetti-Packung. Nach noch mehr Fluchen und Herumfummeln hatte ich schließlich die Hintertür offen und rannte in den Hof hinaus. Die Gartentür stand sperrangelweit auf.

Draußen auf der Gasse war von ihr weit und breit nichts zu sehen. Ich guckte nach rechts und nach links. Zwei Tore weiter spielten ein paar Kinder miteinander. Kleine Kinder, ich kannte nicht mal ihre Namen. Ich rannte hin.

»Habt ihr ein Mädchen gesehen, das vor ein paar Minuten hier rausgekommen ist?«

Die Kinder starrten mich mit verständnislosen Gesichtern an. Sie sagten weder Ja noch Nein, sie schauten mich nur an. Ich hatte noch nie so dumme kleine Kinder gesehen. Ich beherrschte mich mühsam und versuchte ein aufmunterndes Lächeln. Eines der Kinder fing zu heulen an. Aber der größte Junge, ein dreckbeschmierter Balg mit einem seltsamen braunen Fleck im Gesicht, nahm schließlich seinen ganzen Grips zusammen und nickte.

»Ja? Du hast sie gesehen? Wo ist sie denn hin?«

Er deutete mit dem Finger in die Richtung. Wie ein Blitz raste ich davon, und die Kinder standen wahrscheinlich noch mit offenen Mündern blöd glotzend da, als ich bereits vorne um die Ecke gebogen war.

Dann stand ich auf der Straße, musste mich wieder zwischen links und rechts entscheiden, und plötzlich kam mir ein niederschmetternder Gedanke: Ob Charlie vielleicht mit dem Rad gefahren war? Wenn ja, dann war ich verloren. Aber wahrscheinlich hatte sie das nicht gemacht – Schlafwandler können doch nicht Rad fahren, oder? Doch dann kam mir noch ein zweiter Gedanke: *Ich* hätte mit dem Rad fahren sollen! James, du verdammter Idiot! Ich geriet in noch größere Panik. Sollte ich zurück zum Haus, um das Rad noch zu holen, oder sollte ich nicht? Dann sah ich unsere Nachbarin Mrs Mortimer über die Straße direkt auf mich zukommen.

»Mrs Mortimer, haben Sie vielleicht Charlie gesehen? Sie hat gesagt, sie geht noch mal raus, aber Mum will was von ihr.«

»Ich bin ihr gerade begegnet, mein Junge. Das Mädchen war weiß wie ein Laken. Hat sich wohl immer noch nicht von − *na wir wissen ja* − erholt. Aber wer könnte das schon? Armes Ding!«

»Haben Sie gesehen, wohin sie gegangen ist?«

»Ein grässliches Erlebnis für so ein junges Mädchen. Man kommt über so etwas ja nie wirklich hinweg. Das arme Ding, ja, sie ist an der Ecke zur Cottonmill Road an mir vorbei. Wahrscheinlich wollte sie zu dem Volksfest. Alle ihre Freundinnen werden auch da sein.« Ich rannte schon die Straße hinunter, zur Ecke der Cottonmill Road. »Noch einen schönen Abend und sag deiner Mutter viele Grüße von mir!«, rief sie mir hinterher.

Mein Fahrrad brauchte ich jetzt nicht mehr. Ich wusste, wo ich hinmusste, und die Strecke konnte ich auch rennen, so weit war es nicht. Das Herbstfest im Neuen Park. Das hatte ich ganz vergessen. Und Charlie hatte in ihrem Tagebuch ein paarmal ein Volksfest erwähnt, zu dem sie unbedingt wollte. Die Große Kirmes. Es war gut möglich, dass sie beides miteinander verwechselte, dass sie im Neuen Park nach der Fährte von Max suchen wollte. Sehr gut möglich. Und in dem Zustand, in dem sie war – schlafwandelnd, halluzinierend, und was weiß ich noch alles –, konnte ihr dort alles Mögliche zustoßen.

Ich nahm an der nächsten Ecke eine Abkürzung und bog zwischen den Häuserreihen in eine schmale Gasse ein, so konnte ich vielleicht etwas Zeit wettmachen.

Es sollte ganz anders kommen.

Die Dämmerung war hereingebrochen und der Himmel war von schweren, dunklen Wolken verhangen, nur ganz vorne leuchtete ein gelbroter Streifen. Die Gasse lag in tiefem Schatten, hie und da war in den Häusern auf beiden Seiten ein Fenster erleuchtet. Niemand war unterwegs. Als ich die Hälfte entlanggerannt war, sah ich ein Stück vor mir zwei streunende Hunde, die mit ihren Schnauzen in den Eingeweiden einer umgestürzten Mülltonne herumwühlten. Als ich näher kam, hörten sie damit auf, hoben die Köpfe und starrten mich an. Es waren große Hunde, vielleicht Schäferhunde. Ich gab noch etwas mehr Gas, um möglichst schnell an ihnen vorbeizukommen, aber sie ließen die Knochen und Konservenbüchsen plötzlich liegen und rannten neben mir her. Klar konnten sie locker mithalten.

Verdammte Köter. Ich versuchte, sie nicht weiter zu beachten, aber ich fühlte mich unwohl, für meinen Geschmack waren sie viel zu nah an mir dran. Plötzlich machte einer der beiden Hunde eine blitzartige Bewegung und schnappte nach meiner Wade. Ich bremste ab, drehte mich um und trat nach ihm. Daneben. Danach fingen die Hunde mit überschäumender Wut zu kläffen an, versperrten mir den Weg, füllten die ganze Gasse mit ihrem durchdringenden, entfesselten Bellen.

Der zweite Hund machte einen Satz nach vorne, um mich zu beißen. Ich wich gerade noch rechtzeitig zurück und blickte Hilfe suchend den Weg entlang. Es war niemand in der Nähe und in den umliegenden Häusern brannte kein Licht. Die Situation wurde immer ungemütlicher: Die Hunde bellten wie die Bestien, schnappten immer wieder wütend in die Luft und hielten nur kurz inne, wenn ich mit dem Fuß nach ihnen trat.

Ich schielte auf dem Boden umher und entdeckte ein Stück Metall, das am Rand des Kopfsteinpflasters zwischen den Gräsern lag. Eine Eisenstange von einem alten Zaun, ungefähr einen Meter lang. Ich setzte vorsichtig Schritt um Schritt rückwärts in Richtung Backsteinmauer, immer näher zu der Stange hin, die Augen aufmerksam auf die beiden Hunde gerichtet. Immer näher und näher. Die Hunde bellten weiter. Schließlich berührte ich mit dem Turnschuh das Ende der Stange. Ich machte einen Ausfallschritt nach vorne, sodass meine Angreifer überrascht zurückwichen, bückte mich nach der Stange und richtete mich wieder auf, alles in einer einzigen fließenden Bewegung. Mit dem Rücken zur Mauer stand ich da und schwang die Eisenstange hin und her.

Einer der Hunde kam näher gekrochen. Ich konnte den Speichel zwischen seinen Lefzen sehen, seine grünen Augen, die im Dämmerlicht kalt schimmerten.

Dann sprang er mit aufgerissenem Rachen auf mich zu. Ich ließ die Stange mit voller Wucht auf ihn niedersausen und erwischte ihn an der Schulter; mit einem schrillen, spitzen Laut wurde er zu Boden geschleudert. Er kam sofort wieder hoch und begann sich um die eigene Achse zu drehen, immer lauter wimmernd und jaulend, erbärmlich hinkend, geifernd. Der andere Hund machte halbherzig einen Satz nach vorne, aber meine Kampfinstinkte waren jetzt geweckt. Ich stieß mit der Eisenstange zu, verpasste nur knapp seinen Kopf, und er drehte sofort um und ergriff die Flucht.

Der verletzte Hund war immer noch mit sich selbst beschäftigt, er drehte und drehte sich im Kreis, als wollte er sich selbst verschlingen, Jäger und Beute in einem. Ich schlich mich seitlich davon und rannte weiter. Dreißig Sekunden später war ich in einen Durchgang abgebogen und stand dann auf der Hauptstraße. In meinen Ohren dröhnte noch das Heulen der Hunde, das die ganze Gasse entlanggehallt hatte. Über mir leuchteten hell die Straßenlampen und direkt gegenüber war der Neue Park.

Ein handbemaltes Schild war am Zaun neben dem Eingangstor angebracht.

HERBSTFEST IM NEUEN PARK – HEUTE
Eintritt £ 1

Eine kleine Schlange von fröstelnden Menschen stand auf dem Gehsteig. Sie warteten darauf, an zwei Tischen hinter dem Eingang ihren Eintritt zu bezahlen. Durch den Zaun konnte man erkennen, dass viele kleine Buden aufgebaut worden waren, zwischen den Bäumen waren Girlanden mit bunten Glühbirnen aufgehängt, die eine fröhliche Stimmung verbreiten sollten. Knisternde Rockmusik ertönte aus Lautsprechern, die auf hohen Pfosten angebracht waren, und die halbe Stadt schien auf den Beinen zu sein, um sich dieses Vergnügen nicht entgehen zu lassen.

Ich stellte mich an. Vor mir stand eine Frau mit einem kleinen Mädchen im Schlepptau, die mich misstrauisch musterte und dann ihr Kind möglichst weit von mir wegzerrte. Erst da bemerkte ich, dass ich immer noch die Eisenstange in der Hand hatte. Ich ließ sie unauffällig hinter dem Zaun verschwinden.

Als ich vor einem der Tische stand, streckte ich mein Eintrittsgeld einem langhaarigen Typen in einer schwarzen Lederjacke entgegen, der über seine Kasse gebeugt dasaß, als wärmte er sich daran.

»Entschuldigung«, sagte ich. »Ich suche nach meiner Schwester. Sie ist ungefähr so groß wie ich, trägt eine Jeans, hat grüne —«

»He, du glaubst doch echt nicht, ich erinner mich an irgendein Mädchen. Sei nicht albern – ein Pfund, Kumpel.« Damit wandte er sich an den Nächsten in der Schlange und der Mann hinter mir schob mich einfach weiter.

Und ich stand gaffend da, nicht anders als vorhin die kleinen Kinder hinter unserem Haus. Unzählige Besucher drängelten sich zwischen den Buden. Ein zäher

Strom wand sich über den Festplatz. Es wimmelte nur so von Menschen. Sie lärmten und lachten, wild entschlossen, an diesem Abend ihren Spaß zu haben. Und irgendwo zwischen ihnen befand sich Charlie, fern von mir, einsam und verloren.

Die Panik, die in mir hochgekrochen war, seit ich Charlies Verschwinden bemerkt hatte, brach jetzt vollends aus, und mir schossen Tränen in die Augen. Alles um mich herum war groß, laut, aufdringlich, grell. Keinen kümmerte es, ob ich nach meiner Schwester suchte. Ich war allein. Ich konnte nicht nach ihr rufen. Ich konnte nicht weiter als einen halben Meter gucken. Irgendwo zwischen den Buden musste Charlie sein, wanderte vielleicht mit leerem Blick umher, bemerkte nicht, was um sie herum geschah, und suchte nach Max.

Und plötzlich wurde ich von der großen Furcht befallen, die ich die ganze Zeit vor mir selbst verleugnet hatte. Von der panischen Angst, dass meine Schwester ans Ziel ihrer Wanderung gelangen könnte, dass sich ihr großer Wunsch erfüllen würde. Dass sie noch heute Nacht mit ihrem besten Freund Max vereint sein würde.

Die Tränen liefen mir die Wangen herab, als ich mir mit dem Ellenbogen einen Weg durch die Menge bahnte.

Dreißig

Anfangs drohte mich die Verzweiflung zu überwältigen. Doch das war, solange ich mich nur an einem Ort befand.

Ich saß an das verschlossene Tor gelehnt da. Es wurde Nacht und über mir gingen die Sterne auf. Sie funkelten kalt. Um mich herum herrschte eine fürchterliche Stille. Und doch wusste ich, dass nur wenige Zentimeter von mir entfernt, hinter der Mauer aus Holz, die Große Kirmes mit ihrem lustigen Treiben stattfand.

Ich befand mich nur an diesem einen Ort, im Schattenland, durch einen hohen Palisadenzaun von der Kirmes getrennt. Ich hatte in diesem Augenblick alle Hoffnung verloren, ich sah keinen Ausweg mehr. In der Ferne erstreckte sich der Wald als langes schwarzes Band den Horizont entlang. Er ragte auf der Anhöhe wie ein undurchdringlicher Schatten in den Nachthimmel empor. Ich kauerte auf dem Boden und vergrub den Kopf in den Armen.

Nach einer Weile stand ich auf und trottete den Zaun

entlang. Immer wieder musterte ich prüfend die scharfen Spitzen der endlos aneinandergereihten Pfähle, die mich um doppelte Körperlänge überragten. Die Oberfläche war glatt, man konnte dort keinen Halt finden. Ich brauchte gar nicht erst versuchen hochzuklettern.

Ich weiß nicht, wie lange ich um den Zaun herumgewandert bin. Meine Gedanken schweiften ab, ich dachte an Max und wie lange es jetzt schon her war, dass ich ihn das letzte Mal gesehen hatte. Sein Gesicht, seine Augen. Ich achtete nicht darauf, wohin ich ging. Es kann gut möglich sein, dass ich mehrmals dieselbe Strecke gegangen bin, hin und zurück. Ich weiß es nicht mehr. Einmal bin ich an einem anderen Eingangstor zur Großen Kirmes vorbeigekommen. Es schien ebenfalls fest verschlossen zu sein. Ich warf mich nicht mehr dagegen, ich rüttelte nicht daran, so weh war mir ums Herz, so groß war meine Verzweiflung.

Irgendwann stolperte ich über einen herumliegenden Baumstamm und meine Füße rutschten unter mir weg. Ich prallte gegen den Zaun, stürzte und nahm schließlich eine sitzende Haltung ein, den Kopf zur Seite geneigt, die Hände schlaff vor den Bauch gelegt.

Bis zu diesem Augenblick war ich nur an einem Ort, in einer Welt gewesen. Dann änderte sich das plötzlich. Was ich vor Augen hatte, begann zu verschwimmen und die Dunkelheit lichtete sich etwas. Ich stöhnte.

»Charlie?«

Eine vertraute Stimme. Sie kam von ganz nah. Dann tauchte ein Schatten vor mir auf, beugte sich vor, immer noch undeutlich, von vielen dunklen Klecksen und Farbstreifen umrahmt. Ich horchte angestrengt und bemühte mich, die Gestalt vor mir schärfer zu sehen. Ich kniff die Augen zusammen.

»Charls?«

Plötzlich erkannte ich ihn. Es war mein Bruder, der da in voller Lebensgröße auf dem zertrampelten Gras vor mir stand. Die Hände auf die Knie gestützt, beugte er sich zu mir herunter und sah mich an.

»Ich kann den Weg nicht finden«, sagte ich.

»Was?« Er war so begriffsstutzig wie immer.

»Ich kann den Weg nicht finden. Ich müsste noch weitersuchen, aber es hat keinen Sinn. Ich kann den Weg nicht finden.« Er runzelte die Stirn und löste sich auf. Das Feuerwerk aus Licht und Farben, das ihn umgeben hatte, verschwand ebenfalls, und ich blickte wieder über die Ebene in die Nacht.

Vielleicht habe ich danach geschlafen, ich erinnere mich nicht mehr genau. Zeit verging. Dann war ich plötzlich wieder bei Bewusstsein – und ich stellte fest, dass ich mich an zwei Orten gleichzeitig aufhielt. Ich saß auf dem Sofa bei uns zu Hause, aber ich lehnte immer noch an dem Palisadenzaun. Ich konnte das harte Holz, zugleich aber auch das weiche Lederpolster an Rücken und Schultern spüren. Vor mir erstreckte sich eine unendlich weite Ebene, aber zugleich hatte ich auch das Wohnzimmerfenster vor Augen, das auf die Brandmauer des Nachbarhauses hinausging.

Keine der beiden Welten war stärker, keine war

schwächer. Sie existierten nebeneinander. Das flach getrampelte Gras vor meinen Füßen war genauso wirklich wie der schäbige alte Teppich, der nur deswegen noch in unserem Wohnzimmer lag, weil Mum sich keinen neuen leisten konnte. Ein schwacher Lichtstrahl kam von hinten, und ich hätte nicht sagen können, ob es das bunte Lichterspiel der Kirmes oder unsere Küchenlampe war. Vielleicht beides.

Ich hatte bereits eine ganze Weile so dagesessen, ruhig vor mich hin schauend, ohne viel zu denken, als mir mit einem Mal klar wurde, was ich zu tun hatte. Es kam mir ganz plötzlich, wie ein Lichtblitz der Hoffnung inmitten all der Düsternis ringsum, und ich wusste, dass es meine letzte Chance war.

Die ganze Zeit hatte ich nach Max entweder in der einen oder in der anderen Welt gesucht, aber ich hatte nie, oder fast nie, die Möglichkeit gehabt, dies in beiden Welten gleichzeitig zu tun. Ich hatte jedes Mal wieder von vorne anfangen müssen, entweder auf der Fährte von Max im Wald oder auf der Suche nach ihm an unseren alten gemeinsamen Plätzen in der Stadt. Und obwohl ich ihn in unserer alten Welt ein paar Mal fast gefunden hätte, obwohl ich ihm jedes Mal näher gekommen war, hatte mich immer irgendetwas daran gehindert. Doch jetzt waren die beiden Welten miteinander verschmolzen, und ich befand mich unmittelbar vor dem Gelände der Großen Kirmes, wo ich Max näher war als jemals zuvor. Vielleicht – wenn ich mich von meiner neuen Doppelgesichtigkeit leiten ließ – vielleicht konnte ich jetzt die Möglichkeiten nutzen, die mir beide Welten boten, um doch noch einen Weg zu Max zu finden.

Im Augenblick hatte es keinen Sinn, wenn ich mich noch länger auf die Welt der Großen Kirmes versteifte. Ich stieß hier auf eine unüberwindliche Grenze. Deshalb blieb mir nichts anderes übrig, als mich zähneknirschend in meine schäbige, alte Welt zurückzubegeben, vielleicht würde mich das weiterbringen, mal sehen.

Ich konnte keinen klaren Gedanken mehr fassen, ich musste mich vom Zufall leiten lassen. Und direkt vor mir war das Fenster.

Zuerst musste ich von hier entkommen. Ich spähte vorsichtig über die Schulter. Mein Blick traf auf hartes Holz und gleichzeitig konnte ich durch die offene Tür in die Küche sehen. Dort war das Licht an, ich hörte, wie jemand sich bewegte, mit Töpfen klapperte und Schubladen aufzog. Der richtige Zeitpunkt, um mich davonzustehlen. Ich stand auf, ohne mir sicher zu sein, ob meine Füße unter sich einen Teppich oder Gras hatten. Dann bewegte ich mich unsicher zum Fenster hin. Durch das Zimmer zu gehen war nicht einfach, denn ich blickte auf eine weite dunkle Ebene hinaus und wäre deshalb fast gegen die Möbel und die Wand gerannt.

Es dauerte etwas, bis ich die beiden Griffe gefunden hatte, doch dann ließ sich das Fenster zum Glück leicht und lautlos hochschieben, und ich konnte nach draußen klettern. Und schon war ich in den Durchgang und danach in unseren Hinterhof gelangt, dann hinaus auf die

Gasse und weiter – über Kopfsteinpflaster und Sommer-
wiesen. Klappte alles einwandfrei.

Eigenartigerweise wusste ich genau die Richtung, in
die ich zu gehen hatte. Ganz selbstverständlich führten
mich meine Schritte dorthin. Nicht als bewusste Entscheidung, aber ganz klar, als würde eine Stimme mich
rufen, irgendwo vor mir, nicht weit entfernt. Bei jeder
Kreuzung, überall, wo ich zweifelte, wies sie mir den
Weg. Die ganze Zeit dauerte meine Doppelgesichtigkeit
an: Ich ging an Häuserreihen vorbei, an einem baumbestandenen Bachufer entlang, Autos fuhren durch die
Straßen, Heuhaufen und aufgestapeltes Holz säumten
den Weg. Häufig begegnete ich auch Leuten, doch immer aus der öden, kalten, langweiligen Welt; sie wanderten auf Gehsteigen und nicht über Wiesen. Ihre Gesichter waren für mich nichts als verschwommene Schatten
und ich schaute sie nicht an.

In beiden Welten war es Nacht und das half mir bei
meiner Wanderung, denn dadurch wurden die Unterschiede eingeebnet und alles war zu einer einzigen
grauschwarzen Masse verschmolzen. Die einzige große
Ausnahme bildeten die Straßenlampen, die eine sehr ei-
genartige Wirkung erzeugten, wenn ich an ihnen vorbeikam. Sobald ich mich einer Lampe näherte, sprangen die
davon angestrahlten Mauern und Gehwegplatten mit
großer Deutlichkeit hervor und überdeckten die Ansicht
von der nächtlichen Ebene völlig. Kaum hatte ich jedoch
den Lichtkegel durchschritten, schnellte das Bild der Straße sofort wieder in seine alte Position zurück und war auf

gleicher Ebene wie die nächtliche Wiesen und Felder. Wenn Autos vorbeifuhren, durchschnitten ihre Scheinwerfer kurz die Dunkelheit; sie hoben vorbeihuschende Asphaltdreiecke und Hausecken heraus, die einen Augenblick in graues Dämmerlicht getaucht waren und danach eine umso größere doppelte Finsternis zurückließen.

Die Geräusche der beiden Welten waren ebenfalls übereinandergeblendet: Ich konnte den Motorenlärm der Autos hören, doch nur schwach und stets leicht verzerrt, als würde ich mich unter Wasser befinden. Aber auch die Rufe der Eulen von den nahen Bäumen klangen gedämpft, in ihrem Nachhall verfremdet und merkwürdig.

So wanderte ich langsam und äußerst behutsam voran, mich durch zwei Welten gleichzeitig bewegend. Nichts behinderte mich, nichts erschreckte mich, keine Wölfe, keine Autos, nichts. Ich fühlte mich geborgen, zwischen den Gefahren an jedem der beiden Orte sicher aufbewahrt. Und die ganze Zeit war mir, als würde mich eine unbekannte Kraft führen und zu sich rufen.

Und dann sah ich, dass mich mein Gefühl nicht getrogen hatte. Ich erblickte, wonach ich gesucht hatte. Die Verschmelzung der beiden Welten: einen Zugang zur Großen Kirmes.

Vielleicht war sie immer schon da gewesen, die kleine, leicht zu übersehende Pforte in dem endlosen Palisadenzaun, vielleicht war ich bei meiner Suche schon daran vorbeigekommen. Doch ohne die Vereinigung der beiden Welten hätte ich sie nie gefunden.

Mein Weg hatte mich in die nächtlichen Wiesen und Felder hinausgeführt, dem undeutlichen Zickzack-Kurs der dunklen Straßen mit ihren Scheinwerferkegeln folgend. Die Kirmes hatte ich dabei ganz aus den Augen verloren, sie war mit dem Widerschein ihrer bunten Lichter hinter mir am Horizont versunken. Doch jetzt sah ich den Zaun wieder vor mir. Die Straße, auf der ich entlangwanderte, führte direkt darauf zu, durch weiche Gräser, einem verschwommenen Lichtfleck entgegen. Ich hastete weiter, und als ich näher kam, merkte ich, dass der Wall aus zugespitzten Baumstämmen von einer weiteren Umzäunung überlagert wurde, einem hohen Zaun aus schmiedeeisernen Gitterstäben, der sich auf beiden Seiten des hell erleuchteten Raums ins Dunkel erstreckte.

Ich war jetzt noch näher gekommen und der verschwommene Lichtfleck splitterte sich in eine Abfolge von Bildern auf. Zwischen den Gitterstäben war eine Lücke, eine ziemlich breite Lücke, durch die das Licht auf die sauber verlegten Gehwegplatten herausströmte. Früher hatte ich dort mit meinen Freundinnen Himmel und Hölle gespielt. Eine Schlange von Leuten war zu erkennen, die sich auf dem Gehweg drängten, ein Durcheinander von durchscheinenden Umrissen, flüchtig wie Gespenster. Ich bemerkte die Gestalten, doch ich beachtete sie nicht weiter, denn an derselben Stelle befand sich ein Tor in dem Palisadenzaun, nicht viel mehr als eine schmale Öffnung, gerade breit genug, um mich hindurchzuzwängen.

Und dahinter war ein verwischtes Getümmel aus Farbe und Bewegung, von dort kam auch das flackernde Licht, das mir übers Gesicht glitt, während ich draußen in der Dunkelheit stand und schaute.

Ich stand reglos da und staunte mit offenem Mund. Plötzlich traf mich von links ein Lichtstrahl, schwächer und blasser als die anderen Lichter. Ich schielte unwillkürlich zur Seite und sah zwei hässliche neongelbe Lichtkreise auf mich zurasen. Sie verwandelten auf ihrer Bahn die Wiese in schwarz glänzenden Asphalt. Eine ferne Erinnerung blitzte in mir auf, kam durch das Dickicht meiner Versunkenheit auf mich eingestürzt und befahl mir wegzurennen.

Und ich rannte auf die schmale Öffnung zu.

Ein Wirbel aus Lärm und Bewegung. Ich spürte, wie ein Auto hinter mir vorbeifuhr, sein Luftzug streifte mich, und vor mir sah ich den Spalt immer heller aufleuchten, während ich darauf zurannte. Verzerrte Stimmen schrien auf, gesichtslose Schatten drehten sich zu mir, Hände streckten sich mir entgegen, um mir den Weg zu versperren. Ich rannte mit Höchstgeschwindigkeit auf den Durchgang zu, den Kopf gesenkt, die Hände zu Fäusten geballt, und als die letzte Schattengestalt sich groß und bedrohlich vor mir aufrichtete, schloss ich die Augen und sprang mit einem großen Satz ins Licht.

Einunddreißig

i.

Ich sprang durch die Lücke in einen Ort aus Licht und Lärm. Meine geblendeten Augen fest geschlossen, meine Ohren ganz taub. Ich landete auf festem Grund und stürmte weiter, mehr schlecht als recht mir meinen Weg durch eine Masse von Körpern bahnend. Ich merkte mehrmals, dass ich gegen etwas stieß, doch ich fühlte nichts.

Meine Ohren gewöhnten sich allmählich an das laute Brausen und Rauschen ringsum, ich hörte Stimmenwirrwarr, laute Rufe, Flüstern, Musikfetzen, Getrampel, metallisches Dröhnen. Alle diese Klänge fielen übereinander her, löschten einander aus, verblassten zu einem gedämpften, plätschernden Gemurmel. Meine Augen blinzelten in das Licht. Ich hielt an und hob meinen Kopf. Die Welt um mich herum strömte wieder auf mich ein.

Ich stand inmitten eines märchenhaften Durcheinanders, an einem Ort, an dem sich die Feste der beiden Welten fröhlich vermählten. Obwohl die Große Kirmes und das Herbstfest im Park in vollkommen getrennten Reichen stattfanden, fügten sie sich zu einer chaotischen Harmonie zusammen, die außerhalb dieses umzäunten Platzes gefehlt hatte.

Da waren zunächst einmal die Besucher. Sie wanderten mit Leichtigkeit umher, ihre Körper durchdrangen einander, beide Ströme vermischten sich – jede Menge eine Spiegelung und Fortsetzung der anderen. Ich konnte die Gesichter nicht deutlich erkennen, aber ich sah Kinder aus der Stadt und aus dem Wald nebeneinander, manche hatten ein Eis oder Zuckerwatte in der Hand, andere seltsame Knäuel aus schwarzen und roten Fäden, die auf Stecken aufgespießt waren. Neben ihnen gingen die Erwachsenen her, darunter auch Männer und Frauen, die ich aus unserer Nachbarschaft in der Stadt kannte. Sie wirkten allesamt klein, dick und hässlich neben den großen, schlanken und anmutigen Bewohnern des Waldes mit ihren langen, fließenden Haaren. Alle strömten hin und her, kreuz und quer; in sämtliche Richtungen webten sie ihre unsichtbaren Fäden. Ein Meer von Leuten umspülte mich, unablässig umbrandeten mich Wogen von Lärm.

Ich begann, mir einen Weg durch die Menge zu bahnen, und merkte, dass Gestalten aus beiden Welten mir auswichen. Ich war die Einzige in dem ganzen Getümmel, die sich durch die Kirmes und das Herbstfest gleichzeitig bewegte. Bei jedem Schritt streifte ich an abgewetzten Anoraks und seidenen Gewändern, an dicken Wollpullovern und nackter Haut vorbei.

Auf beiden Seiten, wie Felsen aus der Flut von Köpfen aufragend, boten die Buden und Zelte ihre Waren feil. Es fanden sich dort vertraute Freuden und ungewohnte Vergnügungen: Die altbekannten Wurf- und Schießbuden vermischten sich mit bunt geschmückten Ständen, an denen lachende langhaarige Männer und Frauen mit silbrigen Bällen nach Tontöpfen warfen, die von den Bäumen baumelten. Wenn einer dieser Töpfe zerbrach, fiel der Gewinn auf die Erde – Münzen regneten herab, ein seidenes Band wehte durch die Luft, ein Vogel, an dessen Fuß ein Stein geknotet war, versuchte davonzuflattern.

Die Dächer der Buden waren mit dem bunten Klimbim beider Rummelplätze geschmückt: bunte Trauben von Luftballons, Vogelkäfige, Plastikgirlanden, Lautsprecher, blinkende Glühbirnen, flatternde Wimpel. Ich hielt vor einem Holzgestell mit riesigen Spiralfedern an, wo Kinder in gepolsterte Körbe gesetzt und dann in hohem Bogen von einem Ende der riesigen Wippe zum anderen geschleudert wurden. Die Schaukel wurde von einem Autoanhänger mit aufgeklappter Seitenwand überblendet, in dem ein Mann und eine Frau der fröstelnden Menge heiße Würstchen und dampfende Suppe verkauften. Ein endloser Fluss weiterer Belustigungen zog an mir vorbei. Ein Tanzbär tanzte vorüber, eine Frau pries mit lauter Stimme ihr Eis im Schokohemd an, ein Mann rollte in einem riesigen Knochenrad durch das Gewühl von Leuten. Meine Augen wurden groß wie Untertassen, ich war ganz benommen von allem, was ich sah.

Aber ich hatte ihn nicht vergessen, nicht ganz. Ich wusste noch, warum ich gekommen war. Die ganze Zeit blickte ich aufmerksam umher und suchte in allen Richtungen nach Max.

Ein großer Mann mit einem breitkrempigen Hut, schmalen Augen und einem breiten Lächeln kreuzte vor mir auf. Er hatte einen Bauchladen umgehängt und bot mir von seinen bunten Süßigkeiten an. Ich hätte nicht sagen können, aus welcher Welt er war. Ich schüttelte den Kopf, er zuckte mit den Schultern, immer noch lächelnd, bog um mich herum und war verschwunden. Eine Frau spazierte auf Stelzen vorbei und ließ rotes und gelbes Konfetti auf meine Schultern herabregnen.

Max war nirgendwo zu sehen. Ich kam an einen Platz, an dem Wettkämpfe ausgetragen wurden. Ein Strom von Leuten verteilte sich rings um eine Fläche mit rostigen Autoskootern und um bescheidene Karussells, während gleichzeitig die Mannschaften des Schattenlands auf einem Sportfeld um einen Pokal wetteiferten. Ich verstand die Regeln ihres Spiels nicht und sah nur, dass sie farbige Reifen in den Händen hielten und silbrige Netze aufgespannt waren. Ich wurde in dem Geschiebe und Gedränge fast zerdrückt. Die Augen der Zuschauer glänzten vor Begeisterung, alle waren wie berauscht von den Freuden des Fests, vom Essen und Trinken. Die Kinder drängelten sich zu den Wettkämpfen und zu den Karussells. Ihre Gesichter blieben für mich verschwommen und undeutlich. Zweimal beschleunigte ich meinen Schritt, um Max auf die Schulter zu tippen, zweimal

schreckte ich zurück, als leere Gesichter sich zu mir umdrehten. Ich wanderte blind zwischen Fremden umher.
Max befand sich nicht hier in der Menge. Ich schob
mich weiter.

ii.

Einmal wurde ich fast zusammengeschlagen, als ich mir
einen Weg durch die Menschenmassen im Neuen Park
boxte. Ich schwenkte den Kopf ununterbrochen hin und
her, wie ein Geistesgestörter, und spähte über die Schultern der Leute, ob Charlie vielleicht irgendwo zu sehen
war. Da passte ich nicht richtig auf und rempelte jemand
an und natürlich war es ein bulliger Typ mit einer
schwarzen Nietenlederjacke. Er drehte sich wütend um,
bevor ich irgendwas stammeln konnte.

»Pass auf, wo du hintrittst.«

»Entschuldigung.«

»Bist du bescheuert oder was? Entschuldige dich das
nächste Mal lieber gleich, du Döskopp.«

»Ja, Entschuldigung.«

Ich ließ mich von der Menge weitertreiben und
setzte meine Suche niedergeschlagen fort. Ich konnte
nicht weiter als einen Meter in jede Richtung sehen. Ich
würde Charlie nie finden. Ich war vielleicht schon an ihr
vorbeigelaufen, weil gerade irgendein fettes Arschgesicht
im Weg stand. Ich stolperte zwischen dem Schießstand
und dem Tombolazelt voran, spießige Tanten kauften
haufenweise Lose, mit denen es Weinflaschen und Duft-
seifen zu gewinnen gab, Horden von kleinen Jungen

schossen auf schwimmende Plastikenten und lachten jedes Mal laut auf, wenn einer von ihnen daneben traf. Von Charlie nirgendwo eine Spur. Mein Hals und meine Schultern waren vom vielen Gucken schon ganz verkrampft.

»James!«

Noch ein paar Mal derselbe Ruf. Es dauerte eine Weile, bis ich aufmerkte und mich umdrehte. Ein Junge aus unserer Straße.

»Suchst du deine Schwester?«

»Ja. Wie kommst du darauf?«

»Hab gesehen, wie sie reingestürmt ist. Es gibt noch mehr Leute, die sie schnappen wollen. Ist sie durchgeknallt oder was?«

»Was hat sie denn gemacht?«

»Ist reingestürmt, ohne zu bezahlen. Der Typ von der Kasse ist hinter ihr her, aber er hat sie nicht mehr erwischt. Muss verdammt schnell gewesen sein, deine Schwester.«

»O Scheiße.«

»Würde an deiner Stelle gucken, dass ich sie vor ihnen schnappe, Kumpel.«

Das brauchte er mir nicht zweimal zu sagen. Ich stürzte mich wieder in den Kampf, versuchte, so schnell wie möglich vorwärtszukommen, boxte und schlängelte mich durch die Menge, drehte den Kopf von rechts nach links, guckte zwischen den Köpfen hindurch. Es war ein Albtraum – die gelb-rot flackernde Beleuchtung und die schwer lastende Dunkelheit verzerrten alle Gesichter, sodass sie sich in finstere Masken verwandelten. Ich konnte keine Gesichtszüge mehr unterscheiden, keine Farben. So viele Menschen, so viele Mädchen, überall, alle hatten dieselbe Größe wie sie, dieselben Haare, dieselbe Kleidung, alle bewegten sich unablässig, verschmolzen miteinander, sodass ich mir nicht sicher sein konnte, ob ich sie nicht vielleicht gerade gesehen hatte. Es war ein einziger Albtraum, vom einen Ende des Rummelplatzes bis zum anderen, und ich konnte meine Schwester nirgendwo finden.

iii.

Je weiter ich auf das Gelände vordrang und je mehr Wunder sich vor meinen Augen auftaten, desto stärker spürte ich, dass sich das Gleichgewicht zwischen den beiden Welten unmerklich verschob – und dass die eine allmählich verschwamm. Die Leute aus der Stadt mit ihren dicken Mänteln, deren Kragen sie gegen die Kälte hochgestellt hatten, wurden blasser und blasser, bis sie nur noch durchscheinend wie Gespenster schienen. Ihre Umrisse wurden immer zarter und zerbrechlicher und fingen schließlich zu flimmern an; die Umrisse der Bewohner des Schattenlands dagegen wurden immer klarer und kräftiger, die Gestalten wurden dreidimensionaler und farbiger. Auch die Buden des Herbstfests im Park verblassten immer mehr, und als sie schließlich ganz verschwunden waren, erstrahlten alle Schätze und Freuden der Großen Kirmes in neuem farbigen Glanz, und erst jetzt hörte ich die Musik der wundersamen Instrumente und den vielstimmigen Gesang in seiner ganzen zauberischen Kraft.

Ein Mann saß unweit von mir auf einem Hocker, umgeben von einem wahren Wald aus riesigen Stacheln, die in die Erde gesteckt waren; es sah aus, als hätte dort ein elefantengroßes Stachelschwein sein Fell abgeworfen. Von jedem Stachel baumelte eine Laterne, die einen bunten Lichtschein warf. Der Mann bemerkte, dass ich ihn ansah, und rief mich zu sich.

»Gefällt es dir auf der Kirmes, meine Kleine?«, fragte er, als ich näher kam.

»Ja, sehr.« Ich hielt am Rand des Stachelwaldes an. Die Stacheln waren alle sehr spitz. Direkt vor mir hing eine Laterne, die mich in grünes Licht tauchte.

»Nimm eine, dann kannst du dir auf deinem Weg leuchten«, sagte er und deutete mit einer langen, schmalen Hand auf seine Schätze.

»Ich hab kein Geld dabei«, antwortete ich höflich. Er schüttelte lächelnd den Kopf.

»Nimm ruhig eine. Auf der Kirmes ist alles frei.«

»Ich bin unterwegs zum Großen Tanz«, sagte ich. »Wissen Sie, wo er stattfindet?«

»Natürlich auf dem Hügel, dort drüben. Du musst dich beeilen.«

»Hat er schon angefangen?« Panik stieg in mir hoch.

»Noch nicht. Aber bald. Wenn du den Hügel hochsteigen willst, nimmst du am besten eine Laterne mit.«

Ich streckte meine Hand aus und griff nach dem

Stachel mit der grünen Laterne. Ein scharfer Schmerz durchzuckte mich und die Laterne erzitterte. Ich zog meine Hand zurück und musterte sie: Ein Blutstropfen quoll an meinem Mittelfinger hervor. Der Mann auf dem Hocker musterte mich misstrauisch. Plötzlich wollte ich nur noch weg. Ich drehte mich um und verschwand hastig in der Menge.

Nach ein paar Minuten war die Menge um mich herum spärlicher geworden. Ich marschierte eine leichte Anhöhe hoch, fort vom Mittelpunkt der Kirmes. Vor mir ging eine Frau, die ein kleines Kind an der Hand führte. Als ich an ihnen vorbeieilte, drehte das Kind den Kopf und blickte mich mit riesigen, ausdruckslosen grünen Augen an. Ich sah schnell weg und hastete weiter.

Ein junger Mann holte mich ein.

»Wohin gehst du, mein Schatz?«, fragte er.

»Zum Tanz. Ist das der richtige Weg?«

»Ja, aber du musst dich beeilen. Warum willst du dort hin?«

»Ich suche nach einem Freund, der dort tanzen wird.«

»Und du – wirst du auch tanzen?«

»Nein … ich … weil, ich bin nicht …« Ich verstummte. Es war schwer zu erklären.

Er lachte. »Wie auch immer, jedenfalls hast du nicht mehr viel Zeit. Die Tänzerinnen und Tänzer dieses Jahres sind alle bereits versammelt – es fehlt nur noch eine Person. Die Musik wird bald beginnen. Folge dem erleuchteten Pfad.« Dann verlangsamte er seinen Schritt und fiel hinter mich zurück.

Ich hatte den letzten Kreis mit Jahrmarktsbuden durchschritten, die Lichter und Geräusche wurden von der Dunkelheit verschluckt. Vor mir erstreckte sich ein von Bäumen gesäumter Pfad, der sich unter dem klaren Sternenhimmel den steiler werdenden Hügel hinaufwand. Auf die äußersten Zweige der Bäume waren brennende bunte Kerzen gesteckt. Ich rannte los, den Hügel hinauf.

iv.

Es hatte keinen Zweck. Ich war total fix und fertig. Ich hätte vor Wut und Enttäuschung laut aufheulen können. Ich hatte den ganzen Festplatz nach ihr abgesucht, so gut ich konnte. Es hatte überhaupt nichts gebracht. Ich brauchte unbedingt eine Pause. Ich hielt vor einer Burger-und-Fritten-Bude an, wo ein Mann mit tätowierten Unterarmen flach gedrückte Fleischklopse auf einer heißen Metallplatte hin und her schob. Ich war hungrig. Meine Spaghetti mit Thunfischsoße hatte ich ja nicht mehr essen können. Ich legte meinen 1-Pfund-Schein auf die Theke und wartete, während der Mann einen Burger mit viel zu viel Zwiebeln zusammenklatschte. Dann lehnte ich mich gegen die Wand eines Wohnwagens, wo ich aus dem Verkehr geräumt war, und aß den Burger. Er war nicht so heiß, wie er aussah.

Es konnte natürlich sein, dass ich sie irgendwo übersehen hatte. Aber das glaubte ich nicht. Sie würde nicht versuchen, sich zu verstecken. Egal ob sie nun als Schlafwandlerin oder im Wachzustand unterwegs war. Sie verfolgte ihr eigenes Ding und kümmerte sich nicht um andere. Wenn sie noch zwischen den Buden unterwegs gewesen wäre, dann hätte ich sie finden müssen.

Aber wo war sie dann? Irgendwo im Neuen Park. Doch das half mir nicht viel, denn der erstreckte sich weit über das Gelände des Herbstfestes hinaus, an den Sportplätzen und den neuen Baumpflanzungen vorbei bis zum Hügel hinauf. Und dort war es überall dunkel. Nachts würde ich sie da nie finden. Hoffnungslos.

Ich ließ das letzte Stück des zu kurz durchgebratenen Burgers auf den Boden fallen und wischte mir die Hände an der Hose ab. Charlie musste einen besonderen Grund gehabt haben, warum sie hierhergekommen war – und den musste ich herausfinden. Nur dann konnte ich etwas ausrichten. Das Volksfest musste ihr sehr wichtig gewesen sein, sie hatte geträumt, dass Max zu einem solchen Fest unterwegs war. Warum war sie dann jetzt nicht hier?

Ich versuchte, mich an alles zu erinnern, was ich in ihrem Heft gelesen hatte. An jede Kleinigkeit. Charlie hatte viel Zeit damit verbracht, an den alten gemeinsamen Plätzen nach Max zu suchen – beim Haus seiner Eltern, auf dem Autofriedhof. Vielleicht machte sie das auch hier wieder – seinen Geist an Stätten aufspüren, an denen sie Erlebnisse miteinander geteilt hatten.

Denk nach, James, denk nach. Wo würde die Erinnerung an Max sie hinführen?

Max! Wo wäre Max?

v.

Ich ließ die Buden weit hinter mir und folgte dem baumbestandenen Pfad, der unter dem Sternenhimmel durch die nachtschwarze Landschaft führte. Die Geräusche der Kirmes wurden von der unermesslichen Weite des Nachthimmels verschluckt, der sich wie ein dicker Mantel über das Treiben breitete. Ich hörte nur meine eigenen Schritte auf dem kargen, büscheligen Gras.

Der Weg wurde immer steiler, doch die Bäume mit ihren Lichterkerzen säumten ihn weiterhin. Schmale Stufen waren in den Grasabhang geschnitten, um das Vorankommen zu erleichtern.

Ich weiß nicht, wie lange ich brauchte, bis ich auf dem Gipfel angelangt war. Ich spürte jeden Schritt, mein Atem ging keuchend und stoßweise, und als ich oben angekommen war, zitterten meine Beine vor Erschöpfung. Nach der letzten steilen Stufe hielt ich nicht an, sondern taumelte auf der Hügelkuppe noch weiter vorwärts, bis ich den letzten hell erleuchteten Baum erreicht hatte. Dann stand ich still.

Ein Mann und eine Frau traten auf beiden Seiten aus der Dunkelheit heraus und versperrten den Weg. Sie hielten dünne Silberstäbe in den Händen.

»Der Weg ist versperrt«, sagte die Frau. Sie war sehr groß.

»Der Tanz wird gleich beginnen«, fügte der Mann hinzu.

»Ich suche nach einem Freund«, sagte ich. »Er muss diesen Weg gekommen sein. Bitte lasst mich durch!«

»Zu spät«, sagte die Frau. »Der Weg ist für alle versperrt, es sei denn, man kommt, um zu tanzen.«

»Kehr zur Kirmes zurück!«, sagte der Mann.

»Aber deshalb bin ich gekommen!«, rief ich. »Ich will auch tanzen! Bitte!«

Keiner von beiden gab darauf eine Antwort. Sie blickten mich nur fragend an. Die Lichter des letzten Baumes umflackerten uns mit ihrem bunten Kerzenschein.

»Bitte!«, sagte ich noch einmal. »Lasst mich durch! Ich will auch tanzen!«

Ein langes Schweigen folgte, dann lächelten beide.

»Herzlich willkommen«, sagte schließlich die Frau. »Sie warten auf dich. Aber du darfst keine Zeit mehr verlieren.«

Ich spürte eine wilde Freude. Sie traten zur Seite und ich rannte los.

»Beeil dich«, rief der Mann mir nach. »Die Musik beginnt gleich.«

vi.

Ich lehnte mit dem Rücken an dem Wohnwagen und versuchte, alles um mich herum auszublenden. Ich konzentrierte mich auf das, was ich in Charlies Heft gelesen hatte.

Sie hatte dort Orte aufgeschrieben, an denen sie nach Max suchen wollte. Welche Orte waren das gewesen? Einer davon war das Haus von Max' Eltern gewesen. Ein anderer der Autofriedhof. Aber es waren noch mehr. Ich konnte mich nicht daran erinnern.

Ich hätte mir besser merken sollen, wohin sie mit Max immer losgezogen war … zu dem alten Stahlwerk, genau, das war einer ihrer Lieblingsplätze. Da hatten sie sich oft herumgetrieben, aber das war am anderen Ende der Stadt. Da konnte es nicht sein. Irgendwo anders.

Sie hatte noch andere Plätze aufgeschrieben, das wusste ich ganz genau. Aber welche? Denk nach!

Ich ging an dem Wohnwagen entlang und stand mit einem Mal am Rand des Festplatzes. Es war hier ruhiger, man konnte besser nachdenken.

Irgendwo hier in der Nähe.

Ich drehte mich langsam einmal um mich selbst. Dort, wo ich stand, mit dem Nachthimmel über mir. Ich konnte das Getümmel des Volksfests sehen, dann die Lichter der umliegenden Häuser, danach den dunklen Park und den Hügelrücken, der sich vor dem Himmel tiefschwarz abzeichnete. Es war eine kalte, klare Nacht.

Und dann erinnerte ich mich plötzlich. Schlagartig. Ich erinnerte mich, wohin sie häufig ihre Abenteuerausflüge gemacht hatten. Auf den Hügel über der Stadt.

Ich kehrte den Lichtern und der Menschenmenge und dem Festlärm den Rücken zu und rannte über die dunkle Rasenfläche dem Hügel entgegen, weit hinten am Ende des Parks, wo die Steinbrüche waren.

vii.

Ein Trampelpfad führte den Hügelrücken entlang. Ich folgte ihm.

Hinter mir und unter mir breitete sich wie ein märchenhafter Teppich die Große Kirmes aus, erleuchtet von Abertausenden von Laternen. Ich blickte kein einziges Mal mehr zurück. Meine Augen waren nach vorne gerichtet. Eingebettet in eine Senke des Hügelrückens, flimmernd vom Widerschein unzähliger Kerzen, lag er da.

Der Tanzboden, auf dem der Große Tanz stattfinden sollte.

Der Pfad schmiegte sich den Hügel entlang, führte in anmutigen Windungen leicht abwärts und mündete dann in einen von Weinreben umrankten Laubengang, der mit sechs Steinstufen zur Tanzfläche hinabführte. Der Tanz würde unter freiem Himmel stattfinden.

Der Tanzboden war eine große runde Fläche aus glatt polierten Brettern. Er war ringsum von Bäumen umgeben, an denen Hunderte von Laternen baumelten, am hellsten aber erstrahlte die riesige Lichtkugel genau in der Mitte. Sie war auf der Spitze eines hohen Baumstamms angebracht und mit vielen brennenden Kerzen besteckt. Unter den Bäumen drängten sich auf allen Seiten Männer, Frauen und Kinder, in festlichen Gewändern, mit Blumenkränzen im Haar. Auf der anderen Seite, dem Laubengang gegenüber, hatte man das Podium für die Musikanten errichtet. Doch sie waren viel zu weit entfernt, als dass ich hätte erkennen können, wie viele es waren oder welche Instrumente sie spielten. Noch während ich zu ihnen hinschaute, hob die Musik an, eine fröhliche Weise aus Flöten- und Geigenklang, so schön, dass sie mir das Herz rührte.

Ich stand wie angenagelt da und lauschte – und in diesem Augenblick begann der Tanz.

Aus der Menge der Zuschauer sprangen ringsum die Tänzerinnen und Tänzer hervor. Männer, Frauen und Kinder, mit den schönsten Blumenkränzen im Haar. Sie machten ein paar Schritte auf dem schimmernden Holzboden, fassten einander an den Händen und begannen den Tanz. Zuerst war es ein festliches Schreiten, bei dem jede Bewegung genau abgemessen war. Jeder Herr drehte sich mit seiner Dame einmal im Kreis, machte dann einen Schritt zurück, wandte sich zur nächsten Tänzerin, verbeugte sich elegant, während die Dame einen anmutigen Knicks vollführte, und dann begann die gleiche Schrittfolge erneut. Auf diese Weise bewegten sich die Tänzer gegen den Uhrzeigersinn einmal um das ganze Rund herum und webten dabei die Muster ihrer Schritte und feierlichen Bewegungen in die Luft. Die Zuschauer klatschten und jubelten den Tanzenden zu und die Musik steigerte sich zu einem schwermütigen und heiteren Crescendo.

Das war alles so wunderschön, dass ich einen Augenblick brauchte, um mich wieder auf mich selbst zu besinnen und darauf, weshalb ich gekommen war. Dann flog ich den Weg entlang, die sanften Kurven abwärts, bis ich zu dem Laubengang und der Zuschauermenge gelangte, die sich am Rand des Tanzbodens drängte. Wundersamerweise waren die sechs Steinstufen für mich frei geblieben, und ich stolperte sie hastig hinunter, bis ich direkt vor der Tanzfläche stand.

Die Musik war hier lauter, sie klang noch mitreißender und betörender als zuvor, und der Duft, der von den Weinreben über meinem Kopf herwehte, umhüllte mich. Ich war wie berauscht davon. Ich stand auf der letzten Steinstufe und hielt mir die Hand vor Augen, um in dem gleißenden Licht, das von der Kugel in der Mitte kam, nach Max zu suchen. Ich spähte über die weite Fläche.

Max, Max, wo bist du?

Männer, Frauen und Kinder, freudig strahlend, die Gesichter vom Tanz erhitzt, glitten an mir vorbei, drehten sich, rechtsherum, linksherum, Haare flatterten, Röcke bauschten sich, Rockschöße flogen, Münder lachten, Hände berührten sich, ließen einander wieder los, alles war in Bewegung.

Max, ich bin hier.

Ein Meer herumwirbelnder Gesichter, Augen, die nichts mehr sahen, ganz der Musik hingegeben, an mir vorbeischwebend, näher, dann wieder ferner. Alle, die da tanzten, waren schön, und doch bemerkte ich bald Unterschiede. Manche hatten lange goldene Haare, sie waren hochgewachsen, feingliedrig und strahlend – das waren die Bewohner des Schattenlands, die ich im Wald und auf der Kirmes angetroffen hatte. Andere waren kleiner und dunkler, sie wirkten wie Bewohner des anderen Landes, aus dem ich hergekommen war, doch das ich schon seit Langem vergessen hatte. Sie waren nicht so strahlend schön wie die Leute von der Kirmes, aber auch sie leuchteten von der sprühenden Freude des Tanzes. Ihre Augen waren weit offen, ihre Lippen lächelten. Ich schaute, schaute …

Max …

Dann erblickte ich mit einem Mal sein Gesicht, mehrere Tanzpaare entfernt. Für einen Augenblick nur, denn Kopf und Haare eines lachenden Mädchens schoben sich schnell dazwischen. Doch ich brauchte nicht mehr als diesen einen Augenblick. Ich wusste genug.

Ich schrie auf und verrenkte mir den Hals, aber die Musikanten steigerten ihr Tempo, die Tanzenden umschlangen sich in der Mitte zu einem festen Knoten und neue Paare drängten nach außen. Er war wieder von mir fortgetragen worden, ich konnte ihn nicht mehr sehen.

Mein Herz hämmerte. Die Menge ringsum war still geworden und schaute gebannt auf die Tanzfläche, um den weiteren Fortgang des Spektakels zu verfolgen. Ich stand auf der letzten Steinstufe, unter dem Weinlaub, und wartete darauf, dass die Schrittfolge der Tänzer Max wieder zu mir zurückbringen würde.

Er war dort. Ich hatte ihn gesehen. Max war fast in Reichweite.

viii.

Es war nicht leicht, nachts mit voller Geschwindigkeit durch das Gras zu rennen. Das merkte ich schnell. Bis ich den Zaun am Rand des Parks erreicht hatte, war ich schon zweimal hingefallen. Beim zweiten Mal schürfte ich mir die Hand an einem Stein auf, über den ich stolperte. Aber ich schaffte es irgendwie bis zum Zaun, kletterte drüber und keuchte den steilen Abhang hoch, über den unebenen, teils schotterigen Boden, der noch aus den Zeiten stammt, bevor der Neue Park angelegt wurde.

Das war natürlich noch viel schlimmer als der Rasen. Die Erde war an vielen Stellen locker, sodass man leicht abrutschte, und immer wieder ragten spitze Steine heraus. Ich brauchte an vielen Stellen meine Hände und fluchte ziemlich oft – dann hatte ich endlich die Asphaltstraße erreicht, die von der anderen Seite den Hügel hinauf bis zu dem alten Steinbruch führt.

Ich war dort ein paarmal mit meinem Fahrrad gewesen. Man konnte prima den Abhang hinuntersausen. Aber ich war nie über den Zaun geklettert, der sich die Hügelkuppe entlangzog. Das hatten nur Max und Charlie gemacht.

Mein Körper wollte nicht mehr. Ich war total außer Atem. Aber ich wusste, dass ich nicht anhalten durfte. Ich musste weiter.

Ich taumelte die Straße entlang, den Hügel hinauf.

ix.

Der Duft der Weinreben umwehte mich, die Luft war von Musik erfüllt, alles wirkte zusammen, um mein Entzücken zu steigern. Ich hatte ihn gefunden: Ich war ihm nahe, ich konnte meinen Arm ausstrecken und ihn berühren. Schon im nächsten Augenblick. Da war er wieder! Diesmal weiter entfernt, doch dafür konnte ich ihn länger anschauen. Welche Freude! Meine Augen stürzten sich gierig auf ihn. Wie er wohl aussah? Seine Haare waren länger als vorher – acht Wochen länger gewachsen. Locken umflogen sein schönes blasses Gesicht, als er mit einem jungen Mann tanzte, dem die goldenen Haare bis auf die Schultern fielen. Seine Gesichtszüge wirkten ebenmäßig und klar, beinahe ausdruckslos, doch in seinen Mundwinkeln glaubte ich die Andeutung eines Lächelns zu erkennen. Der Schein der Lichtkugel umstrahlte ihn. Er war sehr hübsch.

Dann wechselten die Tanzpartner, eine Frau mit leuchtenden roten Haaren machte vor ihm einen Knicks. Max nahm ihre Hand, sie drehte sich, und dann wurden beide ans andere Ende der Tanzfläche davongetragen und ich verlor ihn wieder aus den Augen.

Ganz außer mir vor Freude und Erregung stand ich auf der letzten Steinstufe vor dem Tanzboden. Ich spürte, wie das Herz mir bis zum Hals schlug. Wann würde der Tanz enden? Wann durfte ich die letzten Schritte tun, um mich mit ihm zu vereinen? Würde er mich vielleicht vorher schon entdecken – und mich anblicken?

Dann stürzte es plötzlich bleischwer auf mich ein. Ich war eine Närrin. Die Musik und der Tanz hatten mir die Sinne verwirrt. Ich hatte die Hauptsache ganz vergessen.

Max tanzte bereits den Großen Tanz. Es war zu spät. Ich hatte ihn für immer verloren. Die Schönheit und Anmut der Tänzer hatten mich überwältigt, aber ich spürte ganz deutlich, ich wusste es, ich sah es mit eigenen Augen, dass er jetzt zu ihnen gehörte. Er würde sich nicht mehr an mich erinnern.

Da fühlte ich mich mit einem Mal ganz klein und müde und verloren in der Welt.

In die Menge rechts neben mir kam Bewegung, ein Mann drängelte sich hindurch, schob die Weinranken auseinander und schritt hastig auf mich zu. Er trug einen Kranz von Pfingstrosen im Haar.

»Du bist nicht zu spät, Charlie«, sagte Kit. »Du brauchst nur einen Schritt nach vorne zu tun, dann bist du mit ihm vereint.«

x.

Den Hügel hinauf, die Straße entlang, weiter, immer weiter. Müde, sehr müde.

Und ich kam oben auf der Hügelkuppe an, wo der alte Wendeplatz für die Lastwagen gewesen war. Dort waren ein Maschendrahtzaun und ein Doppeltor, das mit einem Vorhängeschloss versperrt war. Daneben waren verblichene Warnschilder angebracht: Achtung! Lebensgefahr!

Das Schloss hing immer noch in der Mitte, doch in einem der beiden Torflügel klaffte ein großes Loch.

xi.

»Aber der Tanz hat bereits begonnen«, sagte ich. »Ich habe es nicht früher geschafft. Ich habe es versucht, aber …« Meine Stimme versagte, ich hätte am liebsten losgeheult.

»Mach dir deswegen keine Vorwürfe. Du hast getan, was du konntest. Du hast den Zeitpunkt nur ganz knapp verpasst. Doch es ist auch jetzt noch nicht zu spät, du kannst noch immer zu ihm. Er hat dich noch nicht vergessen, noch nicht ganz, auch wenn der Tanz schon seinen Zauber auf ihn ausübt. Sieh hin —«

Ich sah hin. Der Tanz schien eine neue Stufe zu erreichen. Der Rhythmus beschleunigte sich und die Musik wurde lauter. Die Tanzenden wirbelten so schnell vorbei, dass mir schon vom bloßen Zuschauen ganz schwindlig wurde. Max war nirgendwo zu sehen.

»Er befindet sich jetzt ganz in der Macht der Musik«, sagte Kit. »Sie webt sich ihren Pfad durch seine Erinnerungen, entwirrt sie und lässt sie schließlich ins Nichts entgleiten. Wenn dieser Tanz dann vorüber ist, wird er für dich verloren sein.« Er sprach das ruhig aus, aber für mich war es wie ein Dolchstoß mitten ins Herz. Ich raufte mir die Haare.

»Doch du hast noch eine letzte Chance«, fuhr er fort. »Du kannst den Tanz mittanzen. Bald wird die Musik wieder langsamer werden, die Tanzschritte ändern sich und Max wird ganz nahe an dir vorbeikommen, er wird dich fast streifen. Du brauchst nur den richtigen Augenblick abzuwarten, dann ergreifst du seine Hand und mit einem Schritt bist du bei ihm.«

»Ich kann aber nicht tanzen«, sagte ich.

»Das brauchst du auch nicht. Auf der Kirmes wird dir alles geschenkt. Du wirst es leicht erlernen. Hier —« Er hob die Hände und nahm behutsam den Blumenkranz von seinem Haupt. Dann setzte er ihn mir auf und drückte ihn mir sanft ins Haar. Ich spürte, wie die Blütenblätter mich leicht auf der Stirn kitzelten.

»Du brauchst einen Blütenkranz«, sagte er. »Jeder, der den Großen Tanz mittanzen will, braucht einen Kranz.«

»Ich … ich weiß nicht. Wirst du auch tanzen?«

»Nein. Mein Tanz liegt schon sehr lange Zeit zurück. Und jetzt sieh aufmerksam hin und warte den richtigen Augenblick ab.«

Und so standen wir nebeneinander auf der Steinstufe, schauten den Tanzenden zu und warteten.

xii.

Als ich sie sah, war ich noch ein ganzes Stück entfernt. Ich war weiter die Straße entlanggerannt, an den Betonbaracken mit ihren vernagelten Türen vorbei, danach noch eine breite Kurve und hinunter zu den alten Grubenschächten. Das Mondlicht warf seinen kalten Schein auf den zerklüfteten Hang und ließ die Kanten des großen schwarzen Lochs, wo es steil in die Tiefe ging, deutlich hervortreten. Ein gähnendes schwarzes Nichts. Die Mondstrahlen reichten nicht mehr so weit hinab. Man konnte nicht bis nach unten sehen.

Meine Schwester stand ganz am Rand dieses Lochs, auf einer Steinplatte, die in den Abgrund hineinragte, eine aufrechte, von silbernem Licht übergossene Silhouette, die in die Leere starrte.

Ich wusste, was sie vorhatte.

Von der Biegung der Straße aus, wo ich mich gerade

befand, rief ich nach ihr, aber meine Stimme war heiser. Mein Kehle war ganz trocken. Ich brachte ihren Namen nur mit einem gestotterten Krächzen heraus.

Ich rannte, so schnell ich konnte, die abschüssige Straße hinunter und wandte dabei keine Sekunde den Blick von ihr. Ihre Gestalt ruckte und holperte vor meinen Augen, als ich den Abhang hinuntergaloppierte.

Als ich noch fünfzig Meter entfernt war, öffnete ich den Mund, um noch einmal nach ihr zu rufen, aber mein Fuß stieß gegen einen Stein, der mitten auf der Straße lag, und ich stolperte und stürzte. Noch während ich fiel, merkte ich, dass mein Knöchel komisch verdreht war. Als ich aufprallte, schlug ich mit dem linken Arm hart auf den Asphalt.

Wahrscheinlich habe ich aufgeschrien. Als ich den Kopf hob, hatte ich das Gefühl, im ganzen Gesicht mit Blut und Dreck beschmiert zu sein.

In meinem Knöchel pochte ein heftiger Schmerz. Bei jedem Pulsschlag glaubte ich, er würde gleich explodieren. Ich versuchte, mich aufzurichten, doch da zuckte ein weiterer Schmerz durch meinen Arm. Ich hob den Kopf so weit wie möglich vom Boden und stieß keuchend den Namen meiner Schwester hervor.

Fünfzig Meter von mir entfernt stand sie an der äußersten Kante des Steinbruchs und starrte in die Leere.

xiii.

»Ist es nicht schön?«, fragte Kit. Er hatte seine Hand auf meine Schulter gelegt.

Die Musik wurde jetzt langsamer, wie Kit vorhergesagt hatte, und die rasenden, stampfenden Bewegungen
der Tänzer wurden weicher und fließender, aber immer
noch ausdrucksstark, mit weit schwingenden Armen und
zurückgeschleuderten Köpfen, wie um einen großen
Schmerz mitzuteilen. Das alles übte eine fast hypnotische
Wirkung aus. Ich konnte meine Augen nicht abwenden.
Die Tänzer wechselten nach und nach ihre Positionen
und ich wartete auf das erneute Auftauchen von Max.
Eine Trommel untermalte mit ihren Schlägen das Klagen
der Flöten und Geigen. Mir war, als ob mein Herz die
Antwort darauf schlug.

Dann hörte ich irgendwann inmitten der Musik meinen Namen rufen. Mein Herz hüpfte vor Freude, ich
reckte meinen Kopf nach vorne – und dann endlich sah
ich ihn, noch drei, vier Paare von mir entfernt. Ich sah
dort Max, mit hin und her schwingendem Kopf, seine
Augen fest geschlossen. Ich achtete nicht darauf, wer
jetzt sein Tanzpartner war – ich hatte nur Augen für ihn,
und der Große Tanz drehte sich langsam gegen die Uhr-
zeigerrichtung voran und brachte meinen Freund in
meine Nähe.

Der Tanz bewegte sich einen kleinen Ruck weiter
und Max war jetzt nur noch drei Paare entfernt. Die
Musik schwoll an und ebbte wieder ab. Ich sah, wie seine
Haare schweißnass glänzten. Er wiegte seinen Kopf zum
Rhythmus der Musik, seine Augen immer noch geschlossen. Wie ruhig und friedlich er aussah, sein hübsches Gesicht war ganz glatt, fast ausdruckslos. Für mich war er das

ruhig schlagende Herz dieses endlos wirbelnden Spektakels aus Licht und Musik und tanzenden Körpern.

Mein Name wurde noch einmal gerufen. Der Laut drang nur schwach an mein Ohr, von der Musik fast vollständig übertönt. Konnte er meine Nähe spüren, wo er doch mit geschlossenen Augen tanzte? Ich wollte ihm schon eine Antwort zurufen, als Kit sanft meine Schulter drückte.

»Jetzt pass genau auf«, sagte er. »Du musst den richtigen Augenblick abpassen.«

Die Musik hatte noch einen Reigen vollendet. Wieder rückten die Tänzer weiter. Max war nur noch zwei Paare von mir entfernt, so nahe, dass ich den bestickten Kragen seiner seidenen Jacke erkennen konnte. Der Kranz aus weißen Blüten auf seinem Kopf glitzerte bei jeder Bewegung, als wären es Eisblumen. Tränen liefen meine Wangen herab.

Ich machte mich bereit, einen Schritt nach vorne zu tun. Ich stand am äußersten Rand der Steinstufe, schon fast auf dem Tanzboden, der von Hunderten von quecksilbrigen Füßen spiegelglatt poliert war.

Da hörte ich meinen Namen noch einmal. Er klang misstönend – überhaupt nicht zu den verführerischen Klängen der Musik passend. Die Lippen von Max hatten sich nicht bewegt. Er hatte die Hand einer dunkelhaarigen Frau ergriffen, sein Gesicht war heiter, fast ausdruckslos.

Kit flüsterte in mein Ohr. »Erinnerst du dich an die Frucht? Du hast ihn damals verloren, weil du abgelenkt wurdest. Lass das nicht noch einmal geschehen.«

Die Musik setzte wieder von vorne an. Die Tänzer hatten noch einmal gewechselt. Max war nur noch durch ein Paar von mir getrennt. Er lächelte jetzt, seine Füße zeichneten elegante Muster auf den Boden, während er sich über die Tanzfläche bewegte.

Er machte ein paar Walzerumdrehungen, die Frau und er bildeten ein anmutiges Paar. Ich konnte einen Blick auf ihr bleiches Gesicht erhaschen, auf ihre grünen Augen.

Ein Erinnerungsblitz. Ein dumpfer Schmerz in meiner Wade. Eine Falte huschte über meine Stirn.

Sie drehten sich weiter, kamen immer näher.

Wie bleich er war, wie merkwürdig er lächelte. Er schaute mich nicht an, er schlug seine Augen nicht auf. Wie kam es dann, dass er meinen Namen rief, jetzt schon zum vierten Mal? Warum klang sein Ruf so schrill, so gepeinigt, so ganz anders als die schmeichlerischen Töne der Musik?

»Max«, flüsterte ich fast lautlos.

»Mach dich bereit.« Kits Hand legte sich um meinen Nacken.

Jetzt setzte die Musik erneut zu einer Wiederholung an. Das Paar vor mir drehte sich ein letztes Mal und verschwand. Und da war auch schon Max, mit hoch erhobenem Kopf in die Lücke hineintanzend.

Die Frau ließ seine Hand los und bewegte sich zum Mittelpunkt des Tanzbodens hin. Doch Max kam auf mich zu, und während er das tat, blickte er nicht hoch, sondern hielt die Augen auf seine Füße gerichtet.

Ich stand bereit, ich wartete am Rand der letzten Stufe.

Alles verlangsamte sich. Ich hatte das Gefühl, von der Musik verschlungen zu werden; sie drang plötzlich von allen Seiten auf mich ein und zog mich in ihren Strudel hinab.

Ich schaute ihn an. Er war größer, als ich ihn in Erinnerung hatte, und auch dünner. Sein weißes Hemd schimmerte, seine schwarzen Lackschuhe und seine nassen Haare glitzerten im Schein der Lichtkugel. Sein Gesicht und seine Hände waren weiß und wächsern.

Er war so schön; und so ganz anders als der Max, den ich kannte …

… nur diese Blässe, die hatte ich schon einmal an ihm gesehen. Irgendwo hatte ich ihn vorher schon einmal so blass erlebt.

Er war jetzt so nahe gekommen, dass ich ihn beinahe berühren konnte. Er hob die Hand. Die Haut spannte sich wie Papier über seinen Knochen. Eine weitere Erinnerung. Irgendetwas huschte zwischen dunklen Bäumen. Max blickte mich immer noch nicht an.

Ich hob meine Hand und streckte sie aus.

»Geh zu ihm, Charlie«, sagte Kit. »Jetzt.«

Max streckte mir seine Hand entgegen, die Handfläche einladend nach oben gerichtet, um mir auf die Tanzfläche herunterzuhelfen.

»Tanze mit ihm, Charlie«, sagte Kit. »Dein innigster Wunsch wird dir erfüllt.«

Ich setzte zum entscheidenden Schritt an. Da

hob Max seinen Kopf und seine Augen blickten mich an.

Und ich sah sie noch einmal, die Augen, von denen ich geglaubt hatte, ich würde sie nie mehr wiedersehen, und ein Triumphgefühl loderte in mir auf. Aber die Augen, die ich sah, waren freudlose Augen, sie blickten mich mit einer Trauer an, die das Lächeln auf diesem Gesicht zu Asche werden ließ. Ich sah in diese lebendigen Augen, und wie merkwürdig kam es mir vor, dass sie gleichzeitig weiß und blicklos waren, wie zwei milchige Seen.

»Nimm seine Hand und spring!«, rief Kit.

Ich griff nach vorne.

Die Hand von Max legte sich in meine Hand.

Ich sprang nicht. Ich zog ihn hoch.

Und ich merkte, dass er überhaupt kein Gewicht hatte. Ich verlor das Gleichgewicht, stolperte rückwärts und hörte gleichzeitig Kits wütenden Aufschrei:

»Tanze, du Närrin! Tanze!«

Von hinten kam eine Stimme, die nicht Kit gehörte, sie ertönte laut und grell.

Und die Musik zerbarst in misstönendes Geklapper und Gerassel.

Ich fiel nach hinten, die Hand von Max fest in meiner Hand. Überall auf dem Tanzboden erstarrten die Tänzer in ihrer Bewegung, die Arme ausgestreckt, die Haare zurückgeworfen, die Köpfe wie Luftballons anschwellend, mit einem bösen Grinsen im Gesicht. Ihre Schönheit fiel von ihnen ab, glitt von ihren aufgeblasenen Gesichtszügen, während ihre anmutigen Körper immer dünner und dünner wurden, bis unter den Gewändern nur noch Haut und Knochen waren.

Und ein schriller Wutschrei erhob sich ringsum und am lautesten von allen war der zornige Schrei, der von Kit kam. Sein durchdringendes, gellendes Heulen hallte mir in den Ohren, als kauerte er neben mir. Doch ich sah ihn nicht mehr.

Ich fiel. Und Max fiel auch, zusammen mit mir, er sank mir entgegen, aber gleichzeitig auch fort von mir, frei von meiner Hand, frei von dem Großen Tanz. Und ich sah, dass er wieder sein altes T-Shirt und seine Jeans und seine Nike-Turnschuhe anhatte. Der Schweiß in seinen Haaren hatte sich in Wasser verwandelt und alle seine Kleidung war vom Wasser durchtränkt. Die Blumen in seinem Haar waren Unkrautschlingen. Seine Augen sahen mich nicht länger an. Sie blickten heiter, wie von allem erlöst. Und noch während ich ihn anschaute, wandte er sich ab und verschwand aus meinem Gesichtsfeld.

Die Musik und die Schreie und das Rufen steigerten sich zu einem schrillen Kreischen. Ich stürzte mit rasender Geschwindigkeit in die Tiefe und die Lichter des Tanzes erloschen.

Zweiunddreißig

Als meine Schwester stürzte, stieß ich einen Schrei aus, der von den Wänden des Steinbruchs und den Hängen des Hügels widerhallte.

Sie lag knapp vor dem Abgrund, am äußersten Rand der Steinplatte, den Kopf zu mir, einen Fuß in das bodenlose Dunkel gestreckt. Sie rührte sich nicht. Das Mondlicht und die Kälte der Nacht umhüllten uns beide. Ich zitterte am ganzen Körper.

Ich brauchte ein paar Minuten, bis ich die restliche Strecke hinter mich gebracht hatte, kriechend, auf ein Bein und einen Arm gestützt. Mühsam schleppte ich mich im Dreck voran, meinen Fuß hinter mir herziehend. Die Kälte betäubte den Schmerz.

Ich richtete mich neben ihr auf, bis ich zum Sitzen kam. Charlie lag auf dem Rücken, das Gesicht den Sternen zugewandt. Ihr Atem ging langsam und schwer, wie in tiefem Schlaf. Ich strich ihr eine Haarsträhne aus der Stirn und pflückte ein paar Grashalme aus ihren Haaren, die sich dorthin verirrt hatten.

Ihr einer Arm lag auf dem Boden ausgestreckt. Ich griff nach ihrer Hand und hielt sie fest in meiner. Dann saß ich da, streichelte Charlie über die Stirn und sprach leise zu ihr. Über uns schien hoch am Himmel der Mond. Sein Licht flutete in das schwarze Loch des Steinbruchs hinab, füllte seine Leere.

Und nach einer Weile schlug meine Schwester die Augen auf, lächelte mich an und sagte meinen Namen.

Jonathan Stroud
Bartimäus
Das Amulett von Samarkand

544 Seiten   ISBN 3-570-12775-3

»Dämonen sind heimtückisch. Sie fallen dir in den Rücken, sobald sich ihnen die Gelegenheit dazu bietet. Hast du verstanden?«

Und ob Nathanael verstanden hat. Er weiß genau, was es mit der Macht von Dämonen auf sich hat. Deshalb hat er sich ja für Bartimäus entschieden, den 5.000 Jahre alten, ebenso scharfsinnigen wie spitzzüngigen Dschinn. Nathaniel braucht einen mächtigen Mitspieler für seinen Plan, denn: Er will sich rächen!

www.cbj-verlag.de

5204

Jonathan Stroud
Bartimäus – Das Auge des Golem

608 Seiten   ISBN 3-570-12776-1

*»Klar habe ich damit gerechnet, dass mich eines Tages wieder
irgendein Schwachkopf mit spitzem Hut beschwört, aber doch
nicht derselbe wie beim letzten Mal!«*
Der ehrgeizige Nathanael strebt eine Karriere im von Zauberern
beherrschten britischen Weltreich an. Seine dringlichste Aufgabe
ist es, der immer dreisteren Widerstandsbewegung der
Gewöhnlichen ein Ende zu setzen. Doch Kitty und ihre Freunde
entkommen. Da hilft nur eins: Bartimäus muss wieder her …

www.cbj-verlag.de

Jonathan Stroud
Bartimäus – Die Pforte des Magiers

608 Seiten   ISBN-10:   3-570-12777-X
ISBN-13: 978-3-570-12777-3

2000 Jahre sind vergangen, seit Bartimäus auf der Höhe seiner Macht war. Heute, gefangen in der Welt der Magier, spürt er seine Kräfte schwinden. Doch noch will sein Meister Nathanael ihn nicht aus seinen Diensten entlassen. Muss er doch als Informationsminister gegen die Aufständischen und seine Widersacherin Kitty kämpfen. Da wird London plötzlich von einer bislang unbekannten Macht angegriffen und Nathanael, Kitty und Bartimäus müssen zusammenarbeiten ...

5299

www.cbj-verlag.de

Jonathan Stroud
Die Eisfestung

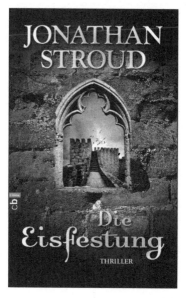

288 Seiten   ISBN 978-3-570-13268-5

Eigentlich wissen Emily und Simon so gut wie nichts über Markus. Es war Zufall, dass sie einander auf dem gesperrten Burggelände begegneten und beschlossen, gemeinsam in der Ruine zu übernachten. Doch Markus verwandelt die Burg in eine Festung und schwört, nie mehr nach Hause zurückzugehen. Währenddessen rücken sie draußen vor: zunächst nur Markus' Vater, dann Burgwächter und Polizei – die Belagerer, der FEIND! Was als Spiel begann, schlägt still und leise um in einen Albtraum.

7133

www.cbj-verlag.de